어비

어비

소설 김혜진

> > > > >

민음사

어비

나는 아침 조회 시간에 어비를 처음 봤다.

열 개 조가 구획별로 정렬하면 팀장이 오늘 작업량과 주의 사항 같은 것들을 알려 주었다. 나는 계속 운동화를 내려다보는 데에 정신이 팔려 있었다. 산 지 얼마 되지 않은 것 같은데 때가 타고 여기저기 실밥이 터지려고 했다.

아닌데요.

어비였다.

아니, 지난주만 해도 클레임이 이렇게 많지 않았다니까.

팀장이 목소리를 높였다. 네가 오기 전에는 문제가 없었는데 네가 오고부터 문제가 생겼으니 네 탓이 아니냐. 그런 뜻인 것 같았다. 처음이니까. 누구든 처음엔 엉뚱한 상자에 책을 넣거나 사은품을 빼먹거나 라벨 바코드를 바꿔 붙이거나 그런 실수를 많이했다. 누가 뭐라고 하면 죄송하다거나 미안하다거나 조심하겠다고 하면 됐다. 어차피 하다 보면 조금씩 느는 게 일이었다.

아닌데요.

그러나 어비는 사과할 마음이 없어 보였다. 100여 명의 직원이 지켜보는 가운데 팀장과 똑바로 눈을 맞추며 서 있었다.

그럼 여기 다 베테랑인데 도대체 누가 실수를 했다는 거야?

팀장이 목소리를 높였다.

전 아니라고요.

어비는 낮고 차분한 어조로 아니라는 말만 했다. 아니다. 정말 아니다. 내가 아니다. 8시 20분에 시작한 조회가 30분을 넘어섰다. 결국 팀장이 한발 물러섰다. 실수가 없도록 하자는 말이 끝나고 모두 박수를 쳤다. 조회가 끝나면 매일 다 같이 하는 거였다. 박수를 치지 않는 사람은 어비와 나, 둘뿐이었다.

창고 앞마당에서 나는 어비와 몇 마디를 나눴다. 점심을 먹고 나와 어슬렁거리는데 개집 앞에 쪼그리고 앉은 어비가 보였다. 환한 햇살 탓에 바가지를 덮어 놓은 듯한 어비의 머리칼이 반짝거렸다. 나는 이런 말을 했다.

걔 이름이 어비예요.

어비가 돌아봤다. 나는 개집 앞으로 다가가 손을 흔들어봤다. 개는 오지 않았다. 할 수 없이 앞발을 쥐고 내 쪽으로 끌어당겨야 했다.

얘 이름이 어비라고요.

어비는 잠자코 개를 쓰다듬기만 했다. 내 쪽으로는 눈길 한번 주지 않았다. 어쩔 수 없이 자꾸 말을 걸게 됐다. 일은 할 만해요?

날씨 좋죠? 집에서 안 멀어요? 몇 시에 일어나요? 피곤하죠? 질문을 던지면 예, 아니오, 하는 대답만 돌아왔다. 한마디 건너가면 한마디 돌아오고. 대화라고 할 만한 게 시작되어야 하는데 어비는 번번이 내 말을 그대로 삼켜 버렸다.

매번 그런 식인 것 같았다. 그래서 늘 어떤 오해와 선입견 같은 것들이 어비를 따라다녔다.

애가 좀 이상한 것 같지 않아?

집으로 돌아가는 셔틀버스 안에서 누군가 어비 이야기를 꺼내면 예의가 없다거나 제멋대로라거나 건방지다는 대답이 따라 나왔다. 물류 창고는 도심을 벗어나서도 비포장 길을 오래 달려야 하는 변두리에 있었다. 오가는 데 긴 시간이 걸렸고 사람들에겐 지루함을 물리칠 뭔가가 필요했다. 주로 새로 온 사람이거나 관리자거나 가끔씩은 뉴스나 텔레비전 방송으로 화제가 옮겨 다녔는데 언젠가부터 어비에게 계속 고정되어 있었다.

그냥 성격이 좀 무뚝뚝해서 그래요.

서너 번쯤 어비를 두둔하려 해 보았지만 별 소용이 없었다.

사실 어비는 그리 호감 가는 인상이 아니었다. 체구가 큰 편이었는데 살집이 붙어 어딘가 둔할 거라는 편견을 갖게 했다. 표정이라 할 만한 게 없어서 늘 화가 난 사람처럼 보이기도 했다. 그러나 문제는 그런 외모 때문이 아니었다. 어비는 자신을 따라다니는 편견과 선입견에 대해 어떤 식으로든 변명하거나 해명하려는 노력을 단 한 번도 기울인 적이 없었다.

우리는 매일 카트를 끌며 100평이 넘는 창고 안을 돌아다녔다.

주문서에 적힌 책들을 카트에 싣고 돌아와 상자에 넣어 포장하고 라벨을 붙여 컨베이어 벨트에 올리는 게 주된 일이었다. 한 번에 2, 300권이 넘는 책을 신속하고 정확하게 찾아내야 했다. 철제 책장에 매달리다시피 해서 책을 뽑고 허리를 굽혀 바닥에 놓인 책들을 뒤지다 보면 두세 시간이 금방 갔다. 제멋대로 다리가 후들거리고 몸은 금세 녹초가 됐다. 물을 마시고 또 마셔도 입안은 계속 마르고 코안은 금세 먼지로 뒤덮였다. 책이 높이 쌓여 시야를 가리면 카트를 앞에서 잡아끌어야 할 때도 많았다.

다리 아프죠?

언젠가 화장실에서 어비와 마주친 적이 있었다. 다리가 아파 변기에 오래 앉아 있다가 나왔는데 어비가 손을 씻고 있었다. 새하얀 세면기 여기저기 붉은 자국이 보였다.

다쳤어요?

다가갔더니 손가락에서 피가 흐르고 있었다. 손톱 끝이 반쯤 잘려 나가고 없었다. 커터 칼에 베인 게 분명했다. 책들은 순서대로 바닥에 진열되어 있었다. 진열된 책이 다 소진되면 누군가는 새로운 상자를 뜯어야 했다. 나도 몇 번이고 손을 벤 적이 있었다. 바깥쪽을 향해 칼을 쓰라는 충고를 듣기 전이었다. 뭔가 도움이 될 만한 이야기를 해 주려는데 어비가 한 걸음 물러섰다.

괜찮아요.

돌아온 건 퉁명스러운 대답이었다.

휴게실에 약통 있어요. 그거 밴드 붙여야 돼요.

다시 한 걸음 다가갔는데 어비는 또 물러섰다.

별거 아닌데요.

나는 잠자코 휴지를 말아 건넸다. 어비는 그것마저 거절해 버렸다.

괜찮아요. 진짜로요.

그런 후에는 서둘러 밖으로 나가 버렸다.

그러니까 사람들이 어비를 못마땅해하는 데에는 이유가 있었다. 뭐랄까. 어비에겐 늘 사람들을 밀어내는 기운 같은 게 있었다. 여기까지라고 금을 그어 놓고 내내 그 경계를 지키는 데 필사적인 사람 같았다. 그게 뭐든 일단 가까이 오려고 하면 고개부터 저었다. 그런 반응이 사람들을 물러서게 하고 위축시키고 괜한 짓을 했다고 자책하게 만든다는 걸 생각지도 못하는 것 같았다.

어비는 내내 철제 책장을 올려다보거나 바닥을 보며 걸었다. 항상 이어폰을 꽂고 있었는데 사람들이 건넨 인사와 질문을 그냥 지나친 게 여러 번이었다. 식사 시간엔 빠르게 밥을 먹고 나가 버리거나 사람들이 다 빠져나간 다음 뒤늦게 들어와 밥을 먹었다. 사람들과 눈을 맞추고 수다를 떠는 모습은 거의 본 적이 없었다.

어비는 있었나 싶으면 어느새 가고 없는 사람이었다.

어디 갔지 하고 찾으면 늘 작업장으로 되돌아가 있었다. 거대한 철제 책장 사이를 빠른 걸음으로 오가거나 작업대 주변에서 몸을 움직였다. 모두가 쉬는 그 시간에 크기별로 상자를 정리하고 카트에서 책을 꺼내 포장했다. 작업대 아래 먼지를 쓸고 사람들이 함부로 던져 둔 노끈 뭉치와 포장지를 한데 모아 조용히 갖다 버릴 때도 있었다. 언젠가 화장실 세면대에서 무언가를 꼼꼼하게 씻고 있었는데 그게 개집 앞에 놓인 물그릇이라는 건 나중에 알았다. 뭐 저런 것까지 신경 쓰나 싶었지만 어쨌든 아무도 모르는 사이 어비의 성실함과 부지런함은 누구도 신경 쓰지 않는 작은 개집에까지 닿아 있었다.

집이 어디야?

한번은 사람들이 작정한 듯 어비를 둘러싸고 질문한 적이 있다. 오후 4시부터 20분간 주어지는 간식 시간이었다. 먼저 말을 꺼낸 건 어비가 속한 조의 조장이었다.

이것 좀 빼고. 사람들이랑 이야기도 하고 그래야지.

다가가 어비의 귀에서 이어폰을 뺀 사람은 우리 조의 조장이었다. 조장들은 대체로 나이가 많은 여자였다. 3년씩. 5년씩. 10년 넘게 일한 사람도 많았다. 자판기 옆에서 소보로빵을 조금씩 떼어 먹던 어비가 고개를 들었다. 당황한 표정이었다.

몇 살이야?

어비는 잠자코 먹던 빵을 포장지 안으로 집어넣기 시작했다. 바스락거리며 비닐 구겨지는 소리가 요란했다. 나는 빨대 끝을 힘껏 깨물고 우유를 조금씩 빨아먹는 중이었다. 그러면서 계속 어비를 힐끔거렸다. 어비는 빵을 넣고 포장지를 단단히 봉했다. 그러는 동안 학생이야? 졸업했어? 혼자 살아? 부모님은? 형제는? 맏이야? 고향은? 학교는? 하는 질문들이 따라 나왔다.

사람들이랑 같이 이야기도 하고 해야지. 단기로 들어왔어? 그래서 그래?

누군가 또 한마디 거들었다.

아무리 그래도 일할 동안은 다 같이 친하게 지내고 그래야지.

언뜻 보면 어비에게 살가운 충고와 조언을 아끼지 않는 것 같았는데 어비의 표정이 좋지 않았다. 웃으려고 하는데 그게 맘대로 안 되는 것 같았다. 그러거나 말거나 사람들은 하나둘 더 가세했다. 나중엔 어비를 빙 둘러싸고 짓궂은 농담을 하며 자기네끼리 깔깔거리는 것처럼 보였다. 지나치다는 생각이 들었는데 그렇다고 어비를 편들고 싶지는 않았다. 저렇게 침묵을 지키는 게 사람들을 계속 자극하는 게 아니고 뭔가, 하는 생각 때문이었다. 어비는 그냥 우유 팩 모서리만 만지작거렸다. 그게 다였다.

이후에도 그런 비슷한 일이 몇 차례 더 있었다.

관심과 호기심 정도에 머물던 사람들의 말투는 비난이나 질책처럼 느껴질 때가 많았다. 모르는 사람이 보면 어비가 무슨 대단한 잘못이라도 한 것처럼 오해할 정도였다.

사람들이 좀 그렇죠?

그러나 나도 별다를 건 없었다. 어떤 상황이 종료되면 이쪽도 저쪽도 아닌 쪽에 서서 애매한 말을 건네는 게 전부였다. 퇴근 후 셔틀버스를 기다릴 때였다. 사람들은 다정하게 붙어 서서 대화를 나누고 담배도 같이 피웠다. 어비는 뒤늦게 창고에서 나와 내내 목장갑을 접었다 펼치다 하며 우두커니 서 있었다. 주차된 셔틀버스들이 일제히 전조등을 켜고 시동을 걸었다. 엔진 소리 탓에 나도 모르게 자꾸 목소리를 높이게 됐다.

힘들죠?

버스에 오르는 사람들의 뒷모습이 보였다.

뭐가요?

호주머니에서 이어폰을 꺼내며 어비가 되물었다. 다가갔는데 어비는 또 정확히 그만큼 물러났다. 나는 이렇게 바꿔 물었다.

말하기 싫어요?

어비를 다그치거나 탓할 의도는 없었다. 그래도 번번이 이런 식으로 호의와 친절과 배려와 관심 같은 걸 아무것도 아니게 만들어 버리는 어비의 태도가 답답했다. 아주 사소한 호기심과 궁금증을 부풀리고 키워서 나중엔 자신도 상대도 모두 어쩔 줄 모르는 상황에 빠뜨리는 것도 마음에 안 들었다.

할 말이 없어요.

한참 만에 어비가 중얼거렸다.

말할 게 없다고요.

그러면서 어비는 분명한 목소리를 냈다. 그 순간엔 정말이지 멀쩡한 사람 같았다. 말 못할 사연을 가졌거나 심각한 상처를 입었거나. 무료할 때마다 사람들이 주고받는 그런 추측과 억측과는 아무 상관이 없는 것 같았다.

그냥 별로 말할 게 없어요. 진짜요.

그리고 어비는 정말 아무 말 없이 일을 그만둬 버렸다.

새 학기가 시작될 무렵이었다. 매일 교과서와 참고서, 문제집 주문이 쏟아졌다. 연일 야간 작업이 이어졌다. 8시 반까지 출근, 조회가 끝나면 일이 시작되고, 30분 만에 점심을 먹고 다시 일, 간식을 먹고 다시 일, 30분 만에 저녁을 먹고 또 일, 10시에 퇴근해서 11시 정도에 잠들면 어느새 일해야 하는 날이 밝아 있었다.

그만둬야겠다는 생각이 저절로 들었다. 처음부터 오래 다닐 생각도 없었다. 몇 달만 할 계획이었고 이미 3개월이 지난 후였다. 오늘 말하자, 내일은 말하자, 금요일에는, 다음 주에는 하는 식으로 미루고 미루다 겨우 팀장을 찾아갔는데 거기 누군가 있었다. 그 뒷모습에 가려 팀장의 얼굴은 보이지 않았다. 그래도 어딘가 몹시 언짢은 기색은 분명했다. 어쩔 수 없이 나는 두 사람의 이야기가 끝날 때까지 계속 문밖에 서 있게 됐다.

서로 조금씩 조심하자는 거지. 실수가 많잖아, 요즘.

팀장의 목소리가 들렸다.

저는 안 그랬는데요.

높낮이가 없는 목소리가 따라 나왔다.

어린 사람이 왜 이렇게 고집이야. 누가 잘못을 했다는 게 아니라 서로 좋게 이야기해서 해결하자는 거잖아.

고집이 아니고요. 잘못한 게 없어요.

잠시 말이 끊어지는가 싶었는데 가만히 타이르는 팀장의 말소리가 새어나왔다. 달래는 것처럼 낮고 부드러운 목소리가 이어졌는데 차츰 언성이 높아지고 날이 섰다. 상대는 아무 반응이 없었다. 침묵이 시작됐고 길어졌고 마침내 문을 열고 나온 사람은 어비였다. 어쩐지 몰래 엿들은 모양새여서 상황을 설명하려 했는데 어비는 눈도 마주치지 않고 그대로 나가 버렸다.

왜 너도 그만두려고?

팀장은 나를 보자마자 그렇게 물었다. 어비 때문이었다. 어비가 이른 아침에 전화를 걸어 그만두겠다는 말을 했다고 했다. 일단 출근은 하라고 했더니 출근하자마자 사무실로 와서 그만두겠다는 말을 똑같이 반복했다는 거였다.

왜요?

팀장이 고개를 들고 눈을 맞췄다. 너도 다 알고 있지 않느냐 하는 눈빛이었다. 주문이 많으면 실수가 늘기 마련이었다. 보내지 말아야 할 곳에 책을 보내거나 한두 권씩 책이 빠진 채로 배송이 되는 일이 반복됐다. 더 받은 사람은 말이 없고 덜 받은 사람은 성화여서 손해가 컸다. 다섯 명이 한 조여서 누가 어떤 실수를 했는지 정확히 가려내기도 어려웠다. 그런데도 사람들 모두가 어비 탓을 한 모양이었다.

아닐걸요. 걔 일은 잘했잖아요.

그렇게 중얼거렸는데 팀장이 짜증을 냈다.

일만 하면 그게 잘하는 거야? 도대체가.

이해하지 못하는 표정을 짓자 팀장이 한마디 더 했다.

종일 일만 하면 그게 잘하는 거야? 일만 하면 되나? 일만 하면 돼?

어쩔 수 없이 나는 한 주만 더 일하기로 했다. 딱 한 주만. 그러나 바빴던 시기가 지나고 하루이틀 지나다 보니 한 달이 지나 있었다. 팀장은 끈질기게 나를 잡았다. 1년을 채우면 조장이 되고 더 일하면 팀장도 되고 나중엔 더 높은 직급이 되는데 왜 그만두느냐는 거였다. 여긴 너처럼 젊은 사람이 필요하고 이 일은 네가 생각하는 것보다 훨씬 보수도 괜찮고 그런 말을 들었던 기억이 난다. 그 말처럼 직급이 오르고 보수가 나아지고 그러다 보면 조장이나 팀장처럼 이곳에서 다 늙어 버릴 게 분명했다. 햇볕 한 줌 들지 않는 이 커다란 창고를 빙빙 돌면서 인생을 낭비하고 싶은 마음은 조금도 없었다. 어쨌든 더 나은 일을 구해야 했다.

저도 이제 좀 제대로 취업을 해야죠.

결국 그렇게 쐐기를 박고 나와 버렸다. 어비는 까맣게 잊어버렸다. 연락처를 주고받은 적도, 따로 만나야겠다고 생각한 적도 없었다. 다시는 만날 일이 없겠지 여겼는데 몇 주 뒤 거짓말처럼 또 마주치긴 했다. 일주일 단위로 사람을 쓰는 생활용품 창고에서였다.

어비는 정지된 지게차 다리 위에 걸터앉아 종이로 감싼 유리컵들을 살펴보고 있었다. 불량품을 골라내는 거였다. 바로 옆에서 커다란 지게차 두 대가 쉬지 않고 오갔다. 상자가 쌓인 플라스틱 팔레트를 필요한 곳에 정확하게 옮기는 작업이었다. 삑삑거리는 신호음이 멀어졌다가 가까워지길 반복했다.

어?

내가 알은체를 하자 어비가 고개를 들었다. 그뿐이었다. 다시금 내가 다가가 목소리를 높이게 됐다. 지게차의 엔진 소리 때문이었다. 오랜만이네? 언제 왔어요? 그때 왜 나갔어요? 그런 질문에는 한마디 대답도 않던 어비가 중얼거렸다.

거기서 오래 일할 줄 알았는데요.

나는 아예 카트를 한쪽에 세워 두고 어비 곁에 쪼그리고 앉았다. 어차피 딱 일주일만 하는 일이었다. 일주일이 지나면 모두 안 볼 사람들이었다. 누가 뭐라고 하면 얼른 자리로 돌아가 열심히 일하는 척하면 됐다. 나는 이런 이야기를 했다. 이런 일은 돈이 없어서 하는 거고. 어디까지나 잠시만 하는 거고. 이런 건 내가 진짜 차려는 일이 아니고, 나는 취업 준비를 하는 중이고. 어비는 내 말을 듣는 둥 마는 둥 했다. 어쩐지 웃고 있는 것 같아서 돌아봤는데 금이 간 유리컵을 요리조리 돌려 보면서 알 듯 모를 듯한 얼굴을 하고 있었다.

퇴근 후에 나는 집으로 가는 어비를 뒤쫓아 갔다. 어쩌다 보니 그런 모양새가 됐다. 어디든 셔틀버스는 장기 직원만 이용 가능했다. 단기로 일하는 사람들은 각자 알아서 집으로 가야 했다. 창고를 나와 걷다 보니 이어폰을 끼고 걸어가는 어비의 뒷모습이 보였다.

버스 타고 가요? 집이 어딘데요? 얼마나 걸려요?

한참 만에 어비는 자신의 집이 이곳에서 멀지 않다고 말했다. 그 대답을 들으려고 같은 질문을 몇 번이나 반복한 후였다. 우리는 목재, 펄프, 비닐, 제지, 재생 같은 글자가 적힌 건물들을 차례로 지나쳤다. 멀리 산 아래 버려진 컨테이너 위로 노을이 지고 있었다. 그것들은 장난감처럼 조그마해 보였다. 마음만 먹으면 한꺼번에 몇 개씩 집어 멀리 던져 버릴 수도 있을 것 같았다. 화물차여러 대가 줄지어 들어가고 노랗게 먼지가 일고 그때마다 도로 끝으로 비켜 서는 짓을 얼마나 반복했는지 모르겠다. 마침내 2차선 국도가 나타났고 사람들이 도로변 좁은 버스 정류장을 빼곡하게 채웠다. 어색하고 서먹하고 맥 빠진 기운이 가득한 그 안으로 어쩐지 들어갈 엄두가 나질 않았다.

말없이 정류장을 지나쳐 걸어가는 어비를 따라가다가 문득 밥이나 같이 먹자는 말을 해 버렸다. 가도 가도 밥집은 나오지 않고 마침내 우리가 마주 앉은 곳은 화물차 기사와 정비소, 공업소 직원들이 드나드는 작은 식당이었다. 동그란 철제 테이블 하나를 차지하고 앉자 주방 안쪽에서 주인이 나와 불판을 올리고 고기를 가져다주었다.

여기서 조금만 더 가면 나로호 발사 지역인데요. 그게 발사될 때요. 한밤중인데 대낮처럼 환해요. 땅이 막 흔들리고요. 벽이 막 떨려요. 창문도 뜨겁고요. 몇 시간이나요. 거기 가면 아직 우주 센터라는 게 남아 있는데요.

나는 고기를 씹고 맥주를 마시며 어비의 이야기를 들었다. 한 번도 들어 본 적 없는 이야기여서 나는 자꾸만 진짜? 정말? 그래서요? 질문하게 됐다. 그러면 어비는 또 한참 뜸을 들이다가 내가 들어 본 적 없는 이야기를 하고 또 했다. 나중엔 어비도 나도 무슨 이야기를 하고 무슨 이야기를 듣는지 알 수 없었다. 어느 틈엔가 둘 다 취해 버린 게 분명했다.

다음 날 일어나 보니 가방 속에서 구겨진 택시 영수증이 나왔다. 휴지 뭉치와 껌 한 통, 뭘 적었는지 알 수 없는 메모지와 칫솔, 삼단 우산까지 다 꺼냈는데도 지갑은 보이지 않았다. 가방을 거꾸로 들고 흔들고 몇 번이고 샅샅이 훑어봐도 지갑만 사라지고 없었다. 서둘러 카드 분실 신고를 하고 사용 내역을 조회하고 새로 신분증을 만들고 하다 보니 출근 시간이 한참이나 지나 있었다. 버스를 타고 가는 내내 나는 지갑을 택시에 두고 내렸거나 어딘가에 두고 왔거나 어쩌면 어비가 챙겨 두었을지도 모른다는 생각을 하고 또 하고 계속했다. 괜한 의심과 불신이 살아나지 않도록 내내 다른 가정을 하고 거기에 주의를 기울여야 했다. 창고 앞에 도착했을 땐 점심 무렵이었다.

어비는 보이지 않았다.

나는 서둘러 G구역 안으로 들어왔다. 점심시간이 끝나고 오후 작업이 시작됐는데도 어비는 나타나지 않았다. 나는 카트를 밀며 내내 어비만 찾아다녔다. 어쩔 수 없이 그렇게 됐다. 한자리에 멍청하게 서 있다가 지게차에 부딪힐 뻔하고, 뜯지 말아야 할 상자를 뜯고, 엉뚱한 물건을 집어 오고, 아무 이유도 없이 3층과 4층을 수시로 오갔다. 용무도 없이 화장실 앞에 우두커니 서서 안을 기웃거리기도 했다. 그런 다음 퇴근하자마자 곧장 사무실로 갔다. 어비의 연락처를 물어보기 위해서였다.

여기서 일하는 사람이 얼마나 되는지 알아요?

문을 열고 나타난 인사 담당자는 뜬금없이 그런 질문을 했다. 못마땅한 기색이었다. 지갑을 잃어버렸고 어쩌면 어비가 가져갔을지도 모르고. 그런 사정을 더듬더듬 말하려고 했는데 담당자는 또 이렇게 물었다. 여기 하루 주문량이 어느 정도 되는지 알아요? 여기 물품 종류가 몇 개나 되는지 알아요? 하루 매출이 어느 정도인지 알아요? 알아요? 알아요? 온통 아느냐는 질문이었다. 내가 대답을 하지 않자 그는 내일부터는 나오지 않아도 된다는 말을 했다. 뭔가 더 말하고 싶은 듯 입술을 달싹이며 오래도록 날 내려다보았는데 문을 닫고 그대로 사무실 안으로 들어가 버렸다.

그게 끝이었다.

이후 나는 매일 여러 개의 취업 사이트를 띄워 놓고 정작 이상한 동영상을 보고 쓸데없는 기사를 읽으며 밤을 보냈다. 하루는 길고 일주일은 금방 지났다. 멍하니 있으면 순식간에 마흔이 되고 쉰이 되고 아무 곳에서도 써 주지 않을 만큼 늙어 버릴 것 같았다. 정말이지 이젠 좀 제대로 된 일이 필요했다.

직장을 구해야 했다.

그러나 나는 될 대로 되라는 심정으로 마우스를 움직이고 차례로 열리는 인터넷 창을 따라 아주 멀리까지 갔다. 문득 정신을 차려 보면 정말 엉뚱한 곳에 멍청히 서 있는 꼴이었다. 그래도 그런 식으로 어비가 있는 곳까지 가게 될 거라고 예상한 적은 없었다. 거기. 수많은 사람들이 개인 방송을 하는 사이트였다. 언제 어디서나 마음만 먹으면 방송을 하고 누구나 시청할 수 있는 곳이었다.

처음 본 건 거구의 남자였다. 그는 도마 위에 산처럼 쌓인 뭔가를 숟가락으로 떠먹는 중이었다. 빵이거나 삶은 고기인가 하고 봤는데 번데기였다. 번데기를 씹고 삼키는 소리가 적나라했다. 더럽고 혐오스러웠는데 어쩐지 계속 보게 됐다. 뭐지, 하는 생각으로 있다 보니 거짓말처럼 몇 시간이 금방 지났다.

뭐해요? 뭐하는 사람이에요?

악의에 찬 사람들이 시비를 걸면 그는

번데기 먹는 사람.

입을 벌려 씹다 만 번데기를 보여 주었다. 그곳엔 그런 사람들이 넘쳐 났다. 특히 주말 밤에는 수백, 수천 개의 방송들이 사람들을 끌려고 밤새도록 반짝거렸다. 말이 방송이지 대부분 방송이라 말하기도 민망한 수준이었다. 좁고 작은 방을 배경으로 얼굴을 내밀고 앉아 아무 이유도 목적도 없는 일에 몰두하며 시간을 보내는 사람들이 대부분이었다.

그런 걸로도 돈을 벌 수 있다는 게 놀라웠다.

신기했고 재미있었는데 뭐랄까, 불쾌해졌다. 별풍선 하나는 100원. 열 개는 1000원. 열 명이 열 개씩이면 만 원. 100명이 100개씩이면 100만 원이 되는 거였다. 그걸로 집도 사고 차도 사고 가게도 내고 사업도 하면 안 되는 거 아닌가. 그러려고 하면 안 되는 거 아닌가. 일을 해야 하는 게 아닌가. 그런 생각이 들면 다른 사람들처럼 아무 말이나 하게 됐다. 아무 방송에나 들어가서 아무 말이나 지껄이고 쫓겨나고 또 쫓겨나고 계속 쫓겨나는 게 그즈음 내가 밤마다 하는 일이었다.

그러다 문득 어비라는 이름을 발견한 거였다. 어비는 물류 창고 앞마당에 묶여 있던 개 이름이었다. 어비야, 어비야. 종종 개집 앞에 쪼그리고 앉아 어비를 불렀던 기억이 난다. 왜 그런 이름을 닉네임으로 정했을까 하고 봤더니 어비였다. 개 어비가 아니라 사람 어비. 아무 말 없이 사라져 버린 그 어비였다.

오죽하면 모르는 사람들 앞에 얼굴을 내놓고 방송을 할 생각을 했을까.

그래도 다른 사람들처럼 별풍선을 선물할 생각은 안 했다. 이런 건 일이 아니고 이런 식으로 돈을 버는 건 반칙이고. 그보다 내가 아는 어비는 이런 걸로 뭘 해 보려는 사람이 아니었다. 그러니까 어비는 열심히 일할 줄 알고 열심히 일해야 한다는 걸 잘 아는 사람이 아닌가.

화면 앞에 앉은 어비는 말이 없었다. 사람들이 인사를 건네고, 질문을 하면 겨우 더듬더듬 몇 마디를 했는데 말을 이어 나가고 사람들을 계속 붙잡아 두는 재능 같은 건 도무지 생겨나지 않았다. 하루도 거르지 않고 방송을 했는데 사람을 끌어들일 만한 외모도, 몸매도 하다못해 재치와 유머 같은 것도 없어서 드물게 찾아온 사람도 다 놓쳐 버리기 일쑤였다.

이 사람 뭐죠? 이거 무슨 방송이죠?

사람들은 그렇게 몇 번 묻다가 나가 버렸다. 그보다 더 인내심이 있는 사람들은 뭔가 하겠지, 다른 게 나오겠지 기다리다가 인신공격을 하고 어비를 자극하는 데 골몰했다. 나는 어비 말고 어비 너머 보이는 배경들을 오래 살폈다. 방의 한쪽 면을 차지한 책장과 티셔츠 몇 장이 걸린 옷걸이, 네모난 거울과 통기타 같은 것들을 찬찬히 훑는 거였다. 방은 아담해 보였다. 문고리나 벽지는 낡아 보였는데 대체로 잘 정돈된 분위기가 느껴졌다. 그러나 그런 것들을 다 보고 나면 다른 사람들처럼 곧 지루해졌다.

뭐든 좀 하지.

그런 말을 했던 기억이 난다.

실은 그건 내가 들은 말이었다. 면접을 보면서 몇 달을 흘려보낸 뒤 나는 아는 선배의 소개로 작은 무역 회사에 들어갔다. 말이 회사지 낡은 건물에 세 든 열 평짜리 사무실이었다. 예전 여행사 간판을 그대로 달고 있어서 미로 같은 건물 내부를 오래 헤매야 발견할 수 있는 그런 곳이었다. 어쨌든 선배는 자신이 없는 동안만이라고 단서를 달았다.

그래도 모르지. 네가 일을 잘하면

그런 여지를 남기긴 했는데 막상 가 보니 무슨 일을 해야 하는지 말해 주는 사람이 아무도 없었다. 나를 계속 서로에게 미루고 떠넘기려는 분위기가 역력했다. 때문에 나는 종일 파티션 아래 웅크리고 다른 사람들처럼 열심히 일하는 척 흉내를 냈다. 일하는 것보다 그러는 척하는 게 몇 배나 더 힘들었다.

그런데요. 저는 무슨 일을 해야 하죠?

결국 며칠 만에 옆자리에 앉은 사람에게 도움을 청했는데 그 사람은 뜨악한 표정을 지었다.

여기 일하러 오셨잖아요. 뭐든 하셔야죠.

선심 쓰듯 한마디 한 뒤 고개를 돌려 버렸다. 알아서 하라는 뜻이었다. 물론 할 일이 전혀 없는 건 아니었다. 그러나 우표를 붙이고 우편물을 발송하고 주소록을 정리하고 비품을 사 오는 일은 길어도 한두 시간이면 끝났다. 몇 개 되지도 않는 화분에 물을 주고 쓰레기통을 비우는 일은 더 빨리 끝났다. 그런 일들은 아무리 시간을 끈다 해도 종일 할 수 있는 일이 아니었다. 나는 의기소침해지고 주눅이 들고 불쾌해지고 수시로 화가 치밀었다.

작정하고 사람을 우습게 만들려는 게 아니면 이게 뭔가.

그런 생각이 들면 당장이라도 그만두고 싶었다. 그곳에서 내가 종일 한 일은 그런 충동과 분노를 가만히 잠재우는 것이었다. 그런 것들은 언제나 시도 때도 없이 살아났고 어쨌든 나는 모른 척하는 방법을 배워야 했다. 결국엔 멀찌감치 떨어져서 우스워지는 나 자신을 남의 일처럼 구경하는 수밖에는 없었다.

퇴근 후에는 습관적으로 어비를 찾게 됐다.

어느 날 보니 어비는 웃통을 벗고 선글라스를 낀 채 화면 앞에 서 있었다. 책장이 있었던 자리는 텅 비어 있었다. 벽지에 알 수 없는 해괴한 낙서가 가득했다. 고추장인지 빨간 물감인지 모를 어떤 것들로 크게 어비의 이름을 적어 놓은 것 외엔 도무지 알아볼 수가 없었다.

여러분, 여러분들이, 여러분께서.

어비의 입에서 그런 말들이 아무렇지 않게 나왔다. 접속자 수가 빠르게 늘었다. 어비는 두 팔을 크게 움직여 젓가락을 뜯은 다음 바닥에 놓인 음식들을 소개했다. 짜장면, 짬뽕, 볶음밥, 우동, 탕수육으로 이어지는 싸구려 중국 음식들이었다. 어비는 화면 상단에 타이머를 띄운 다음 그것들을 빠르게 먹어 치우기 시작했다. 일부러 마이크 가까이 입을 갖다 대고 요란하게 음식 씹는 소리까지 냈다. 뭐랄까. 그럴 때 어비는 뭔가를 먹는 사람이 아니고 먹는 일을 하는 사람 같았다. 입안을 가득 채운 음식이 자꾸만 입술을 비집고 튀어나왔다. 하나둘 사람들이 모여들었고 채팅창이 넘실거렸다. 말들이 빠른 속도로 솟구치기 시작했다.

네 그릇을 깨끗하게 비워 갈 때쯤 별풍선이 터졌다. 처음엔 한두 개 터지더니 열 개를 넘어서고 100개, 200개, 300개를 넘어섰다. 어비는 음식을 씹다가 말고 바닥에 엎드려 고맙습니다, 감사합니다, 큰 소리를 냈다. 입안에서 씹다 만 음식이 튀어나오는 게 다 보일 정도였다.

그리고 나는 어느 순간 방송을 꺼 버렸다.

한심하다는 생각이 들었는데 방송이 꺼지고 고요해진 방에 우두커니 앉아 있는 동안 점점 더 설명하기 힘든 기분이 됐다. 뭐 저런 식인가. 저런 걸로 어떻게 돈 벌 생각을 하나. 벌어도 되나. 벌 수 있나. 얼마나. 얼마만큼. 그럴 필요가 없다고 생각하면서도 나는 자꾸만 따져 보게 됐다. 가만히 방 안에 앉아 배달 음식을 시켜 놓고 그걸 먹는 대가로 단 몇 시간 만에 어비가 벌어들인 돈과 앞으로 벌어들일 돈을 카운트해 보는 거였다.

한번은 상무의 아이를 데리러 초등학교에 간 적이 있다. 외근을 나왔는데 아이가 아프다는 연락을 받았다는 거였다. 어쨌든 집까지만 좀 데려다 달라는 부탁이었다. 몹시 무더운 날이었다. 좁고 가파른 골목을 한참 걸어 올라가야 했다. 운동장에 깔린 모래들이 허공으로 떠오르고 연기처럼 어른거리는 착각이 들 정도였다. 곧장 교무실로 가서 아이의 이름과 학년을 말하고 상황을 설명했는데 아무도 아는 사람이 없었다. 상무와는 연락이 닿지 않고 한참 만에 통화가 됐는데 그는 오히려 내게 화를 냈다. 거기가 아니라는 거였다. 분명 제대로 알려 줬는데 왜 일을 이렇게 만드느냐며 이럴 거면 처음부터 하지를 말지 어쩌고저쩌고 하는 비난이 이어졌다.

그런 비슷한 일은 반복됐다.

다들 말로는 부탁이라고 하고 아주 당연하게 사람을 부렸다. 나는 몇 정거장 떨어진 도서관에 가서 대출 기한을 넘긴 책들을 반납했다. 주문서와 영수증을 들고 백화점 여러 군데를 돌며 주문한 물건을 찾고 사이즈가 맞지 않는 옷과 신발을 교환했다. 견인된 차를 찾으러 한 시간 넘게 지하철을 타고 차량 보관소까지 간 적도 있었다. 너무하는 게 아닌가 싶었지만 그러려니 했다. 어쨌든 이렇게 사람들의 부탁을 들어주다 보면 가까워질 테고 그러면 제대로 된 업무를 할 수 있겠지. 일다운 일을 할 수 있겠지. 그렇게 생각했던 것 같다.

어느 일요일 저녁 방송을 켰을 때였다.

어비는 길 위에 있었다. 휴대폰으로 방송을 켜고 어디론가 걸어가는 중이었다. 사람들이 어디 가냐, 뭐 하러 가냐, 묻는데도 어비는 그냥 앞으로, 앞으로만 가는 데 정신이 팔려 있었다. 어비는 좁은 골목길을 빠져나와 불을 켜고 작업 중인 공사 현장을 지났다. 한참 만에 멈춰 선 곳은 작은 버스 정류장이었다.

그 순간 나는 전화 한 통을 받았다. 사장이었다.

잠시 나올 수 있나? 여기 문제가 좀 있는데.

전화를 받자마자 사장은 큰 소리를 냈다. 당장 나오라는 뜻이었다. 사무실로 가야 하느냐고 물었더니 다른 장소를 말해 줬다. 어쨌든 빨리 와 달라는 부탁이었다. 서둘러 옷을 챙겨 입고 집을 나섰다. 조급한 마음에 택시를 탔고 계속 기사를 재촉하게 됐다. 도착한 곳은 높은 빌딩들이 즐비한 번화가였다. 어디나 사람이 많았다. 똑바로 걸어갈 수가 없을 정도였다. 사장이 알려 준 대로 큰 건물을 찾고 뒤편으로 돌아갔더니 술집이 다닥다닥 붙은 골목이 나타났다. 수많은 간판들로 사방은 대낮처럼 환하고 바닥은 울긋불긋한 광고 전단지로 어지러웠다.

사장은 한참 만에 나타났다. 비슷한 연배로 보이는 남자 서넛과 함께였다. 누군가와 어깨동무를 하고 뒤뚱거리며 다가온 사장은 나를 제대로 알아보지도 못했다. 눈을 가늘게 뜨고 한참 내 얼굴을 노려보기만 했다. 나는 잠자코 기다렸다. 술기운에 만만한 직원 하나를 불러내 주거니 받거니 술을 마시며 시간을 보내고 싶을 수 있지. 이해하려고 안간힘을 쓰는 중이었다. 분위기가 좋으면 내 업무에 대해 한번쯤 따져 물을 기회가 생길지도 몰랐다. 그러면 사무실에서 보이던 냉담한 반응 말고 어떤 구체적인 답변이나 친절한 해명이 돌아올 수도 있었다. 잘만 하면 내일부터는 비로소 업무라고 할 만한 게 주어질지도 몰랐다. 그러니까 그런 기대를 전혀 하지 않은 건 아니었다. 나는 횡설수설하는 사장의 이야기를 알아들으려고 기를 썼다. 그러나 사장은 나머지 사람들을 나에게 떠넘기다시피 하고 택시를 타고 가 버렸다. 어쨌든 집까지 잘 모셔다 드리라는 요구가 그날 내가 알아들은 유일한 말이었다.

나는 어비가 어두운 건물 근처를 서성이는 모습을 휴대폰으로 봤다. 두 사람을 차례로 집 앞에 내려 주고 남은 한 사람을 택시로 데려다주는 길이었다. 도로는 꽉 막혀 있었다. 터널로 진입하자 끝도 없이 늘어선 붉은 미등이 나타났다. 나는 계속 휴대폰을 만지작거렸다. 화면 속에서 환한 불빛과 기다란 그림자와 바닥에 끌리는 발소리와 더운 숨소리 같은 것들이 제멋대로 뒤섞이고 있었다. 멀미가 일었다. 결국 뒷좌석에 있던 사람이 먹은 것을 다 게워냈다. 가도 가도 끝은 안 보이고 나는 열린 창으로 쏟아져 들어오는 뜨거운 매연을 마시며 기사의 원망을 들었다.

터널을 빠져나오자마자 차부터 세웠다. 잠든 사람을 뒷좌석에서 끌어내고 호주머니를 뒤져 지갑을 꺼냈다. 열어 보니 현금이 꽤 많았다. 밤 장사를 망쳤고 시트를 갈아야 하는데 냄새는 잘 안 빠지고 어쩌고저쩌고 떠들던 기사는 지갑에서 돈을 꺼내 주자마자 군말 없이 떠났다.

택시가 간 다음 나는 곧장 뒤돌아섰고 앞만 보고 걸었다. 한 손에 지갑을 든 채였다. 편의점을 발견하곤 캔 맥주 두 개를 단숨에 비웠다. 그러는 동안 뭔가 뜨겁고 단단한 것이 계속 나를 충동질하고 지나가는 걸 분명히 느낄 수 있었다. 그런 충동은 내 안의 뭔가를 다 깨고 부수고 망가뜨리고 박살 낼 때까지 절대 그치지 않을 것 같았다. 그런 예감이, 확신이 점점 더 선명해졌다. 그리고 그런 순간엔 당장 무엇이라도 저지를 수 있는 기분이 됐다. 그게 뭐든 아무 상관이 없었다.

어비가 도착한 곳은 물류 창고 앞이었다. 불 꺼진 창고를 향해 어비는 아무 말이나 지껄여 댔다. 바로 여기가 우주 센터이고. 인공위성이 발사됐고. 전 세계에서 기자들이 몰려왔고 밤이 대낮처럼 환했고. 땅이 흔들렸고 창이 뜨거웠고. 미친놈. 개새끼. 나는 손가락을 움직여 험한 말과 욕설을 쓰고 또 썼다. 별풍선이 터지고, 터지고 계속 터졌다. 내 말은 자꾸 빠르게 위로 밀려났고 보이지 않게 되어 버렸다. 어비의 얼굴은 점점 더 환해지고, 나는 실은 네가 내 지갑을 훔쳐 갔고 네가 하는 건 죄다 거짓말이고 겨우 그런 식으로 돈을 버는 인간이고 그런 말을 하고 또 하고 계속했다.

결국 할 수 없는 건 아무것도 없다는 생각이 들었다.

그 밤 내가 마지막으로 본 것은 주홍색 가로등 불빛이 쏟아지는 철제 대문 앞에 쪼그리고 앉아 있던 어비였다. 아니, 도로변에 앉아 내내 환한 화면을 들여다보던 나였는지도 모른다. 어쨌는 그 곳으로 달려가 어비의 멱살을 잡고 내 지갑의 행방을 묻고 그따위로 살지 말라고 비난을 하고 욕설을 퍼붓고 싶었지만 그럴 수 없었다. 지갑을 어쨌냐고 물으면 정말 아무것도 모르는 순진한 얼굴로 저는 모르는 일이라고 시치미를 뗄 게 분명했다. 그게 아니면 길이 막히고 하필이면 그때 그 사람이 갑자기 구토를 하고 어쩌고 저쩌고 하면서 다른 사람 핑계를 댈 거였다. 말도 안 되는 변명을 늘어놓으면서 사정할지도 몰랐다. 그것도 아니면 모든 게 제 탓이고 제 잘못이고 정말 죄송하다는 마음에도 없는 말을 하면서 굽실거리게 되겠지. 굽실거려야 하겠지. 어쨌든 이건 아니고, 정말 아니고, 진짜 아니지 않느냐고 따져 묻는 어비는 이제 없었다.

나는 도로변을 따라 걷다가 육교를 건너고 커다란 다리 위로 접어들었다. 난간에 붙어 서서 넘실거리는 강을 내다보는 사람들이 보였다. 내내 길 위를 서성이던 어비는 보이지 않았다. 깨진 담벼락과 캄캄한 지붕과 노란 불빛들이 뒤엉키는가 싶었는데 어느 틈에 방송이 꺼져 버렸다. 아무리 기다려도 방송은 다시 켜지지 않았다. 나는 난간에 몸을 기대고 시커먼 강을 오래도록 노려보았다. 이 모든 게 어비 때문이고 어비 탓이고 그런 생각이 들면 당장 달려가 실컷 화풀이라도 하고 싶었지만 그럴 수 없었다. 서늘하고 축축한 바람이 불어왔다. 나는 또 계속 주변을 두리번거리며 서 있기만 했다. 계속 앞으로 가는 것도, 되돌아 나가는 것도 아득해 보이긴 마찬가지였다. 어느 방향으로 가야 좀 덜 걸을 수 있을까. 금방 다리를 벗어날 수 있을까. 어차피 그런 건 없었다. 그런 생각이 들었다. 나는 걷기 시작했다.

아웃포커스

할머니를 그런 곳에 묻는 게 아니었다고 엄마는 눈가를 훔쳤다. 내가 엄마를 그런 곳에 모시다니. 엄마는 코를 팽 풀고 한숨을 내쉰 다음, 그렇지? 되물었다. 나는 손바닥 크기의 부직포 위에 숫자를 붙이려던 참이었다. 엄마의 두 눈이 물기로 반질반질했다. 새삼스러운 일이었다. 할머니가 죽은 지는 벌써 10년도 더 된 일이니까. 그런가, 나는 노란색 부직포 위에 검은색 숫자 8을 얹고 스테이플러를 찍었다. 찰캉찰캉. 돌아가셔서도 편하게 못 쉬시고 이게 무슨 불효일까. 엄마는 휴지로 눈물을 훔쳐 내면서 어지럽게 널브러진 부직포 조각들을 훑어보았다. 그러고는

근데 그거, 아무래도 바느질로 꿰매는 게 더 나을까?

나와 눈을 맞추었다. 엄마의 얼굴은 땀과 눈물이 뒤섞여 발갛게 달아올라 있었다. 나는 털털거리며 회전하는 선풍기를 엄마 쪽으로 고정해 주었다.

지난 20년간 엄마는 통신 회사 상담원으로 일했다. 그래서 가끔은 집 전화를 받으면서도

네, 고객님.

했다가 내 정신이 이렇다니까 멋쩍게 웃는 일이 많았다. 엄마는 하루에 많게는 150통, 적게는 90통의 전화를 받았다. 주로 전화를 새로 놓거나, 통화에 문제가 있다거나, 부가적인 서비스를 가입하고 요금 내역을 확인하는 수준의 상담이었지만, 개중엔 엉뚱한 문의도 많았다. 10년 전 자신의 전화번호를 알려 달라거나, 부인에게 대신 전화를 걸어 달라고 부탁하는 사람도 있었다. 몇 분간 수화기를 들고

내가 누군지 알아? 내가 누군지 아냐고!

고함을 내지르는 사람이 있는가 하면

너, 집이 어디야? 싸가지 없는 년, 내가 가만 안 둘 거야.

협박을 일삼는 부류도 많았다. 그런 날이면 엄마는 좀처럼 쉽게 잠들지 못했다. 늦지 않게 출근해야 했으므로 엄마는 두통약을 먹고, 또 하나 먹고, 또 하나 더 먹으면서 밤을 지새우곤 했다. 설마 민원을 넣거나 하진 않겠지? 엄마의 입속에서 하얀 알약이 부서질 때마다 뽀득뽀득 소리가 동심원처럼 퍼져 나갔다.

엄마가 다시 알약을 꼭꼭 씹은 건 큰외삼촌의 전화를 받은 직후였다. 저녁 무렵이었고 전화기를 든 엄마가 네, 고객님, 하고 내 정신이 이렇다니까 바람 빠진 웃음을 흘렸다. 큰외삼촌은 함께 웃어 줄 여유도 없는 사람처럼 곧바로 본론을 꺼냈다.

도로가 난다는구나. 어머니 모신 자리에 말이다.

도로가? 어머니 모신 자리에?

그래. 도로가 난다고. 이번 주 내로 꼭 산소에 가 봐야 하니까 시간 비워 놔. 꼭.

그러니까 할머니가 묻힌 자리에 2차선 도로가 난다는 거였다. 서둘러 이장을 준비하지 않으면 제때 보상금을 받지 못할 수도 있다고 외삼촌은 조바심을 냈다. 그러곤 다른 형제들에게도 소식을 전해야 하니 자세한 건 만나서 이야기하자며 전화를 끊었다. 엄마는 한 손으로 전화기를 붙잡고 또 한 손으로 가슴을 쓸어내렸다. 아무래도 약을 하나 먹는 게 좋겠다, 중얼거린 건 엄마가 한참 만에 수화기를 내려놓은 다음이었다. 집 안은 주워 온 상자와 색깔별로 사다 놓은 부직포, 가위나 칼, 스테이플러나 바느질 도구 등으로 어지러웠다. 엄마는 물을 들이켜고 작게 부서진 알약을 모두 삼킨 뒤

시간을 어떻게 비워. 출근해야 하는데.

한숨을 쉬었다. 나는 노란 부직포 위에 검은 숫자를 부착하면서 엄마의 눈치를 살폈다. 엄마는 미간을 찌푸리고 골똘히 생각에 잠겨 있다가

거기, 0이랑 9가 조금 삐딱한 거 같은데. 이쪽으로 좀, 이쪽으로 좀.

하면서 코를 풀었다. 생전 처음 만들어 보는 휴대폰은 좀처럼 완성될 기미를 보이지 않고 있었다.

국영 기업이었던 엄마 회사는 몇 번의 합병과 인수를 거치며 민영 기업이 되었다. 이후 경제적이고 효율적인 경영을 평계로 대대

적인 인력 감축을 진행했는데 해고를 당하거나 자진 사표를 내는 사람이 가장 많은 곳이 바로 엄마가 일하는 상담 부서였다. 이빨이 뽑힌 것처럼 텅 빈 책상은 질서나 순서도 없이 늘어났다고 엄마는 두려워했다. 그래도 버텨야지, 이를 악물었고 정말 버텨야 해, 하루 200통 이상의 상담 전화를 받기도 했다. 어쨌건 그렇게 3년을 더 버티다 다른 사람들처럼 해고를 당한 거였다. 사유는 업무 불이행과 업무 능력 상실이었다. 문제는 해고 사유서에 명시된 업무가 20년간 엄마가 해 오던 상담 업무와는 판이하게 다르다는 사실이었다.

뭔가 착오가 있었겠지. 분명 뭔가 잘못된 걸 거야.

엄마는 상자 바닥에 구멍을 내고 거꾸로 뒤집어썼다. 나는 팔이 편하게 움직일 수 있게 상자 옆면에 큰 구멍을 뚫었고 다른 상자들을 덧대어 몸통을 감쌌다. 양철 몸통에 팔다리를 끼워 놓은 것처럼 엄마는 정말이지 싸구려 깡통 로봇 같았다. 땀을 뻘뻘 흘리고 서 있는.

이제 화면을 붙일까.

엄마는 상자로 만든 휴대폰을 뒤집어쓰고 본사 앞에서 1인 시위를 할 거라고 했다. 1인 시위라니. 도대체 1인과 시위라는 말이 어울리기나 하는 건지. 어쨌든 함께 시위하던 사람들이 모두 떨어져 나가고 이제 엄마 딱 하나만 남은 모양이었다. 강 팀장이나 이 주임, 미연 씨, 수진 씨 같은 사람들 모두. 한 번도 만난 적 없지만 나는 그들의 입맛이나 사소한 습관 같은 것까지 꿰고 있었다. 괜스레 서운한 마음이 들었다.

그 사람들은 자격이 없는 거야.

엄마는 대수롭지 않게 말했다. 그럴 줄 알았다는 듯. 나는 거울 앞에서 이리저리 몸을 돌려 보는 엄마를 올려다보았다. 거울 속에서 엄마와 자주 눈이 마주쳤다.

그럼 이제 엄마 혼자인 거네.

자기 자리를 지키는 게 어디 쉬운 줄 아니.

1인 시위야 누구나 할 수 있고 특별한 일이라고도 할 수 없었지만 주목을 끈다면 분명 뭐가 바뀌어도 바뀔 거라고, 엄마는 기대하는 눈치였다. 회사 앞에서 도로 쪽을 내다보면, 컴컴한 건물 그림자 아래 구호를 외치는 이들이 드문드문 보인다고 했다. 스티로폼 항아리를 머리에 인 사내나, 모형 돌고래를 탄 아가씨, 송아지 탈을 쓴 청년이 나타나기도 한다는 거였다. 그런 사람들은 길을 지나다가도 두 번씩, 세 번씩 더 돌아보게 된다고 했다. 그러니 엄마에게도 뭔가 특별한 게 필요했다. 멀리서 봐도 한눈에 딱 알아볼 수 있는, 그래서 세 번씩, 네 번씩 돌아보게 하는, 의상이나 소품 수준이 아니라 몸에 꼭 맞는 거대한 휴대폰 같은 거. 그리고 그런 건 뚝딱 하고 만들어지는 게 아니었다.

근데 주호야, 편의점 일 하루만 쉬면 안 될까? 이걸 나 혼자 어떻게 만드니.

어차피 하루쯤 아파서 빠진다 해도 사장은 재빨리 대타를 구할 사람이었다. 그래서 딱 하루만이라는 조건을 걸고 그렇게 한 거였다. 나는 부직포로 완성한 로고를 가위로 오렸다. 그런 다음 엄마가 뒤집어쓴 상자 위에 회사 로고를 대 보았다.

근데 이건 안 넣는 게 좋겠지?

엄마는 거울을 들여다보며 중얼거렸다.

음, 아니, 넣는 게 좋겠다. 뭐든 메이커가 있는 게 좋으니까.

하룻밤을 꼬박 새우다시피 하고 엄마에게 꼭 맞는 휴대폰을 완성했을 무렵, 전화벨이 울렸다. 다시 큰외삼촌이었다. 수화기 너머로 종이 넘기는 소리가 들렸다가 말다가 했다. 외삼촌은 음, 하고 한참 종이를 뒤적거린 다음 용건을 꺼냈다.

주호구나. 엄마 좀 바꿔 다오.

엄마는 막 출근 준비를 마치고 상자를 머리 위로 들어 올리던 참이었다. 혹시나 망가질까 봐 엄마는 겁을 내고 있었다. 나는 손짓으로 엄마를 부른 다음 입술을 크게 움직였다. 외, 삼, 촌.

오빠, 내가 나중에 전화할게. 나 출근해야 해.

엄마가 상자 속에 머리를 들이밀며 소리쳤다. 나중에, 전화한다고. 캄캄한 상자 안에서 목소리가 웅웅 울렸다. 나는 상자 쪽으로 수화기를 바짝 가져다 댔다. 나중에, 나중에 전화한다고. 엄마는 구멍 밖으로 머리를 내미느라 애를 쓰는 중이었다. 하는 수 없었다. 나는 외삼촌에게 양해를 구했다.

오늘 어머니 산소에 갈 거야. 다들 온다니까 빠지면 안 된다고 전해라. 주호 너라도 꼭 와야 해.

외삼촌은 시간과 장소를 또박또박 일러 준 뒤 전화를 끊어 버렸다.

전 일이 있어서 갈 수 없을 것 같은데요.

내가 미처 말을 마치기도 전이었다. 다들 한 번은 아플 수 있지만, 두 번, 세 번, 아플 순 없다는 걸 모르는 모양이었다. 이틀을 연달아 빠지면 편의점 사장은 분명 노발대발하며 이를 갈 게 뻔했다. 상자 속에서

불쌍한 우리 엄마. 이게 무슨 날벼락일까.

하는 엄마의 목소리가 새어나왔다. 엄마의 머리는 구멍에 꽉 끼인 채 좀처럼 빠져나오지 못했다. 나는 상자를 조금 더 찢었다. 엄마의 머리가 상자를 뚫고 나왔다. 발갛게 상기된 얼굴에 땀이 맺혀 있었다.

오늘 할머니 산소에 간다는데?

엄마는 휴대폰을 뒤집어쓴 채 거울 앞에 섰다. 커다란 상자 때문에 엄마의 몸은 자꾸만 거울 밖으로 잘려 나갔다. 서너 걸음 물러서도 마찬가지였다. 엄마는 자세를 바꿔 가며 더디게 매무새를 훑었다. 그리고 한참 만에 이렇게 중얼거렸다.

정말 산소에 못 가 본 지 8년이 넘었네. 그러지 말고 주호야, 네가 한번 가 볼래?

편의점은 어쩌고.

나는 멀찌감치 서서 엄마를 바라보았다. 조잡했지만 휴대폰은 그럴듯했다. 엄마는 그래, 편의점이 있었지, 하고 그래도 양해를 구해 보면 되지 않을까, 되물었다. 결국 나는 고개를 끄덕이고 말았다. 어쨌건 할머니 일이니까. 무엇보다 상자를 뒤집어쓰고 땀을 뻘뻘 흘리는 엄마의 부탁을 거절하기 어려웠다. 물어보지 뭐. 나는 팔을 직각으로 꺾어 엄마를 흉내 냈다.

너무 바보 같니?

엄마는 얼굴을 구기며 웃은 다음 다시 거울을 들여다보았다. 거울 속으로 되돌아온 엄마는 입술을 꼭 다문 채 표정이 없었다.

언젠가부터 엄마 회사엔 명단이 돌았다. 만든 사람도 없고 본 사람도 없지만, 누구나 다 아는. 이름이 오른 사람은 알 수 없고, 이름이 오르지 않은 사람만 알게 되는 이상한 명단이었다. 이름이 오른 사람들이 상황을 파악하는 동안 이름이 오르지 않은 사람들은 발 빠르게 움직였다. 별다른 지침이 있을 리 없었지만 사람들은 스스로 배우고 알아서 했다. 어쨌든 이름이 오르지 않았으니까. 계속 이름이 오르지 않으려면 적극적으로 행동할 필요가 있었다. 엄마는 이름이 오른 사람들과 천천히 거리를 두었다. 그러면서도

나 너무 나쁜 사람 같지?

잠들기 전에는 꼭 나와 눈을 맞추었다. 영미 씨나 은영 씨, 화숙 언니, 지선 언니 같은 사람들이 저만치 떨어져 홀로 점심을 먹거나, 문득 다른 사람들의 뒤통수를 오래도록 바라보거나, 아무도 듣지 않는 인사를 하고 우두커니 제자리에 서 있는 모습을 보면 눈물이 날 것 같다고 했다. 그러면서도 누구보다 적극적으로 그들을 외면하는 일에 앞장섰다. 엄마는 하루가 지나고 또 하루가 지나면 견딜 만해질 거라고 했고 한 주가 가고 한 달이 지나가자 정말 그렇게 되었다고 했다. 그즈음이 되면 더 이상 버티지 못하고 나가는 사람이 많았으니까. 차라리 얼굴을 보지 않는 편이 나을 거라 예상했지만 빈자리를 보면 또 어쩔 수 없이 그 사람들의 얼굴이 떠오른다고도 했다.

있을 때는 몰랐는데 말이지.

빈자리가 하나둘 늘어날 때마다 엄마는 쉽게 잠들지 못했다. 엄마는 내가 너무 심한 걸까? 질문하고, 날 원망하겠지? 또 질문했다. 내버려두면 쉬지 않고 질문을 던지며 밤을 꼬박 지새울 기세였다.

그리고 얼마 지나지 않아 엄마 이름이 명단에 올랐다. 엄마는 영미 씨나 은영 씨, 화숙 언니, 지선 언니가 했던 것처럼 저만치 떨어져 혼자 점심을 먹었고, 상담 전화가 없는 동안 사람들의 뒤통수를 가만히 바라보았다. 아무도 듣지 않는 인사를 하고, 아무도 웃지 않는 농담을 하고, 아무도 답하지 않는 질문을 하면서 엄마는 자신의 이름이 명단에 올랐다는 걸 깨달았다고 했다.

근데 왜 내 이름이 거기에 올랐을까?

처음엔 뭔가 잘못된 거라고 여겼다. 명단에 오를 이유가 없었으니까. 불을 끄고 어두운 방 안에 나란히 누우면 엄마는 천천히 알약을 녹여 먹다가 도로 불을 켜고 앉았다.

나만큼 열심히 일한 사람이 없는데.

오래된 기억을 하나씩 뒤적거리고

누가 나처럼 꼼꼼하게 상담을 한다고.

까다롭고 힘들었던 상담 전화를 기억해 내곤 했다. 아무리 찾아도 명단에 오를 만한 이유는 없었다. 엄마는 불을 끄고 도로 누워 나의 동의를 구했다.

분명 뭔가 잘못된 게 틀림없다니까. 그렇지?

나는 가만히 고개를 끄덕였다. 어쩌면 정말 말이 잘못 돌았거나, 다른 사람과 이름이 헷갈렸을지도 모르는 일이니까. 하지만 아무도 엄마와 말을 섞으려 하지 않았다. 때문에 엄마는 매일 밤 장문의 편지를 썼다. 잠결에 눈을 뜨면 동그란 상 앞에 앉은 엄마가 보였다. 볼펜을 쥔 채 하얀 편지지를 내려다보고 있다가 문득 엄마는 겸연쩍게 웃곤 했다. 그렇게 2주가 더 지난 다음 엄마는 어렵게 저녁 약속을 받아 냈다. 동료 대여섯 사람이 엄마를 따로 만나 주겠다고 약속한 거였다. 엄마는 한 달치 월급의 반을 떼어 근사한 고깃집을 예약했다.

엄마가 휴대폰 상자를 뒤집어쓰고 회사 앞을 지키는 동안 나는 산을 올랐다. 할머니 산소로 가는 길은 가파르고 험했다. 제대로 길이 나 있지 않아 수풀을 헤치고 한참을 걸어야 했다. 큰외삼촌이 앞서고 내가 뒤따랐다. 큰외삼촌이 자꾸만 뒤를 돌아보았다.

그래서 지금 회사 앞에서 시위를 한다는 거냐?

돌아보면 작은이모, 큰이모의 까만 머리통이 차례대로 보였다. 큰이모가 나를 향해 소리쳤다.

그럼 미영이가 잘린 거니? 잘린 거야?

나는 제자리에 우뚝 멈춰 서서 숨을 골랐다. 풀숲에서 축축하고 뜨거운 열기가 솟아올랐다. 온몸에 땀이 흘렀다. 가만히 서 있으면 아이스크림처럼 뚝뚝 녹아내릴 것만 같았다. 나는 무성하게 자란 풀을 함부로 뜯어냈다.

날이 이렇게 더운데, 거기 종일 서 있단 말야?

작은이모가 내 곁에 와 멈춰 서며 중얼거렸다. 정말 언니도 못 말린다니까. 큰이모가 다시 큰 소리로 물었다.

주호야, 그래서 미영이가 잘린 거야? 잘린 거냐고?

나는 잘 모르겠어요, 했다. 정말이지 아직은 잘 모르는 거니까. 엄마는 당장 내일이라도 복직될지 모른다고 기대하는 눈치였다.

혼자 고기를 실컷 먹고 돌아온 그날, 엄마는 해고 통지를 받았다. 통신 회사답게 몇 문장으로 간추린 문자 메시지 한 통이 전부였다. 엄마가 잠깐 화장실을 다녀온 사이 동료들은 모두 자리를 뜨고 없었다고 했다. 불판에 올려 둔 고기가 다 익지도 않았을 때였다. 엄마는 쓰지 않은 숟가락과 젓가락을 수저통에 도로 집어넣은 다음 고기를 구웠다. 8인용 탁자를 홀로 차지하고 앉아 그 많은 고기를 다 먹은 거였다.

그 고기가 얼마나 비싼 건데.

엄마는 허기진 표정으로 중얼거리고 가슴을 콩콩 두드렸다. 한꺼번에 먹은 고기 때문인지 갑작스러운 해고 때문인지는 알 수 없었지만 뭔가 단단히 체한 게 틀림없었다. 엄마가 몸을 뒤칠 때마다 고기 냄새가 끼쳤다. 나는 모로 누워 눈을 감았다.

그래도 출근은 할 거야.

그리고 엄마는 한참 만에 또박또박 다짐했다. 그런 다음 정말이지 계속 회사에 나갔다. 지각이나 결근 한 번 없었던 지난 20년처럼. 8시에 출근하고 6시에 퇴근하는 일을 반복했다. 다녀올게, 하며 나갔다가 다녀왔어, 하며 돌아오는 것도 같았다. 달라진 게 있다면 엄마의 자리, 단 하나였다. 회사 안에 있던 엄마의 자리가 바깥으로 옮겨진 거였다.

엄마는 종일 회사 정문 앞을 지켰다. 새로운 일에 몸을 단련시키면서. 하나, 둘, 셋, 충수를 세고 하나, 둘, 호수를 헤아리며 사무실을 찾은 다음, 종일 그곳을 올려다보는 일이었다. 창들은 모두 깁으 ㄱ기와 무양으로 다닥다닥 붙어 있었다. 겨우 찾았다 싶으면, 사무실은 비슷비슷한 창들 사이로 숨었고, 넝컸고, ㅅㅣㅣㄲㅣㄱㅣ ㅇㅣ쑤였다. 엄마는 두 눈을 부릅뜨고 손톱만 한 창을 잡았다가 놓치고 잡았다가 놓쳤다. 밤이 되면 온몸이 내려앉는 것 같다고 불평했지만 엄마는 그만두려 하지 않았다.

거기 창가 캐비닛 안쪽에 보면 이면지 모아 놓은 게 있어요.

엄마는 사무실로 전화를 걸기도 했다. 미처 말해 주지 못한 것들이 수시로 떠오른 탓이었다. 2000년도 이전 상담 서류는 회의 탁자 아래 있고요. 저쪽에서 인사말을 다 끝내기도 전에 엄마는 말을 쏟아냈다. 민원 분류표 서식은 내가 만들어 놓은 걸 쓰면 돼요. 내 문서에 저장해 놨는데. 아 참 폐건전지는 따로 수거했다가 버리는 거 알죠? 경비가 싫어해요. 휴게실에 조각 비누 모아 놓은 게 있는데⋯⋯. 전화를 받은 사람들은 황당해하다가 결국엔 엄마의 이야기에 귀를 기울였다. 통화를 마칠 때는 고맙습니다, 공손하게 인사까지 했다.

하지만 아무도 엄마를 다시 찾지 않았다. 얼굴을 아는 동료들은 회사를 드나들 때마다 다른 쪽으로 고개를 돌리거나 휴대폰 속에 얼굴을 빠뜨리고 걷는다고 했다. 엄마가 오기 전에 출근하고 엄마가 돌아간 다음 퇴근하는 이들도 있었다. 그러거나 말거나 엄마는 하루도 빠짐없이 그곳을 지켰다.

나는 두 평 남짓한 편의점 안에서 자주 바깥을 내다보았다. 골똘히 바라보면 보도블록과 아스팔트, 단단한 건물의 모서리나 자동차의 범퍼 같은 것들이 조금씩 녹아내리는 것 같았다. 모든 게 모빌처럼 일렁거리는 저 너머 어딘가에서 엄마는 뜨뜻해진 상자를 뒤집어쓰고 땀을 흘리고 있을 거였다. 아무도 듣지 않는 고함을 질러 대면서. 나는 엄마를 배경으로 뜨거워지는 도시를 떠올렸다. 그리고 자주 외삼촌의 전화를 받았다.

할머니의 산소 때문이었다. 도로가 나려면 아직 이삼 년은 더 기다려야 될 것 같다고 하면서도 외삼촌은 당장 내일 개발이 진행될 것처럼 기대하는 눈치였다. 문제는 할머니의 묘지를 찾을 수 없다는 거였다. 비슷비슷한 여덟 개의 무덤이 나란히 서 있는 탓에 삼촌과 이모들의 기억은 자꾸만 엉키고 충돌했다.

엄마, 나 왔어.

큰이모가 무덤 앞에 주저앉아 통곡을 시작하려 하면

근데 말이야, 어머니 무덤이 저기 아니었던가?

큰외삼촌이 뒷주머니에서 지도를 꺼내 드는 식이었다. 묘비나 비석이 없었으므로 둥그렇게 솟은 모양이나 보살핌을 받지 못한 외관은 모두 비슷했다.

도로가 여기 이렇게 난다니까.

큰외삼촌이 검지를 세워 미리 표시해 둔 부분을 따라 그리면

그럼 여기가 아닌가.

큰이모가 몸을 일으켜 지도를 들여다보았다. 까다로운 보상 규정과 지정 범위에 따라 할머니의 무덤은 여기였다가 저기였다가 다시 여기가 되었다.

일이 바쁜가. 엄마와 통화가 안 되네.

며칠 후 삼촌은 인사를 생략하고

자식들이 모두 서명해야 하니까, 월요일에 모이라고.

용건을 통보했다. 그러곤 다른 형제들에게도 연락을 해야 하니까, 하면서 전화를 끊어 버렸다. 엄마는 매번 불쌍한 우리 엄마, 죽고 나서도 이게 뭐야, 중얼거리고 이번엔 꼭 가 봐야겠지, 하고 되물었다. 매일 밤 찢어지거나 뜯겨 나간 상자를 조금씩 손보면서였다. 종일 휴대폰을 뒤집어쓰고 회사 앞을 지키면서도 엄마는 별소득이 없어 보였다. 그러면서도 하루쯤 빠지는 것에 대해 퍽 겁을 내고 있었다.

누가 신경이나 쓰겠어.

내가 회의적으로 고개를 흔들면, 엄마는

그래도 이게 일인데, 빠지는 건 보기 안 좋잖아.

걱정스럽게 말했다. 함께 시위하던 사람들이 모두 떨어져 나간 상황인데도 엄마의 각오는 이전보다 더 단단해진 것 같았다. 아니, 더 단단해져야 했다. 그 퇴직금은 엄마의 전부였으니까. 말하자면 그건 의지의 문제라기보다 절실함의 문제라 보는 게 마땅했다.

그러지 말고 주호야, 이번에도 네가 대신 가 보면 안 될까?

엄마는 네모난 휴대폰을 뒤집어쓴 채 거울 앞에 서서 이리저리 몸을 돌려 보았다. 안테나와 버튼 키 같은 섬세한 부분이 추가되고 구호 문구 같은 게 덧붙여지면서 휴대폰은 매일 조금씩 구닥다리처럼 변해 가고 있었다.

편의점에 나가야 하잖아. 그냥 이번엔 못 간다고 하지 뭐.

내가 대답하면 엄마는 또 한참 생각에 잠겼다가 고개를 가로저었다.

할머니잖아. 엉뚱한 사람을 이장하고 할머니가 도로에 깔리면 어째.

나는 편의점 사장에게 자주 양해를 구해야만 했다. 이쪽에서 양해를 구하고, 저쪽에서 선뜻 양해해 주면 좋겠지만 사장은 대체로 노발대발하는 편이었다. 내가 할 수 있는 일은 수화기 너머에서 그가 힘껏 밀어 넣는 고함을 잠자코 들어주는 것이 전부였다. 한꺼번에 귓속으로 돌진한 말들은 시간이 지나도 좀처럼 빠져나가지 않았다. 어쨌거나 분을 못 이기고 사장이 전화를 탁 끊어 버리면 그걸 승낙의 뜻으로 알아들었다.

엄마가 뜨거운 보도블록 위에서 하루를 견디는 동안 나는 좁은 거실에 엉덩이를 붙이고 큰외삼촌의 이야기를 들었다. 큰외삼촌이 말을 마치면 이모가 잠깐씩 끼어들어 훈수를 두었고 작은외삼촌이 질문을 하는 식이었다. 땀 때문에 팬티가 자꾸 달라붙었다. 나는 가끔씩 엉덩이를 이쪽저쪽으로 움직이기만 했다.

주호야, 네 생각은 어떠냐.

외삼촌은 서류를 접어 부채질을 하다가 문득 나를 부르곤 했다. 아무리 그래도 그렇지, 널 보내면 어쩌냐, 혀를 차기도 했다. 그때마다 나는 엄마가 회사에서 퇴직금 없이 쫓겨났다는 사실과 매일 본사 앞에서 1인 시위를 해야 하는 상황을 설명했다. 지난번에도 하고, 지지난번에도 한 이야기였지만, 큰외삼촌은

저런, 큰일이구나.

처음처럼 놀란 표정을 지었다. 어쩌니, 이모도 마찬가지였다. 잘

해결되어야 할 텐데, 작은외삼촌의 격려도 똑같았다. 다시 큰외삼
촌이

그런데 말이다, 미영이가 어디서 일했지? 가물가물해져서 원.

하는 질문도 크게 다르지 않았다. 어쨌거나 식구들의 관심은 이
장과 보상 문제에 집중되어 있었으니까. 나는 지도 위에서 이리저
리 옮겨지는 할머니의 무덤을 우두커니 내려다보기만 했다.

매일 밤 엄마는 자신의 형제들이 무슨 이야기를 나눴는지 구체
적으로 물어 왔다. 여전히 망가진 상자의 귀퉁이를 손보거나, 부
직포 따위를 덧붙이면서였다. 그때 엄마를 거기 묻는 게 아니었어,
한숨을 쉬고 근데 얼마나 보상이 될까, 골똘히 허공을 노려보기도
했다. 그래도 대화는 길게 이어지지 않았다. 지난 20년간 뽀득뽀득
깨물어 먹던 두통약 없이도 엄마는 신속하고 깊이 잠들었다. 마치
지금을 위해 내내 잠을 아껴 둔 사람처럼 눕기만 하면 엄마는 단
단하고 두꺼운 잠 속으로 금세 빠져들었다. 엄마, 하고 몸을 흔들
어도 꿈쩍하지 않을 정도였다. 나는 발갛게 부어오른 엄마의 작은
발을 흘끔거리며 상자를 매만졌다. 엄마의 체형이나 움직임을 견
디느라 휴대폰은 조금씩 구겨지거나 망가지고 있었다.

20년간 상담 업무를 전담해 온 엄마에게 마지막으로 떨어진 임
무는 현장에서 케이블을 연결하는 업무였다. 인력 감축이 진행 중
이었고 부장은 다양한 부서 업무가 가능한 유능한 직원이 필요하
다고 압력을 넣었다. 케이블 연결 업무라니요. 두 눈을 동그랗게
뜬 엄마를 향해

아, 그 상담 같은 거야, 누구나 할 수 있는 일이잖아요.

책상을 탁 때리고 그래서 할 거야, 말 거야? 슬그머니 말을 놓았다고도 했다. 새파랗게 어린데. 그래도 내가 열 살은 많을 텐데, 엄마는 한밤에 알약을 뽀득뽀득 깨물며 중얼거렸다. 하지만 일주일 만에 엄마는 다시 마음을 다잡았다. 1년만 더 버티면 정식으로 퇴직하고 퇴직금까지 받아 나올 수 있다는 계산 때문이었다.

배우면 저도 할 수 있는 일이겠죠?

그러므로 부장에게 건넸던 그 한마디는 절대, 순순히, 이대로 쫓겨나지 않겠다는 엄마의 의지 같은 거였다. 뭐든, 어떻게든, 1년은 견딜 수 있겠지. 말하자면 그게 엄마의 계획이었다. 케이블을 연결하는 업무가 얼마나 위험하고 아찔한 일인지 알지 못한 탓이었다.

얼마 지나지 않아 엄마는 정말 새로운 업무를 받았다. 현장에 나가 두꺼운 케이블을 직접 연결하는 작업이었다.

정말 전봇대에 올라갔다니까.

엄마는 알약을 삼키며 말했다. 알약처럼 하얗게 질린 얼굴로 귀가한 날이었다. 동행한 동료는 연장이 촘촘히 꽂힌 벨트를 내밀며 정말 미안한데, 이건 정말 대신해 드릴 수가 없어요, 난감하게 중얼거리다 나중엔 울어 버릴 것처럼 얼굴을 구겼다고 했다. 한발, 또 한 발 사다리를 밟고 오른 다음 엄마는 전봇대에 박힌 받침대를 붙잡았다. 그리고 매달리다시피 다시 한 발, 또 한 발, 커다란 보폭으로 공중을 올랐다고 말했다.

이거 봐. 정말 올랐다니까.

엄마는 발갛게 부은 손바닥을 펼쳐 보였다. 추락하지 않으려고 힘껏 매달렸던 악력이 고스란히 남은 손바닥이었다. 그때 엄마가 더 필사적으로 매달렸더라면 해고를 면할 수 있었을까. 엄마는 한 참이나 전봇대에 매달린 채 부들부들 떨었다고 했다. 동료가 119 대원을 부르는 동안 동네 사람들이 모여들었고 전봇대를 에워싼 까만 머리통 때문에 멀미가 났다고 했다.

휴대폰으로 사진을 찍는 사람도 있었어.

컵을 든 엄마의 손이 가늘게 떨렸다. 나는 누군가의 휴대폰 속에 저장된 엄마의 모습을 상상했다. 누군가는 그 사진을 들여다보며 수시로 킥킥거릴지도 모를 일이었다. 나는 찰칵, 찰칵, 찰칵, 더디게 흘러갔을 그 시간을 가만히 짐작해 보았다. 얼마 지나지 않아 119 대원이 도착했고 엄마는 사다리차를 타고 올라온 소방대원에게 내려가지 않겠다고 고집을 피웠다.

아줌마, 얼른 내려오세요.

못 가요. 전 못 가요, 못 갑니다.

이대로 계시면 위험해요. 어서 내려가요.

안 돼요. 난 못 내려가요.

결국엔 소방대원과 함께 동료가 한참을 설득하고 나서야 엄마는 마음을 바꿨다. 어쨌든 업무를 완료했다고 보고하겠다는 약속을 받아 낸 다음이었다.

한 번 해 봤으니 다음엔 잘할 수 있지 않을까.

엄마는 양쪽 손바닥에 번갈아 연고를 바르며 다짐을 두었지만 기회는 다시 오지 않았다. 회사는 업무에 적합하지 않다는 이유로 해고 통지서를 발부했다. 창들이 일렬로 박힌 높은 건물로부터 회사 정문 앞 바닥으로 엄마는 내던져진 거였다.

다시 큰 외삼촌의 전화를 받은 건 한밤이었다. 활짝 열어 둔 창문으로 거리의 온갖 소음들이 꺼지지도 않고 흘러들었다. 나와 엄마는 후텁지근한 방 안에서 텔레비전 볼륨을 한 칸, 또 한 칸씩 키우는 중이었다.

이번 달이 가기 전에 생신이라도 지내야 하지 않을까 싶어서. 보는 눈들도 있고 하니까.

텔레비전 볼륨을 낮추자 외삼촌의 목소리가 수화기 밖으로 또렷하게 새어나왔다.

어머니 생신 말이야.

이쪽에서 말이 없자 외삼촌은 목소리를 좀 더 키웠다. 아, 엄마 생일. 엄마는 텔레비전 쪽을 힐끔거리며 되물었다.

엄마 돌아가시고, 생신을 챙긴 적이 있었나? 아직 산소도 못 찾았다며?

못 찾긴. 대번에 찾았다. 아무래도 도로도 나고 할 거니까.

엄마는 음, 하고 팔을 뻗어 작은 달력을 집어 들었다. 8월을 기점으로 9월, 10월, 11월, 12월, 다시 1월, 2월, 3월, 4월, 5월을 차례로 넘겨 보던 엄마가 입을 열었다.

근데 엄마 생신은 5월 아니었어?

5월이라니. 내가 아파트를 산 게 한여름이었는데.

아파트?

어머니 환갑 잔치즈음해서 말이야. 내가 아파트를 샀잖아.

음, 그런가. 내가 주호 아빠랑 이혼할 때는 한창 봄이었는데.

엄마는 거기까지 말하고 나를 돌아보았다. 그렇지? 응? 엄마는 두 번이나 동의를 구했지만 나는 가만히 고개를 저었다. 내가 기억하는 계절은 분명, 가을이었다. 모텔 건물 틈새에 숨어 처음 담배를 입에 물었고 한꺼번에 들이켠 담배 연기가 빠져나오면서 요란하게 기침이 터졌다. 축축한 두 눈으로 올려다본 거리는 온통 울긋불긋했다. 바람이 불 때마다, 바짝 마른 나뭇잎들이 맥없이 이리저리 흔들렸다. 가을이었다.

내 말이 채 끝나기도 전에, 외삼촌의 딱딱한 목소리가 또박또박 흘러나왔다.

아무튼 생신 상 차릴 거다. 곧 할 거라고.

누구 묘지인 줄 알고 생신을 지낸다는 거야.

그게 뭐가 중요해. 거기 도로가 난다니까.

할머니가 어느 계절에 묻혔든 공사는 계절을 가리지 않고 진행될 거였다. 외삼촌은 할머니의 묘소 앞에 크게 생일상을 차릴 거라고 예고하고 날짜를 일러 주었다. 사실 그게 할머니의 묘지인지 아닌지 알 길이 없었지만. 어쨌건 돌아오는 월요일. 또다시 평일이었다.

엄마는 이모와의 통화에서도, 둘째 외삼촌과의 통화에서도 비슷하게 불만을 쏟아냈지만 가지 않겠다는 말만은 용케 참았다. 결국엔 모두 서로가 반드시 참석할 거라는 걸 재차 확인하고 또 확인하는 절차인 셈이었다. 엄마는 형제들과의 긴 통화를 끝내고

정말 너무하네. 이번엔 내가 가 봐야겠어. 엄마를 도로에 깔리게 하면 어째.

나와 눈을 맞췄다.

회사는? 괜찮아?

엄마는 땀으로 젖은 상자의 모서리를 꾹꾹 짚으며 그러게, 하고 웃었다. 따져 보면 괜찮은 것은 하나도 없었다. 엄마의 1인 시위는 별다른 효과를 보지 못하고 막을 내릴 가능성이 컸다. 게다가 할머니에 대한 형제들의 기억은 자꾸만 어긋나고 있었다. 어쩌면 다른 사람을 위해 생일상을 차리고 절을 올리게 될지도 몰랐다. 할머니가 죽었다는 것, 그래서 언젠가 모두 슬퍼했다는 것 외에 세부적인 사항은 오래전 할머니와 함께 모두 땅속에 묻혀 버린 듯했다. 어쨌든 도로가 난다는 사실 하나만 분명했다.

나는 다시금 사장에게 양해를 구했다. 할머니 생신이라서요, 사장은 기가 막힌다는 듯 헛웃음을 웃고는 죽은 할머니가 살아 돌아온 모양이군, 하고는 일방적으로 전화를 끊었다. 아마 다음번에 또 양해를 구한다면 지금보다 더 힘들어질 게 뻔했다. 사실 더 이상 양해를 기대하는 것도 염치없는 짓이었다.

나는 상자로 만든 휴대폰을 뒤집어썼다. 한낮이었고 누군가 머리 위로 마른 햇볕을 들이붓는 것처럼 정수리가 뜨거웠다. 나는 매일 같은 자세로 이곳을 지켰을 엄마를 떠올렸다. 여름 한낮의 감각들이 나를 중심으로 모여들고 있었다.

비라도 좀 내려 주면 좋겠는데.

나는 엄마가 하던 것처럼 자주 고개를 젖혀 하늘을 올려다보았다. 한 번, 두 번, 생각날 때 또 한 번. 올려다볼 때마다 하늘은 조금씩 더 맑아지고 깨끗해지는 것 같았다. 투명하게 내리꽂히는 빛들이 살갗을 두드릴 때마다 따가웠다. 나는 햇빛을 받아 반짝이는 건물을 자주 올려다보았고 자주 구호를 외쳤다. 공중으로 던져 올린 말들은 무겁고 습한 공기를 머금고 맥없이 바닥으로 추락했다. 빠르게 질주하는 차들이 말들을 쓸어 갔고, 정체를 알 수 없는 거리의 소음들이 그 위로 쏟아졌다. 아무리 목소리를 키워도 저 까마득하고 반듯한 회사 건물까지는 닿지 못할 거였다.

점심시간이 되자 한 무리의 사람들이 바깥으로 쏟아져 나왔다. 나는 몸을 움직여 그들이 지나갈 수 있도록 조금 물러섰다. 누구도 내 쪽으로 눈길을 주지 않았다. 아무도 나를 바라보지 않았다. 나는 그곳에 없는 사람 같았다. 그렇게 많은 사람 중 내가 그곳에 있다는 걸 알아챈 이는 한 사람도 없었다. 나는 뜨거운 햇살 속에서 천천히 지워지는 엄마를 떠올렸다.

그리고 전화벨이 울렸다. 절정을 지난 한낮의 더위가 마침내 한 방향으로 조금씩 기울어지던 무렵이었다.

너 이 새끼, 내일부턴 나오지 마.

사장이었다. 내가 뭐라 대꾸하기도 전에 그는 소리를 내지르고

너 이따위로 일하는 거 불법인 건 알지? 계약 위반이니까. 10원짜리 한 장도 줄 수 없다고!

벼려 왔던 것처럼 말을 마친 뒤, 사장은 전화를 끊었다. 뭔가 말하기 위해 입을 벌렸던 내가 채 한마디도 하지 못한 짧은 통화였다. 그리고 다시 벨이 울렸다.

사장님?

그래도 보름을 일했는데 한 푼도 못 받는 건 억울해서 나는 다

급하게 사장님을 불렀다. 사장님, 사장님?

주호니? 주호야, 회사 앞에 있니?

한참 만에 수화기 너머에서 흘러나온 목소리는 엄마였다. 얇은 물 봉지에 담긴 것처럼 아슬아슬하고 위태로운 목소리였다. 내가 엄마, 하고 봉지를 툭 치면 뭔가가 왈칵 터져 나올 것만 같았다. 나는 뜨겁게 달아오른 수화기를 귀에 바짝 가져다 대고 말했다.

응.

길고 날카로운 자동차 경적 소리가 주변 소음을 한꺼번에 긋고 지나갔다. 수화기 밖으로 흘러나오던 엄마의 말이 딱 끊어졌다. 나는 경적 소리가 멀어질 때까지 기다렸다가 엄마를 불렀다. 엄마의 목소리는 들렸다가 말았다가 나중에는 아예 들리지 않게 되었다. 나는 거푸 엄마를 부르고 휴대폰을 귀에 바짝 가져다 댔다.

주호야!

한참이 더 지난 다음에야 엄마의 목소리가 또렷해졌다. 주호야. 주호야. 나는 상체를 기울이고 팔을 힘껏 들어 올렸다. 어깨를 감싼 상자 때문에 휴대폰은 귀에 바짝 붙었다가 또 슬그머니 멀어졌다. 축축한 손바닥 사이로 휴대폰이 자꾸 미끄러졌다. 주호야. 귓바퀴를 타고 땀이 흘러내렸다. 엄마. 그리고 누군가 내 휴대폰을 가만히 뺏어 들었다. 엄마였다.

덥지?

엄마는 손바닥을 펼쳐 바람을 일으켰다.

할머니 산소는?

엄마는 환한 햇빛 속에 서 있는 건물을 올려다보았다. 습관처럼 또 사무실을 찾는 모양이었다. 햇빛이 건물 창에 부딪혀 자꾸 바깥으로 튕겨져 나왔다. 건물 두드리고 나온 햇빛이 거리 위로 차곡차곡 쌓이는 것만 같았다. 이러다 거대한 더위 속에 잠겨 버릴 지도 몰랐다. 엄마가 눈을 가늘게 뜨고 내 이마의 땀을 닦아 주었다.

네가 미더워야 말이지. 그래도 내 일인데.

할머니는?

안 갔어. 저 사람들이 꼬투리를 잡을지도 모르잖아.

엄마는 내게서 상자를 되가져가며 중얼거렸다. 어쨌건 이것도 일이니까 성실해야지. 엄마의 목소리는 어두컴컴한 상자 속에서 고요하게 울려 퍼졌다. 그리고 나는 엄마 곁에 섰다. 가만히 곁눈질하면 고개를 쳐들고 창을 하나씩 셈하는 엄마가 보였다.

구호 같은 거라도 외칠까.

나지막하게 중얼거리면 엄마는 천천히 고개를 저었다. 그리고 손바닥을 팔랑거려 바람을 일으켜 주었다. 그러니까 거긴 처음부터 엄마의 자리 같았다. 회사의 중심으로부터 가장 멀리 있는 자리. 그래서 누군가 툭 치면 단 몇 걸음 만에 회사를 벗어나게 될지도 몰랐다. 문득 저 시커먼 창 너머로 사람들이 엄마를 내려다보고 있을 거라는 생각이 들었다. 아니, 내려다보지 않아도 다들 알고 있을 것 같았다. 알고 있지만 아무도 모르는 그 자리를 지키려고 어쨌든 엄마는 계속 땀을 흘리고 있었다. 나는 엄마가 하는 것처럼 고개를 들고 건물을 올려다보았다. 더운 땀이 얼굴을 타고 흘러내렸다. 몹시 무더운 날이었다.

한밤의 산행

아저씨. 여자의 목소리는 간신히 입술을 빠져나와 바닥으로 떨어진다. 아저씨. 4번과 5번은 산을 오른다. 한 손으로 랜턴을 쥐고 다른 손으로 여자의 팔을 하나씩 붙잡은 채. 서늘한 새벽녘 고요 속에서 보이지 않는 먼지가 일어났다가 가라앉는다. 아저씨.

제발 제 말 좀 들어 보세요.

여자의 육중한 몸이 가볍게 떨린다. 4번이 먼저, 5번이 뒤늦게, 여자를 끌어당긴다. 걷지 않으려는 여자의 두 발이 하릴없이 끌려 나온다. 아저씨. 여자를 잡아당길 때마다 5번의 마른 몸이 휘청거린다. 4번의 걸음이 꼬이고 여자의 체중이 한꺼번에 뒤로 기운다. 4번이 여자를 끌어당겨 중심을 바로 세운다. 4번이 랜턴을 갖다 대자 어둠 속에 묻혀 있던 여자의 얼굴이 드러난다. 노란 불빛 속에서 여자의 얼굴은 부풀어 오른 빵처럼 크고 환하다. 눈이나 코, 입 같은 걸 건포도처럼 아무렇게나 박아 넣은 빵. 4번이 불쾌한 표정을 짓는다.

우, 우리 어디로 가요?

여자가 울먹인다. 4번이 랜턴을 더 바짝 가져다 댄다. 여자의 노란 피부 위로 뾰루지나 주근깨 같은 것들이 하나둘 모습을 드러낸다. 불빛이 여자의 번들번들한 얼굴을 타고 흘러내린다. 아저씨. 여자가 눈을 깜빡거리며 사정한다. 아저씨, 아저씨. 4번이 랜턴으로 여자의 볼을 한 번, 두 번 가볍게 친다.

조용히. 조용히 좀 하라고. 이걸 그냥 콱!

아! 아저씨, 아저씨!

아가씨. 미안한데. 그렇게 큰 소리를 내면 내가 놀란다니까. 아가씨. 나는 심장이 안 좋아요. 그리고 좀 걸어요. 본인이 얼마나 무거운 줄 모르죠?

심장이 안 좋으면 오질 말든가. 4번이 5번을 향해 중얼거린다.

그리고 내가 말했죠! 저 여자한테 존댓말 쓰지 말라고. 가뜩이나 기가 살았는데 자꾸 존댓말하고 난리야.

그래도 초면인데 반말은 좀 그렇잖아요. 사실 아가씨가 잘 걸어만 주면 이런 말할 필요도 없는데 말입니다. 그렇잖아요, 아가씨? 초면에 반말은 싫잖아요?

여자는 대답하지 않는다.

우리 어디로 가는 거냐고요? 아저씨. 제발요.

여자가 엉덩이를 빼고 버틴다. 5번이 걸음을 멈추고 전방을 훑는다. 보이는 건 어둠뿐이다. 랜턴을 이리저리 움직여 보지만 불빛은 어둠 속에 푹푹 꽂혀 사라진다. 5번이 랜턴을 움직여 4번의 얼굴을 비춘다. 헬멧을 뒤집어쓴 4번의 얼굴이 일그러진다.

근데 정말 우리 어디로 가는 겁니까?

말하면? 말하면 알아? 아냐고요. 그거 좀 치워요.

4번이 랜턴을 내친다. 5번이 바닥에 떨어진 랜턴을 주워 든다. 그리고 다시 여자를 잡아당기며 말한다.

자, 봐요. 아가씨. 나도 모릅니다. 나도 처음이라고요. 그래도 어둡긴 너무 어둡네요. 일단 걸어요. 걸어 봐요. 겁내지 마요. 나도 이런 야밤에 이런 산길을 오르는 건 처음이란 말입니다. 다 피차 똑같아요. 그렇지 않습니까?

그래도 어디로 가는지 말은 해 줘야죠. 아저씨. 아저씨 제발요.

여자는 버틴다. 4번이 여자의 팔을 힘껏 잡아끈다. 마침내 여자가 천천히 끌려 나온다. 여자의 신발이 산길에 긴 자국을 남긴다. 걸음을 내디딜 때마다 흙이나 모래 부서지는 소리가 또렷하다.

4번과 5번은 봉고차에서 만났다. 자정 무렵이었고 봉고차가 서울역, 영등포, 구로에 잠깐 정차했다. 4번이 서울역에서, 5번이 구로에서 탑승했다. 가장 마지막에 탄 5번은 허리를 굽히고 맨 뒷좌석에 앉았다. 4번의 옆자리였다. 봉고차는 톨게이트를 지나며 속도를 높였다. 예측할 수 없는 관성 때문에 5번의 몸이 거푸 4번의 몸을 건드렸다. 창밖을 응시하던 4번이 불편한 기색을 드러냈다.

미안합니다.

5번은 사과하려고 몸을 돌렸고, 다른 사람의 팔꿈치를 건드렸고, 이마를 쳤고, 무릎을 때렸다.

정말 미안합니다.

4번은 이어폰을 꽂은 채 몸을 창 쪽으로 완전히 돌렸다. 맞은편 차선으로 전조등 불빛이 획획 지날 때마다 4번의 얼굴이 잠깐 환해졌다가 다시금 컴컴해졌다. 4번은 창 위로 떠올랐다가 사라지는 자신의 얼굴을 보며 말이 없었다. 한참 만에 곁에 앉은 5번이 소곤거렸다.

본의 아니게 미안합니다.

4번은 대꾸하지 않았다. 5번은 입을 다물고 온몸에 힘을 준 다음 제 무릎만 내려다봤다. 낡은 봉고차 엔진 소리를 제외하면 차 안은 지나치게 고요했다. 사람들은 마스크에 얼굴을 묻고 말이 없었다. 야구 모자를 눌러쓰고 잠을 청하는 이들도 있었다. 다들 약속이나 한 것처럼 말이 없었다. 말을 모르는 사람처럼. 말이 필요 없는 물건처럼. 5번은 눈을 감았다가 떴다가, 감았다가 떴다가, 완전히 눈을 감아 버렸다.

봉고차는 한참을 더 달린 후에야 완전히 멈췄다. 서너 개의 컨테이너가 환한 창을 달고 서 있는 공터였다. 4번이 가장 먼저 내리고 5번이 맨 마지막에 내렸다. 문 열린 컨테이너 앞에서 한 사내가 머리 위로 손을 흔들고 있었다. 사람들이 그쪽으로 우르르 몰려갔다. 5번도 사람들 끝에 줄을 섰다.

어이, 아저씨 신참이죠?

누군가 돌아보며 5번의 어깨를 쳤다. 4번이었다.

이거 미안합니다. 인사가 늦었네요. 안 그래도 아까 사과를 하려고 했는데 말입니다.

5번이 손을 내밀었다. 4번은 손을 맞잡지 않고 5번의 얼굴만 빤히 내려다보았다. 4번보다 머리 하나가 더 컸다.

아저씨, 그런 건 됐고. 그냥 나한테 피해나 주지 마요. 그런 거 싫으니까.

그래야죠. 그래야지요.

5번은 다만 고개를 끄덕였다. 무슨 말인가를 더 하려던 4번은 그대로 돌아섰다. 그리고 5번이 뒤돌아선 4번의 팔뚝을 검지로 살며시 찔러 보았다. 팔목에서 팔꿈치 쪽으로 뻗어 올라간 이파리 때문이었다. 새까만 대나무가 4번의 팔목을 붙잡고 어깨 위로 자라나는 중이었다.

근데 이거 문신입니까?

5번은 검지와 엄지를 비빈 다음 손끝을 오래 들여다보았다. 줄기나 이파리, 마디나 꽃잎 같은 데를 쓱 문지른 다음 손끝을 확인하는 거였다.

색이 안 묻어 나오는 걸 보니 문신이 맞네요. 요즘 젊은 애들은 이런 걸 많이 한다죠?

아, 진짜 이 아저씨 안 되겠네. 이봐요. 애라뇨? 이래 봬도 내가 이 일을 얼마나 오래 했는지 알아요? 현장에서 짬밥인데 물정 모르시네.

5번은 다만 예, 했다. 예. 예. 하고 다시 한 번 더 예. 그래도 선배님이라는 소리는 나오지 않았다.

단기 근로 계약서에 서명을 하고 나자 관리자들이 조를 나누기 시작했다. A조, B조, C조, D조, E조. 4번과 5번은 D조에 배치되었다. 1번, 2번, 3번, 4번, 인원을 셀 때마다 사람들이 손을 들었다. 4번, 4번이 손을 들고 5번, 5번이 손을 드는 식이었다. 순서대로 공평하게 나눠 갖는 이름. 이름은 차고 넘쳤다.

깨끗하게 하자고. 깨끗하게.

배치된 구역으로 떠나기 전에 모든 팀원을 관리한다는 부장이 몸소 야구 배트를 휘둘렀다. 볼을 기다리는 타자처럼 그는 오래 허공을 노려보다가 일순 방망이를 내둘렀다. 이건 일이라고, 일. 다들 일 하잖아, 일. 그는 배트를 세워 사람들의 어깨를 콕콕 찌르기도 했다. 실적이 좋으면 보너스를 챙겨 주겠다고 약속하기도 했다. 일하는데 가장 중요한 게 뭔지 아나, 스윙. 잘하는 거야, 스윙. 잘하려면, 스윙. 열심히 해야지. 부장은 배트로 바닥을 짚고 숨을 고른 뒤 사람들과 일일이 눈을 맞추었다. 단순하게 생각하라고. 다들 자기 일을 하는 거니까. 우리는 우리 일을 하고 지들은 지들 일을 하는 거지. 스윙. 그리고 뭐든 열심히 하면 잘하게 되어 있거든. 스윙, 스윙. 머리를 쓰라고. 머리를.

5번은 대충 치수가 맞을 만한 보호 장비를 골랐다. 손목과 무릎 보호대, 전투화, 헬멧 따위가 뒤섞인 바구니 앞에서였다. 멀리서 보면 멀쩡했지만 모두 어딘가 뜯어지거나 찢어지고 구멍이 난 상태였다. 5번은 사람들 몸통 새로 손을 뻗어 헬멧을 집었고 전투화 한 짝을 겨우 골라냈다. 그런 다음 간신히 쇠파이프 하나를 거머쥐었다. 4번이 막 나무 배트를 골라 들었을 때였다.

아무래도 나무는 빨리 부러질 거 같은데요. 그렇지 않나요?

5번이 매끈한 쇠파이프를 만지작거리며 말했다.

저기, 아저씨. 나한테 충고 같은 거 하지 말고 본인이나 잘해요. 그래도 내가 훨씬 베테랑이니까. 그리고 너무 단단하면요. 오히려 휘두르기가 어렵다고요.

4번이 배트 끝을 매만지며 비아냥거렸다. 스윙, 스윙, 스윙. 모두 각자 고른 연장으로 두어 번쯤 공중을 가격해 보았다. 허공이 벌어지면서 바람 소리가 빠져나왔다. 귀를 기울이면 연장의 굵기나 재료, 무게에 따라 미세한 차이가 느껴질 법도 했지만, 다시 들으면 그저 쉭쉭, 숨을 몰아쉬는 소리였다.

4번과 5번이 산을 내려온다. 5번이 앞서 걷고 4번이 따라 걷는다. 한 손에 랜턴, 한 손에 헬멧을 들고 캄캄한 전방을 살피면서. 랜턴이 닿은 자리는 동그랗게 열렸다가 순식간에 닫힌다. 뜨거운 숨이 뿜어져 나왔다가 어둠 속으로 사라진다.

아저씨, 괜찮을까요? 아저씨, 아저씨, 괜찮겠느냐고요.

4번은 뒤를 흘끔거리며 자꾸만 뒤처진다. 5번은 대답하지 않는다.

진짜 괜찮겠지요?

4번이 랜턴으로 5번의 뒷모습을 비춘다. 동그란 불빛이 5번의 몸을 훑는다. 전투화와 무릎 보호대, 헬멧을 숨가쁘게 오르내린다. 마침내 5번이 뒤돌아본다. 5번은 땀으로 범벅이 된 얼굴을 쓸어내린다. 시큼한 냄새가 묻어난다.

조용히, 조용히 좀 하라니까. 이런 밤에는 소리가 더 크게 들린단 말이오. 누가 들으면 어째요.

5번이 불빛을 피해 옆쪽으로 비켜선다. 길은 계속 이어진다. 불빛을 따라 없던 길이 자꾸 생겨난다. 아저씨, 아저씨.

그렇게 부르면 내가 깜짝 놀란다니까. 내가 심장이 안 좋다고요. 아까 못 들었어요? 심장이 안 좋아요. 심장이 안 좋다고요.

아저씨, 아저씨 어떡해요. 진짜.

뭘 어떡해. 돈이 없는걸. 사실 수술을 해야 하는데 이러고 있어요. 조심하면 뭐 살 수는 있겠지.

아니요. 여자 말이에요.

무슨 여자?

4번이 랜턴으로 걸어온 쪽을 가리킨다. 5번이 어둠 속을 잠깐 노려보다가 입을 다문다. 그런 다음 다시 걷는다. 아저씨. 괜찮을까요? 아저씨. 잘못되면 어쩌죠. 신고하면 어떡해요. 아저씨. 감옥 가면 어떡해요. 아저씨. 감옥 가 봤어요? 아저씨. 내 말 듣고 있어요? 5번은 입을 다물고 걷기만 한다. 절대로 뒤돌아보지 않는다. 뒤따라가던 4번이 제자리에 우뚝 멈춰 선다.

아, 몰라요. 어쨌건 때린 건 아저씨니까요.

4번이 목소리를 키운다. 난 몰라요, 난 모른다고요. 저만치 가던 5번이 뒤돌아본다. 그리고 큰 보폭으로 성큼성큼 되돌아온다.

이제 와서 그렇게 말하면 되나. 그쪽이 하라고 해서 내가 한 거 잖아요. 그렇게 말하면 어떡해요.

누가요? 난 그런 적 없어요.

5번은 난감한 듯 말을 멈췄다가 그쪽이, 했다가 당신이, 했다가 다시 말을 꺼낸다.

현장에서 선배가 시키니까 한 거지. 알다시피 나는 오늘 처음

온 초짜잖아요.

선배라니요. 나 선배 아니에요. 나도 겨우 사흘밖에 안 됐단 말이에요. 선배는 누가 선배라고. 왜 그래요. 나한테.

4번의 목소리가 산 속의 고요를 힘껏 떠밀었다가 가라앉는다. 4번이 한기를 느낀 듯 어깨를 떤다.

사흘이라고? 나한테는 그런 말 안 했잖아.

사흘이라니. 5번이 혼잣말을 한다. 4번이 고개를 떨어뜨린다.

그래도요. 아저씨. 내가 그렇게 세게 때리라고 말한 적은 없잖아요.

때리라고 시켰잖아.

겁만 주라는 거였어요.

그럼 어떻게 겁을 주는지 가르쳐 줬어야지.

그건 나도 몰라요. 모른다고요. 그걸 알면 내가 여기 있겠어요?

4번의 목소리가 메아리처럼 되돌아온다. 둘은 눈을 맞춘다. 꼼짝도 하지 않고. 아무 말도 하지 않고. 4번이 침묵을 깬다.

아저씨, 괜찮겠죠?

4번과 5번은 가만히 눈을 맞춘 다음 거의 동시에 뒤를 돌아본다. 그리고 한참 어둠을 바라보고 서 있다. 보면 볼수록 어둠은 넓어지고 깊어진다. 둘은 어둠에 꽉 붙잡힌 것처럼 제자리에 멈춰 서 있다.

D조는 3구역을 맡았다. 3구역은 좁은 도로를 끼고 있는 낡은 상가 골목이었다. 3구역 입구는 주차한 트럭과 폐기물 자제들로

완전히 봉쇄되어 있었다. 순서와 규칙은 다 외우고 있지? 팀장의 나른한 목소리가 뒤통수를 때릴 때마다 5번은 나지막하게 순서와 규칙을 읊어 보았다.

약속한 대로 대오를 짜고 가게 입구를 둘러싼다. 유리창을 깨뜨리거나 매캐한 연기를 흘려보내면 좋다. 신호가 떨어지면 일제히 뛰어든다. 실내에 들어서는 즉시 배트나 파이프를 휘두른다. 스윙은 크고 시원하게. 대번에 부서지거나 깨지는 물건을 공략한다. 주저하거나 망설이는 모습은 절대 보이지 말 것.

과장의 지시대로 조원들은 텅 빈 가게를 차례로 지났다. 어둠속에서도 풍경은 황량하고 스산했다. 이미 오래전에 철거가 끝난 동네처럼 망가진 자리를 드나드는 바람 소리와 한꺼번에 땅을 딛고 나아가는 발소리를 제외하면 골목은 죽은 것처럼 적막했다. 그리고 한참 만에 정적이 깨졌다. D조가 막 골목의 중간 지점을 통과할 무렵이었다. 희미한 노랫소리 같은 게 들리더니 어두운 밤을 배경으로 펄럭이는 깃발이 하나둘 나타났다.

저게 뭐예요?

아, 저 새끼들. 골 때리는 새끼들.

5번이 말하고 4번이 답하자마자 팀장의 목소리가 바짝 다가왔다.

오늘 밤엔 꼭 해결하자고. 보너스도 받고 집에도 일찍 가면 서로서로 좋잖아.

팀장의 말이 끝나자마자 가게의 실체가 드러났다. 다 쓰러져 가는 5층 빌딩을 간신히 이고 서 있는 1층 귀퉁이 가게였다. ㅏ라는 모음 하나만 남긴 채 간판 속 글자는 다 떨어져 나가고 없었다. 유리창도 모조리 뜯겨 나간 뒤였다. 입구는 문 대신 얇은 비닐 막을 쳐 놓아 멀리서도 내부가 훤히 들여다보였다. 드럼통에 불을 피워 놓고 사람들이 바깥을 내다보고 있었다. 나무 각목을 손에 든 채로. 통 밖으로 불길이 치솟을 때마다 사람들의 얼굴이 울긋불긋하게 물들었다. 5번이 심호흡을 했다.

막상 보니까 이건 좀 오싹한 일이네요. 이런 걸 텔레비전에서 많이 보긴 했지만 이 자리에 이렇게 서 있으니 별생각이 다 드는 게 말입니다.

5번이 목소리를 낮추고 소곤거렸다. 누군가 대답을 해 주겠거니 했는데 조원들이 우르르 달려 나갔다. 연장을 높이 쳐들고. 5번은 뛰어나가는 조원들의 어깨나 몸에 치이면서 그 자리에 붙박인 듯 서 있었다. 비닐이 뜯겨 나갔고 조원들이 가게 내부로 차례로 진입하는 동안에도 5번은 제자리를 지켰다.

이봐요. 지금이라도 싫으면 조용히 가도 좋아.

팀장이 이죽거리지 않았다면 일이 끝날 때까지 서 있었을지도 몰랐다. 팀장은 아예 소란스러운 가게를 등지고 서서 5번과 마주 섰다.

괜찮다니까. 그냥 가도 좋아요. 일하려는 사람은 줄 섰다니까. 가. 가란 말이요.

아, 아니요. 해, 해야지요.

자신 없으면 가도 된다니까.

5번은 과장을 지나쳐 가게 안으로 뛰어 들어갔다. 차마 뗄 수가 없어서 뛰는 시늉만 했다. 쇠파이프가 땅에 끌리며 탕탕 소리를 냈다.

차가운 어둠 속으로 세 사람의 입김이 하얗게 피어난다. 완만한 경사는 끝없이 이어지고 멀리 내려다보이는 철거촌의 풍경이 담뱃불처럼 자그마하다. 검고 단단한 어둠 속에서 동네는 구멍 난 자리처럼 환하다. 누군가 필터를 힘껏 빨아들이고 있는 것처럼 동네가 빨갛게 타오른다. 여자를 끌고 가던 5번이 아래를 내려다본다.

아직 덜 끝났나 보네. 근데 우리도 빨리 내려가야 하는 거 아닙니까? 이렇게 꾸물대다가 일당도 못 받고 그러면 어떡해요? 그렇지 않아요?

4번은 랜턴으로 산속 여기저기를 훑어본다. 나뭇가지나 돌멩이, 흙이나 바위 같은 것들이 반짝 나타났다가 사라진다. 일회용 도시락, 찌그러진 깡통, 부러진 젓가락이나 과자 봉지들도 눈에 띈다. 4번이 길 한가운데 침을 탁 뱉는다.

아, 진짜 말 많네. 아저씨는 참 걱정도 팔자네요.

아니, 글쎄 우리가 여기 있는 걸 아무도 모르면 어떡합니까? 우리가 일을 안 했다고 생각하면 어쩌지요? 돈을 안 줄지도 모르잖아요. 그럴 수도 있는 거 아닙니까?

4번은 대답하지 않고 걷기만 한다. 어둠을 꾹꾹 눌러 밟으면서. 4번은 숨을 들이켜고 여자의 팔을 잡아당기고, 다시 숨을 들이켜고 여자의 팔을 잡아당긴다. 지친 여자의 몸은 점점 더 무거워진다.

아, 아저씨. 저 더는 못 걷겠어요. 못 걷겠다고요.

여자가 주저앉을 듯 엉덩이를 뒤로 뺀다. 5번이 안간힘을 써서 여자의 무게중심을 바로 세운다.

얼마나, 얼마나 더 가야 합니까? 이게 너무 힘드네요. 이런다고 돈을 더 주는 것도 아닌데 말입니다. 근데 어디 아는 데가 있는 겁니까? 그래도 꼭 거기까지 가는 게 좋겠지요?

5번은 아예 여자의 한쪽 팔을 어깨에 걸고 끌어당긴다. 여자가 간신히 한 발을 내딛는다. 그리고 결국 몇 걸음 더 못 가 멈춰 선다.

아 진짜! 그럼 여기 어디다 묶어 버려요.

여기요? 여긴 그냥 산인데.

5번이 랜턴을 들어 사방을 비춘다.

뭐 아무 데서나 하면 어때. 빨리 묶어요. 묶으라고. 나도 더는 못 가.

4번은 무릎을 짚은 채 숨을 고른다. 5번이 여자의 등과 엉덩이를 힘껏 떠민다. 흘러내린 땀으로 여자의 바지는 이미 축축하다. 5번은 손바닥을 펼쳐 냄새를 맡은 다음 재차 여자를 떠민다.

아가씨. 저쪽에 앉아요. 어차피 우리가 피차 다 지쳤으니까. 고집 부리지 말고. 아가씨도 쉬고 싶잖아요.

여자의 몸에서 큼큼한 땀 냄새가 배어 나온다. 5번이 등에 메고 있던 파이프를 꺼내 흙 속에 박고 여자를 주저앉힌다. 여자는 흙길을 약간 벗어난 나무 아래 묶인다. 앉자마자 여자는 나무둥치에 머리를 기대고 긴 숨을 토해 낸다. 5번이 여자의 늘어진 두 손을 하나로 모은다. 아, 아, 신음을 뱉으면서도 여자는 저항하지 못한다. 여자는 나무를 뒤로 안은 자세로 결박된다. 5번이 여자 앞에 털썩 주저앉는다. 멀찌감치 선 4번이 담배를 꺼낸다. 곧장 불을 붙이고 필터를 빤다.

저, 저두 그럼 한 대 피우겠습니다. 우리끼리 있으니까.

5번도 서둘러 담배를 꺼낸다. 공중으로 하얀 연기가 뿜어져 나온다. 여자가 다시 입을 연다. 아저씨. 여자가 몸을 뒤챌 때마다 바스락거리며 낙엽들이 부서진다. 아저씨. 4번과 5번은 대답하지 않는다.

근데, 여기 뭐가 있는 거 같아요. 돌멩이 같은 거, 너무 아파요. 아프다고요.

여자가 몸을 뒤챈다. 아저씨. 여자의 엉덩이가 들썩거린다.

저기, 아가씨, 미안한데, 나도 좀 쉬어야 할 게 아닙니까. 좀 참아요. 나도 한숨 돌려야지. 벌써 몇 시간째 걸어왔잖아요. 목도 마르고 죽겠어요, 나도.

아저씨, 다른 건 참겠는데, 이게 엉덩이를 찌르는 것 같아요. 아프다고요.

그럼 엉덩이를 좀 움직여 봐요. 요령껏. 거기다 손을 넣어서 어떻게 내가 빼주나.

여자는 이쪽저쪽으로 엉덩이를 움직이다가 다시 불만을 터트린다. 아저씨, 아저씨, 아저씨.

청바지를 뚫은 거 같아요. 너무 아프다고요.

아, 진짜 골 때리네, 저거. 아가리 안 닥칠래? 쥐도 새도 모르게 죽는 수가 있어.

4번이 담배꽁초를 비벼 끄며 킥킥거린다. 여자는 반사적으로 입을 다물었다가 눈을 질끈 감고 소리친다.

그래, 이 개새끼들아! 죽여, 죽여 버려!

죽여 버려, 하는 소리가 멀리까지 갔다가 되돌아온다. 죽여, 죽여, 버려, 버려, 죽여 버려. 두 사람은 입을 벌린 채 여자가 쏘아 올리는 커다란 고함 소리를 지켜본다. 그리고 5번이 4번 쪽으로 몸을 돌리고 소곤거린다.

진짭니까?

4번 대신 여자가 대답한다. 아저씨. 울먹이는 목소리다. 아저씨. 정말 돌멩이 때문에 죽을 거 같다니까요.

가게 내부는 아수라장이었다. 뒤늦게 달려 들어간 5번은 소음이 솟아오르는 가게 입구에 우뚝 멈춰 섰다. 누군가는 각목을 휘두르는 사내와 대치 중이었고 또 누군가는 시민 단체 청년들에게 둘러싸여 진땀을 빼고 있었다. 살 만하다 싶으면 여자들이 나타나 각목을 휘둘렀고, 재를 뿌렸고, 뜨거운 물을 퍼부었다. 나중엔 누가 누군지 분간도 되지 않았다. 각목과 배트, 쇠파이프 같은 것들이 사람과 사람이 아닌 것을 무차별적으로 가격할 때마다 사람이, 물건이, 쏟아 내는 비명으로 가게 내부가 뜨거워졌다. 5번은 그 자리에 멈춰 선 채 허둥거렸다.

여러분!

그리고 여자가 사과 상자를 디디고 올라섰다. 가게 한가운데였다. 상자 위에 올라선 여자는 크고 우람했다. 여러분, 여러분. 여자는 계속 사람들을 불렀다. 아주 잠깐 사람들의 움직임이 정지했다. 여러분! 여자의 목소리는 솔, 라 정도의 음을 유지하며 카랑카랑하게 울려 퍼졌다. 경쾌하고 가벼운 목소리였다. 사람들이 여자를 올려다보았다.

우리는 지금 명백한 불법 폭…… . 아, 맞다. 내 종이.

그 순간 여자의 손에서 반으로 접힌 종이가 가게 바닥으로 추락했다. 여자는 쪽지를 놓치고 허둥거렸다. 쪽지는 사과 상자 옆으로 떨어졌다. 여자는 난감한 듯 미간을 찌푸리며 상자에서 내려왔다. 한 발, 그리고 또 한 발. 미처 여자가 다 내려오기도 전에 사과 상자가 박살났다.

아, 이 골 때리는 년, 또 있네.

4번이었다. 순식간에 여자의 머리채가 잡혔다. 고개를 숙인 여자가 4번의 허리를 껴안았다. 씨름이라도 하는 자세로 두 사람이 뒤엉켰다. 여자가 4번을 떠밀었고 중심을 잃은 4번이 뒷걸음질 쳤다. 여자가 4번의 옆구리를 깨물었다. 악. 비명과 함께 4번이 뒤로 벌렁 나자빠졌다. 여자의 육중한 몸이 4번의 몸을 짓눌렀다.

그리고 5번이 뛰어들었다. 4번과 여자를 향해. 고마워할 줄 알았던 4번은 여자의 몸에 깔린 채 손사래를 쳤다.

아, 아저씨 저리로 가요, 가라니까.

네?

아, 내가 할 수 있다니까, 가라고요. 딴 데도 많잖아.

도와주려고 그러죠. 자, 일어나 봐요.

4번은 여자의 몸을 밀어내고 스스로 몸을 일으켰다. 그사이 여자가 4번의 배트를 가로채 몸을 바로 세웠다. 여자의 품에서 배트는 아담하고 앙증맞아 보였다. 깜찍한 배트를 쥐고 여자가 4번과

5번을 노려보았다. 그리고 위협하듯 배트를 이리저리 휘둘렀다.

미친년. 너 주, 죽을래? 내, 내놔. 내놓으라고.

배트는 4번의 손가락을 때리고 어깨, 허벅지, 정수리 같은 곳을 재차 겨냥해 왔다. 4번은 주춤주춤 뒤로 물러나며 목소리를 키웠다. 쇠파이프를 쥔 5번도 한 발, 또 한 발 물러나기만 했다. 여자는 두 사람에게 다가오며 배트를 마구 휘둘렀다.

아, 아저씨! 딴 데도 많잖아. 저리 좀 가라고요. 좀, 가라고!

내 일 네 일이 어디 있나요. 다 같이 하는 거지요. 그렇지 않아요? 아가씨? 그러지 말고 이리 줘요. 그거 너무 위험하잖아. 아가씨가 그런 걸 쥐고 있으면 보기가 흉해요.

배트가 날아왔다. 4번의 헬멧을 향해서였다. 딱, 소리가 났다. 둔중한 느낌이 4번의 머리통을 붙잡고 온몸으로 흘러내렸다. 5번이 쇠파이프를 휘둘러 보기도 전에 또 배트가 날아왔다. 딱. 이번에도 4번의 머리통이었다. 결국 5번이 쇠파이프를 내던지고 여자에게 뛰어들었다. 여자의 허리를 힘껏 안았다. 잠깐의 숨 막히는 포옹. 그사이 정신을 차린 4번이 여자의 배트를 뺏어 들었다.

이거 놔, 이거 놔. 저리 가! 저리 가라고!

아가씨, 그게 아니라. 아가씨가 자꾸 우리를 때리니까.

여자가 몸부림칠 때마다 깡마른 5번의 몸이 들썩거렸다. 마침내 5번이 여자의 손을 제압하고 뒤에서 여자를 껴안았다.

아, 이거 좀 놓으라니까. 아저씨. 이거 놔요.

야, 너 거기 가만히 있어. 아, 이 미친년. 죽었어.

숨을 돌린 4번이 나무 배트를 세워 여자의 얼굴을 찔렀다. 어깨나 가슴, 배처럼 폭신폭신한 곳을 꾹꾹 누르기도 했다. 여자가 악을 썼다.

어때? 아프지? 아가리 안 닥치면 콱 터트리는 수가 있어.

4번이 배트로 여자의 가슴을 힘껏 찌르며 말했다. 5번의 두 팔 안에서 여자의 횡격막이 힘껏 부풀어 올랐다가 가라앉았다.

팀장의 목소리가 날아왔다.

야, 너네! 거기! 놀러온 줄 알아? 제대로 처리 못 해?

그는 늙수그레한 중년 사내의 목덜미를 잡고 가게를 빠져나가는 참이었다. 4번과 5번은 상체를 잔뜩 구부린 채 끌려가는 사내의 뒷모습을 물끄러미 바라보았다.

제대로 겁을 줘야 할 거 아니야. 겁을. 도대체 며칠째야. 아, 아, 저 미친년 저거 아직 살아 있네.

과장은 배트를 든 4번과 여자를 안은 5번을 차례로 바라보았다.

둘 다 내일도 일하고 싶지? 그년이 내일 안 보이면 일하고 아니면 내일부터 나오지 마.

팀장이 중년 사내의 목덜미를 잡고 가게를 완전히 빠져나갔다. 4번과 5번도 끌려 나오지 않으려는 여자를 끌고 가게를 나왔다. 멀찌감치 회전하는 경광등 불빛이 보였다. 사람들의 웅성거림, 카메라 셔터를 누르는 소리가 커졌다. 어디선가 자꾸 플래시가 터졌다. 셋은 가게 앞에 잠깐 멈춰 섰다.

아, 아무래도 여기선 곤란하겠는데요. 이런 데서는 정말 곤란하지요. 그렇지요?

그러면 산으로 가죠.

산이라뇨?

아저씨, 다들 산에 가잖아. 영화나 뭐 그런 거 보면.

4번은 낄낄 웃었다. 그곳으로 데리고 가 겁을 준 적이 있다고 거들먹거리기도 했다. 두 번인가, 세 번쯤인가, 아무튼. 그래요, 그럼. 4번과 5번은 여자의 양팔을 끌고 동네를 빠져나왔다.

이렇게요?

5번이 여자의 뺨을 때린다. 두껍고 거친 5번의 손바닥이 여자의 볼에 살짝 닿았다가 금방 떨어진다. 여자의 동공이 커진다.

장난해요?

4번이 가래를 돋아 침을 뱉는다.

그럼 이 정도?

5번이 다시 여자의 뺨을 때린다. 이번엔 좀 더 세게. 여자의 고개가 약간 비껴 났다가 되돌아온다. 여자는 입술을 꼭 다물고 5번의 두 눈을 노려보고 있다.

아저씨, 사람 때려 본 적 없어? 애들 장난하는 것도 아니고. 이게 뭡니까, 이게.

4번이 5번의 흉내를 낸다.

마누라나 한두 번 때려 봤지, 이렇게 모르는 사람을 때릴 수가 있나요. 그것도 젊은 아가씨를. 초면에 이게 너무 좀 그런 거 아닙니까.

5번이 대답한다. 4번이 오른손으로 공중을 가격한다. 이렇게, 이렇게요. 이 정도는 되어야지. 4번의 손바닥이 차갑고 컴컴한 공중을 가른다. 훅훅 하는 바람 소리가 빠져나온다.

배도 고프고 목도 마른 게. 나는 엄두가 안 나네요. 그럼 그, 저기, 제가 꼭 해야 할 필요가 있나요. 아무나 잘하는 사람이 하면 그만이지.

저기요, 이런 건 신참이 하는 거라고 몇 번 말해요?

여자는 고개를 빳빳하게 세우고 있다. 5번이 할 수 없다는 듯 다시 손바닥을 펼치고 여자의 뺨을 조준해 본다. 시범적으로 공중을 두어 번쯤 때려 보면서.

처음부터 이런 데 안 나왔으면 좋았잖아요, 아가씨.

5번은 한 손으로 다른 쪽 손바닥을 주무르며 눈치를 본다.

이거 참. 미안해요. 미안한데, 아가씨도 아까 들었다시피 이런 것도 내 일이라 어쩔 수가 없어요.

5번의 여자의 뺨을 때린다. 한 번, 두 번, 반대쪽으로 세 번. 여자의 고개는 오뚝이처럼 금세 제자리로 되돌아온다. 5번은 한 손으로 여자의 턱을 붙잡는다. 아저씨. 아저씨. 5번은 여자와 눈을 마주치지 않는다. 여자의 눈동자가 볼록거울처럼 부풀어 오른다.

이렇게, 이렇게 있어요. 움직이지 말아요. 이번엔 좀 아플 수도 있어요.

짝. 그니까 이런 데 안 나오면, 짝. 좋잖아요, 나도 일이라, 짝. 어쩔 수가 없어요, 아프죠? 다시 짝. 미안해요, 짝. 이런 것도 일이라고. 짝. 나도 오늘 처음 왔어요. 짝. 안 오면 좋은데 돈을 벌어야 할 거 아닙니까. 짝. 침이나 땀이나 눈물 같은 것들로 여자의 얼굴이 축축해진다. 5번이 젖은 손바닥을 바지에 문질러 닦는다.

아가씨, 울어요?

5번이 손바닥으로 여자의 젖은 볼을 만진다. 여자의 볼이 뜨겁다.

도대체 나한테 왜 이러는 거예요. 나한테 왜. 내가 뭘 잘못했다고.

여자의 발음이 한꺼번에 뭉개진다.

잘못이 왜 없어. 거기서 설쳐 댄 게 누군데. 미친년.

4번이 여자의 눈앞으로 얼굴을 바짝 들이댄다. 여자가 한꺼번
에 콧물을 들이켜고 목을 가다듬는다.

왜요! 거기 있으면 안 돼요? 먼저 쳐들어와서 때리긴 왜 때려.
사람을 왜 때리느냐고.

4번이 검지를 세워 여자의 이마를 한 번, 두 번 민다. 여자의 머
리가 나무둥치를 콩콩 때린다. 5번이 4번을 슬며시 만류한다.

아가씨, 내가 말했잖아요. 이게 일이라고. 일에 이유가 어디 있
어. 돈 벌려고 하는 거지 뭐. 근데 아가씨는 도대체 왜 거길 자꾸
오는 거야? 안 오면 좋잖아요. 이렇게 얼굴 붉힐 일도 없고 힘들게
산에 올라올 필요도 없고.

여자가 크게 숨을 내쉰다. 입술 새를 빠져나온 입김이 어둠 속
으로 흩어진다. 아저씨.

있잖아요. 저도 이게 제 일이에요. 저는 뭐 오고 싶어서 오는 줄
아세요? 거기 얼마나 추운데요.

까고 있네.

4번이 위협적으로 배트를 휘두른다. 여자가 움찔한다.

이런 거 경험 있으면 취직 잘 된다고 해서 하는 거라고요. 저도
3학년인데. 이런 거 하고 싶겠어요?

에, 아가씨 대학생이야? 근데 그런 이야기는 또 처음 듣네. 거기 있는 게 취직에 도움이 될까. 우리 딸은 그런 이야길 한 적이 없는데.

그냥 시민 단체 같은 거예요. 나도 잘 모른다고요. 왜 나한테, 나한테만.

시민 단체? 하면서 5번이 4번을 돌아다본다.

시민 단체는 무슨. 일 있다 하면 우르르 몰려가서 깽판 치는 새끼들 모아 놓은 데 아냐.

4번은 여자 앞으로 다가와 맞아, 아니야? 하면서 볼을 톡톡 두드린다. 여자의 두 눈이 다시금 물기를 머금고 부풀어 오른다. 4번이 히죽거린다.

깽판 치니까 좋지? 엿 먹이니까 좋지? 미친년. 그저께는 이만 원이나 깎였어. 너 때문에!

근데 아가씨, 그럼 아가씨도 따로 돈을 받고 일하는 겁니까?

5번이 질문하고 여자가 울먹인다.

아저씨, 근데 나 이거 돌멩이 언제 치워 줄 거예요? 이제 보내 주면 안 돼요?

그때 4번이 푹신한 흙 속에 박아 둔 파이프를 뽑아 건넨다. 산을 오르는 내내 지팡이 용도로 말고는 사용한 적 없는 연장이다. 5번이 파이프를 받아 든다. 차가운 감촉이 손바닥을 타고 온몸으로 퍼져 나간다.

뭡니까? 이게?

여기서 날 새고 싶어요? 아저씨도 빨리 집에 가고 싶잖아.

5번이 파이프를 움켜잡는다. 파이프가 비스듬하게 공중에 걸린다. 5번이 파이프로 가볍게 공중을 두드린다. 휙, 휙, 휙. 파이프가 빠른 속도로 공중을 가른다. 파이프를 본 여자가 겁에 질려 소리친다.

안, 안 나올게요. 아저씨. 안 나온다고. 내일부터 안 나온다고요.

아니, 아니, 이렇게, 이렇게 하면서 4번이 나무 배트를 휘두르며 시범을 보인다.

안 나오겠다는데요?

나 참, 그럴 어떻게 믿어요. 입만 열면 개소리지. 팔다리라도 하나 부러지면 모를까. 콱 그냥!

4번이 여자의 눈앞에서 배트를 흔든다. 5번은 파이프의 차가운 표면을 오래 만지작거리다 천천히 움직여 본다. 하나아, 두우울, 하나아, 두우울. 여자의 어깨에 한 번, 여자의 볼에 두 번, 파이프의 끝을 살며시 내려놓았다가 떼는 식으로. 하지만 선뜻 여자를 가격하지 못한다. 똑같은 구령만 반복될 뿐 파이프는 매번 여자를 비껴 선 지점에서 정지한다.

아, 진짜, 빨리 좀 하라고요. 추워 죽겠는데.

이게 참 하기가 그러네요.

거 봐요. 파이프는 휘두르기 힘들다니까.

그래서 그런가.

아무튼 빨리요, 빨리. 빨리 하라고요!

여자는 서늘하고 단단한 감촉이 피부에 닿을 때마다 눈을 감는다. 그리고 마침내 5번이 눈을 질끈 감는다. 4번도 반사적으로 눈

을 감는다. 모두가 눈을 감는다. 마침내 긴 파이프가 크고 둥근 포
물선을 그린다.

여자의 고개가 한쪽으로 고꾸라진다.

한참이 지나도록 여자는 눈을 뜨지 않는다. 5번이 파이프를 들
고 두어 걸음 물러난다. 축축한 낙엽 때문에 발이 자꾸만 미끄러
진다.

뭐, 뭐예요? 아저씨?

4번이 먼저 입을 연다. 뭐, 뭐냐고요, 아저씨? 아, 진짜, 뭐예요?
4번은 뒷걸음질치다가, 되돌아오고, 뒷걸음질치다가 되돌아오면서
뭐예요, 뭐예요, 뭐예요, 목소리를 낮춘다.

그냥, 겁만, 주라는, 거였잖아요. 어떡해요, 그냥 겁만 주라는 거
였는데.

여자는 깊이 잠든 것처럼 미동도 하지 않는다.

이것 봐요, 하, 하나도 안 움직이잖아요.

4번이 여자 앞에 주저앉는다.

어떻게 하다니? 어쨌건 난 시킨 대로 한 거 아닙니까? 파이프로
하라면서요?

여자를 살펴보던 4번이 몸을 일으키고 5번과 눈을 맞춘다. 뭔
가를 각오한 듯 한참 입을 우물거린 다음 말한다.

아저씨, 저, 저는요, 몰라요. 난 몰라. 난 아직 고등학교도 졸업
안 했다고요. 전 미성년자예요.

멀찌감치 물러서 있던 5번이 여자가 있는 곳으로 되돌아온다.
그리고 4번의 얼굴을 꼼꼼히 살핀다. 얼굴이나 어깨, 팔뚝이나 허

벽지 같은 곳들을 침착하게 훑는다.

이거요? 이거 그냥 헤나예요. 헤나 알죠? 이런 거 보면 겁낸다기에, 이것 봐요, 지워진다고요.

4번은 엄지손가락에 침을 묻혀 팔뚝을 민다. 물끄러미 4번을 바라보던 5번이 축축한 바닥에 파이프를 푹 꽂으며 고개를 숙인다.

밤이다. 두 개의 랜턴이 산을 내려온다. 반짝이는 눈알처럼 랜턴은 동그랗게 어둠을 뚫고 걷는다. 요동치거나 흔들리는 법 없이, 가지런하고 나란하게.

별일 없겠죠?

가고 있잖아.

여자를 둘러업은 5번이 가쁜 숨을 내쉰다. 산길은 고무줄처럼 늘어나는 것만 같다. 도대체 얼마만큼의 시간이 지난 건지 알 수가 없다. 4번과 5번이 다급해진다.

일이 잘못되면 일당 못 받을지도 몰라요. 모레가 발렌타인 데이인데. 이번엔 꼭 커플링 사야 한다고요. 아, 씨발. 내가 그것 때문에 존나게 일하는지도 모르고. 씨발 년.

4번이 투덜거릴 때마다 랜턴이 흔들린다. 겉보기엔 상처가 없고 고르게 숨을 쉬는 것으로 보아 여자는 잠깐 기절한 것처럼 보이지만 여전히 눈을 뜨지 않는다. 여자의 체온과 맞닿은 5번의 등줄기로 더운 땀이 흘러내린다.

근데 아저씨, 내일도 올 거예요?

와야지.

아저씨, 어디에서 타요?

구로.

5번이 간신히 말을 뱉는다. 앞은 보이지 않고, 여자의 체중은
물 먹은 솜처럼 무거워지고, 무릎이 자꾸만 꺾인다. 눈꺼풀 주변
을 뒤덮은 땀 때문에 좁은 산길이 촉촉하게 부풀어 올랐다가 푹
꺼진다.

여자 괜찮겠죠? 근데 이 여자 내일 또 나오는 거 아니겠죠?

5번이 잠깐 멈춰 서서 여자를 바투 업는다. 4번이 여자의 몸을
5번의 등 위로 떠밀어 준다.

다음번엔 잘해야지.

잘해요? 뭘요? 뭘 잘해요?

뭐든. 전부 다.

5번은 찬 공기를 들이켜고 뜨거운 숨을 내뿜는다. 4번이 앞장서
고 5번이 따라 걷는다.

좀 빨리 걸을 수 없어요?

4번이 자주 돌아다본다.

지금 가고 있잖아.

여자는 축 늘어진 채 움직임이 없다. 4번이 5번 발밑으로 불빛
을 비추어 준다. 5번이 발을 재게 놀린다.

치킨 런

마지막 배달이었다. 아니, 마지막 배달이어야 한다고 생각한 나는 굼뜨게 오토바이를 몰았다. 신호가 바뀌기도 전에 횡단보도 앞에 멈춰 섰고 차들이 다 빠져나올 때까지 골목 입구를 맴돌았다. 시곗바늘은 새벽 1시와 2시 사이에 가까스로 멈춰 있었다. 어중간한 시간이었다는 게 문제라면 문제였다. 서둘러 배달을 마치고 돌아가면 쪼잔한 사장은 분명 피자 상자나 포장된 치킨 봉지를 하나 더 내밀 게 뻔했다. 주문이 없으면 빗자루나 대걸레를 내밀겠지. 되도록 이번 배달을 2시에 가깝게 끝내고 돌아가야 했다. 보름간 배달 아르바이트를 하며 익힌 노하우였다. 시간만 잘 맞춘다면 정시에 퇴근하거나 일이 분 일찍 퇴근할 수 있을지도 몰랐다.

드문드문 켜진 창들을 달고 건물들은 어둠 속에 잠겨 있었다. 색이 모두 사라진 밤에는 동네의 풍경이 견딜 수 없을 만큼 무거워져 저 아래로 굴러떨어질 것만 같았다. 원룸과 다세대 건물은 오르막을 따라 위태롭게 늘어서 있었는데 좁은 골목을 돌고 돌아 올라가다 보면 동네가 무한히 계속되는 게 아닐까 하는 착각이 들 정도였다. 그래서 밤에는 더 자주 이사 가는 상상을 했다. 여기가 아니라면 어디든. 그런 희망 사항을 갖게 된 데에는 또 다른 이유가 있었다. 양선미.

양선미, 하고 중얼거리며 나는 원룸 건물을 끼고 오른쪽으로 돌았다. 오른쪽으로 돌거나 왼쪽으로 돌거나 어차피 산 밑까지 달려가야 하는 건 마찬가지였으나 항상 조심할 필요가 있었다. 양선미는 어디에서나 나타날 수 있고 언제든 맞닥뜨릴 수 있으니까. 양선미가 아니지만 양선미를 생각나게 하는 것들, 그런 것들이 이 동네에는 셀 수 없을 만큼 많았다. 아니, 동네 자체가 양선미를 가리키고 있다고 해도 틀린 말이 아니었다. 이제 정확히 한 달하고 9일째. 아무리 생각해 봐도 그건 예의나 상식과는 거리가 먼 방식이었다. 선미는

우리 그만 만나.

했다. 시원하게 뻗은 8차선 도로를 내달리며 나는 응? 하고 되물었다. 오토바이가 밤공기를 갈랐고 선미의 말이 순식간에 후방으로 밀려났다. 재차 되묻다가 나는 세 번째에 그냥 응, 하고 말았다. 어차피 들어도 안 들어도 그만일 말이라 여겼기 때문이었다. 선미가 수시로 하는 말. 좋아? 더 빨리! 사랑해. 그중 하나겠지. 그리고 선미는 두 손으로 내 허리를 힘껏 꼬집었다. 비명과 함께 오토바이가 멈춰 선 건 그다음이었다. 내가

미쳤냐? 이 기집애가…….

하고 타박을 쏟아놓기 전에 선미는

딴소리하기 없어. 이 시간 이후로 우린 남남이야.

했다. 그러곤 또박또박 도로를 가로질러 건너편으로 멀어졌다. 험한 말로 대거리 한 번 못하고 차인 셈이었다. 차들이 굉음을 만들어 내는 대도로 한가운데에서. 무방비로. 그것도 단 한 번 만에.

원룸 건물에 들어서기 전 나는 시각을 확인했다. 1시 43분. 치킨 냄새로 부푼 봉지를 건네고 돈을 받고 잔돈을 거슬러 주는 시간은 대략 1분이면 족했다. 나머지 시간은 올 때와 마찬가지로 꾸물거리며 메워 볼 요량이었다. 나는 봉지에 적힌 101호라는 쪽지를 확인한 뒤 서너 개의 계단을 걸어 내려갔다. 건물주들이 잔꾀를 부려 요즘은 제대로 된 1층을 찾아보기 힘들었다. 애매한 반지하방이 생겨나면서 1층은 지하와 2층 사이에 교묘하게 끼어 버렸고 2층과 3층도 어그러지긴 매한가지였다. 계단에 다 내려서기도 전에 센서등이 켜졌다. 서둘러 101호의 벨을 눌렀다. 한 번, 두 번, 잠깐 쉰 뒤 세 번.

뭔가 잘못됐다고 느낀 건 벨을 네 번째 눌렀을 때였다. 현관문 너머선 아무런 기척이 없었고 전화는 수신음만 갈 뿐 받는 이가 없었다. 한 달에 몇 번 꼴로 있는 몹시 난감한 순간이었다. 처음엔 허둥지둥하다가 문득 마음이 차분해지면서 짜증이 치밀기까지는 대략 5분 정도가 걸린다고 사장이 말한 적이 있었다. 서둘러 사장에게 전화를 걸었고 수화기 너머에서 착 가라앉은 사장의 목소리가 흘러나왔다.

일단 주변에 수소문해 봐. 혹시 잘못 적었을지도 모르니까.

5분은커녕 1분도 못 넘기고 화가 치솟는 모양이었다. 하는 수 없었다. 101호와 열 뼘쯤 떨어진 102호의 문을 두드렸다. 처음엔 조심스럽게, 다음엔 좀 더 세게, 마지막엔 복도가 쩌렁쩌렁 울릴 만큼. 어쨌거나 2시라고 못 박아 둔 퇴근 시각이 늦어지는 일은 원치 않았으므로. 102호에서도 아무런 기척이 없었다. 재수가 좋으면 사장이 치킨 봉지와 함께 퇴근을 허락할지도 모를 일이었다. 어차피 주인 없는 치킨이고 버릴 바에야 알바생에게 줘 버리는 것이 두고두고 생색을 내기에도 좋으니까. 그리고 다시 계단을 오르려던 참이었다. 가늘고 희미했지만 분명 인기척이 맞았다.

102호였다. 두꺼운 철문을 힘겹게 빠져나온 소리는 중얼거리는 말소리 같기도, 앓는 소리 같기도 했다. 어느 쪽도 분명하진 않았다. 소리들은 철문을 빠져나오자마자 힘없이 바닥으로 떨어졌다. 미처 내 귓가에 닿기도 전이었다. 나는 두꺼운 철문 위에 한쪽 귀를 바짝 갖다 댔다.

저기요.

내 목소리가 텅 빈 복도를 때리고 되돌아왔다. 다급해질수록 돌아오는 목소리는 커다란 진폭으로 건물 전체를 땡땡 때렸다. 서너 번 더 불렀다간 위층에서 누군가 달려 내려올지도 모를 일이었다. 나는 왼쪽 손목에 치킨 봉지를 걸고 오른손으로 문고리를 비틀었다. 문은 쉽게 당겨졌고 허약한 소음들이 또렷하게 달려들었다. 격렬한 숨소리와 뒤섞인 신음이었다.

저, 저기요, 계, 계세요?

센서등 불빛이 방 안으로 돌진하면서 내부의 풍경이 드러났다.

보폭을 좁혀 현관 앞까지 다가가자 마침내 신음의 정체가 밝혀졌다.

동그란 눈알 두 개. 처음 목격한 건 캄캄한 공중에 떠 있는 두 눈이었다. 뽀얀 흰자위에 떠 있는 새까만 동공이 이쪽을 내려다보고 있었다. 허공에서 버둥거리는 두 다리가 보였고 치켜든 얼굴 윤곽이 드러났다. 필사적으로 뭔가를 붙잡는 두 팔이 선명해진 다음, 마지막으로 천장과 목을 연결한 단단한 끈이 나타났다. 가는 줄에 의지해 공중에 떠 있다고는 믿기지 않을 만큼 육중한 사내였다. 사내는 으, 으으으, 으으으으, 하다가

이, 이거, 이거 좀.

하고 간신히 내뱉었다. 나는 왼쪽 손목에 걸린 치킨 봉지를 단단히 부여잡은 채 입을 벌렸다. 정확히 말하면 입이 벌어졌다고 하는 편이 맞았다. 그리고 한참 만에 침을 삼켰는데 사내의 발버둥이 한층 더 격렬해지고 있던 차였다. 사내는 아까보다 더 간신히

이, 이, 이, 이거 조, 좀.

했다. 뭘 해 달라는 건지 정말 헷갈릴 만한 상황이었다. 그렇다고 신중한 판단을 내릴 만큼 여유가 있는 것도 아니었다.

나는 방 안으로 달려 들어갔다.(달릴 정도로 방이 넓은 건 아니었지만) 하지만 뭘 어떻게 해야 할지 알 수 없었다. 천장엔 손이 닿지 않았고 바닥에 널브러진 의자는 한쪽 다리가 부서진 채였다. 나는 우왕좌왕하며 발버둥치는 사내 주변을 서너 번 돌다 사내의 두 발 아래로 몸을 집어넣었다. 겁에 질린 사내의 발이 내 어깨에 가지런히 착지하기까지 무수한 발길질이 이어졌고 그때마다 이를 악물어야 했다. 사내는 내 어깨에 체중을 온전히 실은 다음 한꺼번

에 많은 공기를 들이켰다 뱉어 냈다. 그러곤

카, 캄 있어요?

물었고 내가 대답하기도 전에 사내는 두 손으로 줄을 비틀어 끊었다. 아니 뜯어냈다고 하는 편이 더 정확했다.

뚝.

줄이 끊겼고 내가 먼저, 뒤이어 사내가 바닥으로 고꾸라졌다. 치킨 봉지가 내 팔꿈치 아래서 납작하게 우그러졌다. 사내는 죽을힘을 다해 숨을 쉬었다. 여덟 평 남짓한 방의 공기를 죄다 들이마실 것처럼 길고 거친 호흡이었다. 그러는 동안 나는 조금씩 현관 쪽으로 기어 나왔다. 어깨뼈가 내려앉을 것 같았다. 간신히 몸을 일으켰을 때 엎어져 있던 사내가 나를 불렀다.

저, 저기요. 거기 냉장고에 무, 물 좀 줘요.

물이요?

내가 되물었고 사내가

거기, 냉장고.

한 뒤 숨을 뱉었다. 나는 작은 냉장고를 열었다. 반찬통과 잔뜩 오그라들어 형체를 알 수 없는 과일 하나, 묶인 봉지를 제외하면 내부는 거의 텅 빈 거나 다름없었다. 주홍빛 조명 아래 남아도는 냉기는 처량해 보였다. 사내가

문 쪽에요.

하며 한 번 더 재촉했고 나는 물통을 집어 건넸다. 사내는 입을 벌리고 목구멍으로 물을 쏟아부었다. 사내의 목울대가 급하게 오르내렸다. 쉼 없이 물을 삼키는 그 소리 때문에 나는 사내가 살아

있다는 사실을 깨달았다. 새삼스러운 발견이었다.

괘, 괜찮으세요?

나는 망가진 치킨 봉지를 주워 들었다.

아, 진짜 죽을 뻔했어요. 근데 누구세요?

사내는 물을 마시다 말고 이쪽을 바라보았다. 그제야 정신이 돌아온 사람처럼 천진하고 순진한 얼굴이었다. 나는 납작해진 치킨 봉지를 공중에 흔들어 보였다.

집 앞에 도착했을 땐 새벽 3시가 넘은 시각이었다. 2시 정각에 퇴근하고 2시 10분쯤 귀가할 거란 예상은 오늘도 여지없이 빗나갔다. 사장은 망가진 치킨 봉지를 선심 쓰듯 건넸고 나는 쓰레기 더미 위에 치킨 봉지를 던져 버렸다. 형편없이 찌그러진 치킨 상자를 보면 사내가 떠오를 게 뻔했으므로 버리는 편이 나았다. 좁은 골목길, 촘촘히 붙은 창들은 캄캄했고 다시금 이 동네를 떠나고 싶다는 생각이 간절해졌다. 창 너머의 사연을 엿보게 되는 비극이 또 일어나기 전에 이사를 가야 했다. 가고 싶었다. 하지만 도대체 어떻게, 언제. 나는 싸늘하게 식은 철제 계단을 차곡차곡 밟아 올라갔다.

이 동네로 옮겨 온 것은 2년 전이었다. 이사 오기 한 달 전, 어울리던 녀석의 소개로 선미를 만났고 선미가 사는 동네가 이곳이어서 다행이라 여겼다. 방값이 저렴한 때문이었다. 부동산 여자는 서너 개의 집을 돌고 가장 마지막으로 이 방을 보여 주며,

그 가격대에 맞추려면 이런 집이나 가능해요.

했다. 여름에는 몹시 덥고 겨울에는 얼어 죽을 만큼 춥다는 충

고를 선심 쓰듯 알려 준 다음이었다. 나는 비좁은 방과 겨우 용변만 볼 수 있는 크기의 화장실을 확인한 다음

이 방으로 할게요.

했다. 가장 먼저 해가 들고 크고 선명한 별을 볼 수 있다는 걸 이유로 내세웠지만, 진짜 이유는 선미가 사는 곳과 멀지 않았기 때문이었다. 가까우면 선미가 오가기 쉬울 테고 자연스럽게 선미가 자주 드나들 거라고 생각했다. 무엇보다 이런저런 조건을 맞추기엔 돈이 턱없이 부족했다. 계약을 마치고 처음 집을 보여 주었을 때, 선미는

멋지다. 멋지다. 멋지다.

세 번 말했다. 네 번 만에 내 목에 팔을 두르며 이렇게도 소곤거렸다.

혼자서 이런 집을 구하다니 오빠는 정말 대단한 사람이야.

분명 진심이었을 테지만 겨우 반년을 못 넘기고 선미는 말을 바꾸었다. 그만 만나. 그렇게 8차선 도로를 가로지른 날로부터 일주일이 지난 뒤였다. 수화기 너머에서 선미는

우린 그냥 만나서 재밌게 논 거야. 그게 다야. 나도 이제 안정된 사람을 만나야지.

했다. 수백 번 넘는 통화 연결음을 견딘 직후였다. 내가

안정된 사람이라니?

하고 물었고 선미가 한숨을 내쉬듯 속삭였다.

나 곧 이사 가. 이제 공부도 하고 대학도 갈 거야. 이렇게 사는 거 싫어.

그게 마지막이었다. 이렇게 황당하고 어이없는 방식일 거라곤 한 번도 예상하지 못한 명백한 이별이었다. 이사를 간다는 예고도, 헤어지자는 선포도 당황스럽긴 마찬가지였지만 그보다 더 '이렇게 살기 싫다'는 고백에 맥이 빠졌다. 그녀는 늘 내게 이렇게 살아도 괜찮을 거라는 안도감 같은 걸 주었기 때문이었다. 오토바이에 몸을 싣고 함께 질주하던 그 많은 순간들을 어쩌면 그녀는 견디고 있었는지 몰랐다. 그리고 이젠 이곳을 떠나 다른 세계로 또 각또각 걸어간다고 하지 않는가. 8차선 도로를 차분히 건너던 그 밤처럼 선미는 이제 안전이 보장된 인도 쪽으로 완전히 옮겨 가려 하고 있었다.

선미가 떠난 동네를 나는 종일 헤매고 다녔다. 치킨 봉지나 피자 상자를 싣고. 할 수 있는 거라곤 매일 서너 번씩 이사 가는 상상을 하는 것뿐이었다. 여기가 아니면 어디라도. 정말이지 여기만 아니라면 나도 선미처럼 달라질 수 있을 것 같았다. 환하고 반듯한 산책로와 널찍한 도로 가에 일렬로 늘어선 건물들. 그런 동네가 아니라도 기형적인 건물과 위태로운 옥탑방이 늘어선 좁은 골목을 떠날 수 있다면 얼마나 좋을까. 그러니까 떠나기 위해 나는 쉬지 않고 동네를 돌고 또 도는 셈이었다.

그에게서 연락을 받은 건 며칠이 더 지나서였다. 자정이 가까워올 무렵이었고 사장은 갓 튀긴 치킨을 봉지에 담았다. 봉지가 따뜻하게 부풀어 올랐다. 나는 치킨 봉지에 붙은 주소를 확인하고 오토바이 시동을 걸었다. 거기가 거기일 거라고는 예상하지 못한 탓이었다. 눈치챘다 해도 정확히 배달하는 것 말고는 방법이 없었을 테지만. 102호 원룸 앞에 서고서야 그곳이 며칠 전 그 원룸이라는 것을 알아차렸다. 그러나 벨을 누르는 것 외엔 달리 할 수 있는 일이 없었다. 단 며칠 만에 치킨이 먹고 싶어 주문 전화를 걸었다 해도 이상할 건 없었으니까.

딩동.

벨이 한 번 울리고 두 번 울렸을 때 문이 열렸다. 사내였다. 나는 헬멧을 벗지 않은 채 치킨 봉지를 건넸고 그가 만 원짜리 두 장을 꺼냈다.

헬멧 쓰고 있어도 다 알아요.

손을 뻗어 만 원짜리 두 장을 가져가려던 찰나였다. 사내는 컴컴한 캡 속에 가려진 내 눈을 가만히 들여다보았다.

그때…… 맞죠?

2만 원을 낚아채고 나머지 금액을 거슬러 준 다음 뒤돌아서면 그만이었다. 돈을 가져가려는 순간, 사내가 검지와 엄지 사이에 낀 2만 원을 제 쪽으로 되가져가며

이게 다 그쪽 때문이에요. 그때 그쪽이 나타나지만 않았어도 죽을 수 있었다고요.

나는 캡을 젖혔다. 결정적으로 그 말이 비위를 상하게 한 탓이었다. 이것 봐요, 내가 당신을 살렸거든요, 하고 대꾸하는 대신 나는

네?

하고 작게 되물었다. 사내가 2만 원을 도로 제 주머니에 넣으며 소곤거렸다.

그러지 말고 잠깐 들어올래요? 잠깐이면 되는데…….

사내는 헬멧이 수월하게 통과할 수 있도록 문을 조금 더 젖힌 다음 내 손목을 잡아끌었다. 잠깐, 아주 잠깐이면 된다는 생각을 한 내가 방 안으로 발을 들여놓았다.

근데 전요. 죽는 것밖엔 답이 없어요. 그럴 수밖에 없다고요.

사내는 오래 뜸을 들인 다음 그렇게 말했다. 고소한 치킨 냄새가 서늘한 방 안 구석구석까지 퍼져 나가고 있었다. 사내는 상자를 열어 살코기 한 점을 베어 물며 이미 예정된 일이에요, 하고 못을 박았다. 사내의 두꺼운 손이 추리닝 위를 쓱 문지를 때마다 나는 주머니 속으로 들어간 2만 원을 떠올렸다. 그러거나 말거나 2만 원을 주면 잽싸게 거스름돈을 지불하고 방을 나올 생각이었다. 그러면서도 사내의 말을 뚝 잘라 먹을 순 없었는데 뭐랄까, 사내가 죽음을 결심할 만큼 불행하고 가여운 사람이라 여겨졌기 때문이었다. 사내 스스로 돈을 지불할 때까지 조금만 더, 조금만 더, 하는 심정으로 버텨 보는 수밖에 없었다.

1만 6000원입니다.

돈 이야기를 꺼낸 건 방으로 들어온 지 20분이 지났을 무렵이었다. 사내가 두툼한 닭다리를 건네던 참이었고 사장에게서 걸려 온 전화가 요란하게 울렸을 때였다. 나는 수신을 차단한 뒤

배달이 밀려서요.

하고 양해를 구했다. 사내는 들고 있던 닭다리를 한입 베어 물었다. 쩝쩝거리는 소리 때문에 무슨 말인지 알아듣기 힘들었다. 내가 네? 하고 되물었고 한꺼번에 고기를 씹어 삼킨 사내가 또박또

박 말했다.

나, 좀, 도, 와, 달, 라, 고, 요.

그러고는 내쪽으로

도와줄 거죠?

하고 얼굴을 디밀었다. 말하자면 그런 때, 사내는 어떤 도움도 필요하지 않은 사람처럼 보였다. 내가 도와줄 만한 일은 하나도 없을 만큼 멀쩡하고 건강해 보였다.

뭘요?

내가 물었고 사내가

왜 지난번에……. 알잖아요.

하고 검지와 엄지를 한 번씩 쪽쪽 빨았다. 아무래도 황당한 이야기였지만 사내는 내내 심각한 표정으로 닭고기를 씹었다. 그러면서 알아듣기 힘든 혼잣말을 웅얼거렸다. 2만 원을 받고 4000원을 거슬러 줄 때까지도 사내는 요지부동이었다.

나는 헬멧을 쓰고 캡을 닫으며 중얼거렸다.

몰라요. 생각해 볼게요.

생각할 필요도 없을 만큼 황당한 이야기였다. 너무 황당해서 나는 사내의 제안을 자꾸만 떠올려 보았다. 결국엔 돈 때문이었다. 돈이 생기면 이사 비용을 마련할 수 있을 테고 조금 더 빨리 이 동네를 뜰 수 있다. 치킨이나 피자를 싣고 동네를 돌며 선미의 흔적을 되새기지 않아도 될 거였다.

사내는 죽고 싶다고 했고 도와 달라고 했다. 매번 결정적인 순간에 살아나는 통에 죽고 싶을 만큼 괴롭다고 털어놓는 사내의

두 눈에 물기가 비쳤다. 그러다

이봐요. 그때 그쪽이 안 나타났으면 난 깔끔하게 죽을 수 있었다고요!

언성을 높이기도 했다. 어쨌거나 사내의 제안은 이런 것이었다. 한 번 만에 성공하면 50만 원, 두 번 만에 성공해도 50만 원, 세 번 만에 성공해도 50만 원을 몽땅 가지라는 거였다. 물론 그동안 생활비로 야금야금 지출하지 않는다는 가정하에. 사내는

내가 확실하게 죽으면 빨리 신고만 해 주면 돼요. 어때요. 간단하죠?

했다. 그렇게만 한다면 50만 원을 가지는 건 일도 아닐 거라고 덧붙였다. 그런 다음 나달나달한 만 원권 50장을 세어 보였다. 하나, 둘, 셋, 넷, 다섯……

50만 원이네요.

내가 중얼거렸고 사내가

네. 50장. 이 50장이 내 전 재산이에요.

했다. 당장 며칠 후면 월세도 내야 하고 끊긴 도시가스도 복구해야 하고 체납된 휴대폰 요금 때문에 압류도 들어올 테니 그 전에 죽고 싶다는 게 사내의 바람이었다. 적어도 일주일 안에. 그는 달력을 가리키며

보험이 실효되기 전에 죽어야 보험금이 나오는 거 알아요?

했다. 꼭 그게 아니라도 사내가 죽어야 할 이유는 많아 보였다. 치킨을 먹는 모습을 제외하면 그가 살아야 할 이유는 정말이지 하나도 없어 보였다. 그는 확실한 방법이 필요하다고 했다.

진짜 확실한 방법이 있을까요?

배달이 뜸한 낮 시간, 좁은 홀을 지키던 내가 질문하면 사장은 신문을 뒤적거리며

죽는 거야 확실한 방법이 많지. 사는 데 방법이 없어서 그렇지.

하고 말았다. 두어 번쯤 너 죽고 싶냐? 하고 되물을 때도 있었 지만 바람 빠지는 웃음을 흘리고

죽는 것도 쉬운 게 아니야. 세상에 쉬운 게 뭐 있는 줄 아냐?

하고 비아냥거렸다. 신문지의 소음이 홀을 꽉 채우는 동안 나 는 종종 사내를 떠올렸다. 푸른 지폐 50장이 떠올랐고 선미 생각 이 났고 하루라도 빨리 동네를 뜨고 싶었다. 선미처럼 홀가분하게 이 동네를 떠나 근사한 미래를 그려 보고 싶었다. 도대체 확실한 방법이 뭐가 있을까. 공중에서 발버둥 치던 사내의 실루엣이 생생 하게 되살아났다. 찾아보면 단 하나의 방법, 정말이지 확실하고 신 속한 단 하나의 방법이 있지 않을까. 어떤 가능성이 차츰 몸집을 키웠고 나는 슬그머니 마음을 바꿔 먹었다.

나는 102호 앞에 섰다. 이틀이 지난 후였다. 근처 원룸에 피자 한 판을 배달하고 돌아서는데 사내가 떠올랐다. 완벽한 방식을 찾 는 대신 실패한 방식을 보완하면 어떨까. 생각할수록 꽤 설득력이 있었다. 사내는 한참 뒤에야 문을 열고 소곤거렸다.

그럼 도와줄 거예요?

나는 고개를 끄덕였고 퇴근 후 집으로 오겠다고 말했다.

두 눈을 반짝이는 사내 앞에 내놓은 건 감빛 빨랫줄이었다. 사 내는 줄의 끄트머리를 공중으로 들어 올렸다.

이건 또 끈이네?

그 끈은……. 손으로는 잘 안 끊어진다고 하더라고요.

날이 밝으려면 아직 서너 시간의 여유가 있었다. 사내는 꼼꼼하게 줄을 매달았다. 전등을 뽑고 빈 천장 속에 손을 넣어 단단한 지지대를 찾는 일은 쉽지 않았다. 마침내 사내가 부서진 의자 대신 어깨를 빌려 달라고 청했다. 그는

아마…….

하면서 내 어깨에 한쪽 발을 올리고

그렇게 간단하지는 않을 거예요.

하면서 완전히 올라섰다. 엄청난 무게가 몸을 짓눌렀다. 내가 비명을 질렀고 사내가 미안하다고 중얼거렸다. 한참 만에 내가 간신히 무릎을 일으켰고 사내가 둥근 고리 속으로 얼굴을 집어넣었다. 아래에서 "됐어요?" 하면 위에서 "됐어요." 하는 대답이 떨어졌다. 완전히 됐다는 신호를 들은 뒤 나는 재빨리 그곳을 빠져나왔다. 순식간에 사내의 몸이 공중에 매달렸다. 펄럭펄럭. 바람에 마구 나부끼는 빨래처럼 사내가 요동치기 시작했다.

사내의 얼굴이 붉게 달아올랐다. 두 손으로 끈을 붙잡고 두 발로 허공을 차 대는 사내의 몸짓을 지켜보다가 채 몇 초를 버티지 못하고 나는 다시 사내의 발밑으로 뛰어들었다. 사내의 두 발이 머리통을 무차별 가격하고 한참 만에 어깨를 찾아 디뎠다.

괘, 괜찮아요?

내가 물었고 사내는 거칠게 숨을 몰아쉬며

괘, 괜찮다니까요.

했다. 그러면서도 두 발은 얌전히 내 어깨에 올려놓은 채였다. 내가 빠져나옴과 동시에 사내의 몸이 공중에 매달렸고, 몸부림치는 사내를 보던 내가 다시 발밑으로 뛰어들었고, 어깨를 디딘 사내가 엄청난 양의 공기를 빨아들인 다음 기침을 토해 내는 일이 반복되었다. 언제나처럼

괜찮으세요?

하면

전 괜찮다니까요.

하는 대답이 돌아왔다. 그러거나 말거나 나는 매번 사내를 구했다. 항상 간발의 차였다. 조금만 더 내버려뒀더라면 하는 후회는 늘 사내를 구한 다음에 찾아왔으므로 사내의 죽음은 자꾸 미뤄졌다. 마침내 사내가

아, 힘들어서 못하겠네. 근데 날 샌 거 같지 않아요?

했다. 여전히 내 어깨를 디디고 선 채였다. 천장 아래 바짝 붙은 창으로 희끄무레 날이 밝아 오고 있었다. 들어갈 때와 마찬가지로 사내의 얼굴이 동그란 고리를 조심스레 빠져나왔다. 그리고 사내의 육중한 몸이 바닥으로 고꾸라졌다.

이제 진짜 딱 사흘밖에 안 남았어요.

엎드려 있던 사내는 한참 만에 고개를 들고 중얼거렸다. 실패였다. 또다시 내 탓이었다. 날 탓한다고 해도 할 말이 없었다. 더 효과적이고 쉬운 방법을 찾아야만 했다.

이번엔 확실하게 찾아 올게요.

사내에게 그렇게 약속한 뒤로 나는 종일 죽는 상상을 했다. 좁

고 더러운 골목길을 누비며 공중에 몸을 매다는 방법을 제외한 모든 가능성을 꼼꼼히 살폈다. 다량의 수면제를 삼키는 방법은 구입비 탓으로 가장 먼저 제외되었고 건물 옥상에서 투신하는 방법은 투신할 만큼 높은 건물이 없었기 때문에 불가능했다. 연탄불을 지피는 방법도 있었지만 도대체 어디서 연탄을 구한단 말인가? 매끈한 면도칼로 손목을 긋는 방법은 살아날 여지가 많았으므로 역시 불안했다. 사내는

이러다가 세금으로 전 재산을 다 날릴지도 몰라요.

초조해했고

확실할까요?

되물었다. 무엇이든 서둘러 시도할 수밖에 없었다. 어찌 됐건 살아남는 것보단 죽는 것이 여러모로 확실했다. 사내의 죽음이 확인된다면 나는 50만 원을 갖게 될 테고 사내의 이름으로 거액의 보험금이 가족에게 전달될 거였다. 이 집엔 또 다른 사람이 이사 올 테고 그 사람이 치킨이나 피자를 배달하기 전에 나는 이 동네를 떠날 수 있게 될 거였다. 사내가 죽지 못한다면? 확실한 게 아무것도 없었다. 어쨌건 사내는 죽고 싶어 했고, 죽어야 했고, 죽는 편이 더 나아 보였다.

건물 옥상에서 몸을 날리기로 한 계획이 실패로 돌아간 다음, (죽음을 확신할 만한 높이의 건물들은 모두 옥상 출입문이 단단히 잠겨 있었다.) 사내는 커터 칼로 손목을 긋겠노라 다짐을 두었다. 그는 방에 들어서자마자 칼을 쥐고 왼쪽 손목을 아주 오래도록 노려보았다. 그런 다음

이거 좀 확 그어 줄 수 있어요?

하며 나를 돌아다보았다. 엉겁결에 칼을 받아 들었고 사내의 손목을 물끄러미 내려다봤다. 새파란 혈관을 들여다보고 있자니 또 새삼 사내가 살아 있다는 생각이 들었다. 핏줄들은 싱그러웠고 쉼 없이 뛰고 있었다. 아마 한 번도 쉬지 않고 달려왔을 터였다. 사내는 반대쪽으로 고개를 돌린 채 눈을 질끈 감았다.

어서 해요.

사내가 재촉했고 내가

잠깐만요, 잠깐만요.

나는 뾰족한 칼날로 적당한 위치와 자리를 가늠했다. 칼날이 콕콕 사내의 손목 부근을 찌를 때마다 사내는 아, 아, 했고 빨리요, 확 그어 버려요, 그냥 그어 버리라니까요, 하며 재촉했다. 결국 내가 사내처럼 눈을 질끈 감은 채 중얼거렸다.

모, 못하겠어요.

그리고 어김없이 날이 밝았다. 높이 매달린 창문이 환해지는 걸 올려다볼 때마다 몹시 미안한 마음이 들었다. 사내가 방바닥에 주저앉았고 이제 정말 이틀밖에 남지 않았다고 중얼거렸다. 보험 회사나 통신사, 전기나 가스 회사에서 벼르고 벼른 최후통첩을 날리기까지 겨우 하루 정도 여유가 있는 셈이었다. 그것도 최대한 신속하게 내가 사내의 죽음을 알린다고 가정한 때였다. 창밖으로 분주하게 오가는 사람들의 발소리가 뚜벅뚜벅 다가왔다가 멀어졌다.

오늘은 진짜예요. 확실히 준비하고 있으세요.

나는 물기로 반질반질한 사내의 두 눈을 외면하고 자리에서 일어났다.

준비요?

사내가 코를 들이마시며 되물었고 난 재차 다짐을 두었다. 정말, 오늘은, 확실하게, 마음의, 준비를, 하시라고요. 나를 따라 일어선 사내가 눈을 깜빡거렸다.

그럼 올 때 치킨 한 마리 튀겨다 줄 수 있어요? 이왕 이렇게 된 거 한 번만 더 먹고 싶네요. 만

습관처럼 1만 6000원입니다, 하려던 나는 입술을 다물었다. 50만 원에서 1만 6000원을 제해야 한다는 게 아무래도 속상했지만 어쨌거나 내일이면 세상에 없을 사람이었다. 나는 고개를 끄덕였고 사내가 살며시 문을 닫았다.

여느 때처럼 나는 종일 좁고 더러운 골목길을 누볐다. 오토바이가 지날 때마다 고소한 기름내와 치즈 냄새 같은 것들이 희미하게 새어 나왔고 다른 오토바이가 지나며 또 다른 냄새를 남겨 놓았다. 냄새는 골목 끝까지 갔다가, 엇갈리고 마주치고 되돌아오면서 허름한 동네를 채우고 있었다. 어쩌면 이곳은 종일 허기진 동네일지도 몰랐다. 누군가 피자 상자를 접어 버리는 동안 누군가는 치킨 집으로 전화를 걸고 누군가는 자장면을 삼키고 있을 테니까. 나는 다닥다닥 붙은 창들을 흘끔거리며 아직 살아 있는 사내를 생각했다.

사내는 문을 열자마자 치킨부터 받아 들었다. 언제나처럼 날개 먼저 그다음 다리 두 개를 뜯어 먹으며

정말 오늘은 성공해야 하는데. 그렇지 않아요?

다짐을 두었다. 나는 검은 봉지에서 연탄 하나와 번개탄 하나를 꺼냈고 이번엔 정말 확실하다고 단언했다. 그러고 싶었다. 오늘은 사내가 죽을 수 있을까? 스스로에게 질문하면, 오늘도 죽지 못할 거라는 예감이 슬며시 몸집을 키웠다.

오늘은, 오늘은, 성공해야죠.

진짜 오늘은 성공해야 돼요. 진짜.

청테이프로 창문 틈새를 메우고 현관문 손잡이를 둘둘 감을 때까지만 해도 별다른 문제는 없었다. 내가 방 한가운데 연탄과 번개탄을 놓고 불을 피울·때까지도. 불이 좀처럼 붙지 않았고 서너 차례 시도하는 동안 사내는 남은 치킨 부스러기를 입안에 털어 넣었다. 내가 마른 종이를 연탄 구멍에 밀어 넣었고 곧 불이 붙었다.

근데 조금만 더 있어 줄 수 있어요?

연기가 피어나고 연탄이 타면서 장판이 녹아내리기 시작했다.

조금만 더 있다 나가요. 내가 숨을 크게 들이마실 테니까. 얼마 안 걸릴 거라고요.

사내는 배를 한껏 부풀려 숨을 쉬었다. 말하자면 죽지 않을 만큼만 버티다 나가 달라는 부탁이었다. 헐겁게 붙여진 테이프를 떼어 내고 현관문을 열면 바로 바깥이었다. 나는 문 앞에서 조금만 더 버티다 나가 버리면 그만이었다. 사내는 문을 잠글 것이고 테이프로 문을 봉할 것이었다. 나는 10여 분을 기다렸다가 경찰에 신고만 하면 되는 거였다. 정신을 잃기 전에 재빨리. 나는 수시로 손목시계를 들여다보았고 그보다 더 자주 희미하게 지워지는 사내를 바라보았다. 기침이 터졌고 눈이 따끔해질 때까지도 사내는 아직 거기 있죠? 있죠?

하고 소리쳤다. 그리고 나는 정신을 잃었다. 현관문 바로 앞에서였다.

다시 사내였다. 눈을 떴을 때, 커다란 사내의 얼굴이 가장 먼저 들어왔다. 그는 절망적인 표정으로 나를 내려다보고 있었다.

살아났네요.

사내는 곤혹스러운 듯 얼굴을 찌푸렸다. 사내도 나도 환자복을 입은 채였다. 나는 뒤늦게야 우리의 시도가 또 실패로 돌아갔음을 깨달았다. 다시금 내 탓이었다. 얇은 커튼 너머로 간이침대 굴러가는 소리가 소란스러웠다. 비명과 흐느낌 같은 것들이 한꺼번에 달려들었다 멀어지기도 했다.

응급실인가 보죠?

대답 대신 사내는 몸을 숙여 내 귓가에 마른 입술을 바짝 갖다 댔다.

이대로 발 빼진 않을 거죠?

가장 먼저 사내는 그렇게 물었고 이어

이젠 빼도 박도 못해요. 엉망인 집까지 수리해 주게 생겼다고요.

소곤거렸다. 침 삼키는 소리가 귓가를 돌아 몽롱한 머릿속에 똑똑 떨어졌다.

이제는 진짜 성공하는 수밖에 없어요.

의사는 가벼운 일산화중독 증세가 의심된다는 처방을 내놓았고 사내와 나는 나란히 고압산소치료를 받았다. 병원에서 며칠 더 입원할 것을 권했지만 사내도 나도 응급실 비용을 대느라 여윳돈이 바닥난 상태였다. 죽었으면 쥐게 될 50만 원을 살아 있는 탓에 몽땅 날린 셈이었다.

병원 건물을 빠져나오자 차가운 공기가 한꺼번에 달려들었다. 환하게 날이 밝아 오고 있었다. 나는 사내와 나란히 걸었다.

있다가 올 거지요?

가끔씩 어지럽고 메스꺼운 느낌이 치솟았지만 나는 그때마다 고개를 끄덕거렸다. 내 잘못이었으니까. 사내와의 약속은 지키는 게 옳았다. 게다가 이제 사내는 내 목숨을 구한 은인이었다. 나는

치킨은요?

하고 물었고 사내는

죽기 전에 한 번 더 먹을 수 있음 좋지요.

하며 웃었다. 오늘은 꼭 그 치킨이 마지막 식사가 될 수 있도록 해야 했다. 정말, 오늘은, 확실하게, 마음의, 준비를, 하셔야 해요. 내가 다짐하고 사내가 고개를 끄덕였다. 어제나 그제처럼 나는 또 동네를 뱅글뱅글 돌며 확실한 죽음의 방식을 찾아 헤매야 할 것이었다. 오늘은 정말 찾을 수 있을까. 고개를 들자, 익숙한 풍경이 눈에 들어왔다. 멀리서 보면 한꺼번에 고꾸라질 것처럼 가파른 풍경이었다. 어쨌거나 우리는 나란한 보폭으로 다시 동네로 걸어 들어가고 있었다.

* 가수 달빛요정역전만루홈런(1973~2010)의 노래 「치킨 런」을 들으며 썼다.

쿵후하는 자세

그 자전거는 인터넷에서 중고로 구입한 것이었는데 쓸 만했다. 아니, 쓸 만한 정도가 아니라 과분했다. 가끔 자전거는 내게 그런 질문도 던졌다.

네가 날 가질 자격이 있을까.

날 긴장시키고 애태울 수 있는 뭔가가 있다면 그 자전거가 유일했다. 시시하고 별 볼 일 없는 내 소유물 중에 가장 빛나는 것. 같이 다니다 보면 후줄근한 나도 반짝거릴 수 있다는 용기 같은 게 생겼다. 그래서 도무지 자전거에게서 눈을 뗄 수가 없었다.

카페에 앉아 창밖만 내다봤다. 자전거 때문이었다. 가로수에 매어 놓은 자전거에게 무슨 일이 생기지 않을까. 이를테면 누군가 침을 뱉거나 음료를 쏟거나, 자전거나 오토바이가 달려와 충돌하거나. 그게 아니라도 자전거에게 일어날 수 있는 나쁜 일은 무수히 많았다. 나는 되도록 많은 가정을 하고 어떻게 해야 하는지를 미리 고민했다.

너도 요즘 고민이 많구나.

맞은편에 앉은 지수가 말했다. 심각하고 진지하게. 반년 만에 만났지만 달라진 게 없었다. 상태는 더 심했다. 다만 자전거를 봤을 뿐인데 지수는 내 표정 어딘가에서 괴로움의 흔적 같은 것을 발견한 사람마냥 반가워했다.

아닌데.

알아. 너라고 왜 안 힘들겠니.

지수는 회사를 옮기고 말고 하는 문제를 이야기하다가 자꾸 구두를 만졌다. 뒤꿈치가 까져서 아파. 울고 싶다는 거였다. 눈을 맞추지 말자. 그럴수록 더 자주 눈이 마주쳤다. 난감했다. 지수는 언제 어디서든 울 준비가 되어 있었다. 그게 울 일일까. 상대가 고민하기 전에 일단 울고 보는 식이었다. 아무래도 자전거가 신경 쓰이지 않을 수 없었다. 예상대로라면 지수는 일어날 생각을 하지 않을 테고 그렇다면 나는 카페 안으로 가지고 들어올 수 없는 자전거를 계속 보고 있어야만 했다. 지수는 다 마신 커피 잔을 내려다보며 한마디 더 했다.

한 잔 더 마실래?

지수가 꺼낸 건 보험 상품 카탈로그였다. 나에게까지 그런 걸 내밀다니. 네 처지도 어지간하다 싶었지만 지수의 주변 사람들 중 이제 나만 보험이 없다는 뜻이기도 했다. 다 있고 나만 없으니, 이건 좀 문제인 건가. 불안한 생각이 들었지만 그것도 잠깐이었다.

나 요즘 라면만 먹어.

내가 말했다. 카탈로그를 펼치고 설명을 시작하려던 지수가 고개를 들었다.

어머, 진짜니? 어떡하니.

하루에 두 끼를 먹고 그중 한 번은 꼭 라면이었다. 컵라면과 봉지 라면을 번갈아 먹고 짜파게티나 비빔면도 먹었다. 물만 넣고 끓이면 10여 분만에 먹을 만한 음식이 된다니. 좀 놀랍지 않니. 그런 이야기를 덧붙이려는데 지수가 심각하게 돌변했다.

아, 그런 줄도 모르고. 너도 힘든데. 미안.

아닌데.

지수는 계속 사과했다. 라면이 어때서. 매일 라면을 먹으면 측은하고 가련해지는 건가. 황당했다. 지수는 구두를 벗어 발뒤꿈치를 만져 보곤 다시 말했다.

그래, 다들 힘들지. 나도 이러다가 진짜 야쿠르트 아줌마라도 해야 할까 봐.

아무래도 야쿠르트 아줌마 이야기를 해야 할까. 망설여졌다. 이를테면 아주 무더운 여름날. 지나다니는 거라곤 비둘기 몇 마리뿐인 오후에, 횡단보도 앞에 전동차와 나란히 서서, 맹렬하게 싸움에 몰두하는 아줌마의 자세 같은 것. 그건 정말 파이팅이라는 말로밖에는 설명할 수 없었다. 38도와 39도 사이를 오르내리는 기온, 후텁지근한 공기, 지루한 계절 같은 것들과 맞서는 모습이라니. 보이지 않는 적을 상대로 다만 지지 않는 싸움을 할 수 있을까?

지수가 한숨을 내쉬었다.

그나저나 넌 이제 뭘 할 거니?

자전거 탈 건데.

이거, 그거 말고, 너두 일해야 하지 않아?

해야지.

뭘 할 건데?

뭐든.

언제?

내일.

내일?

그래 내일. 나는 아무렇게나 대답하고 일어났다. 정말 내일 할 거니. 지수는 가방에 넣었던 카탈로그를 다시 꺼냈다. 일단은 내가 카탈로그를 가져가기로 했다. 카페 앞에서 지수와 인사를 나누고 휴대폰을 꺼냈다. 절뚝거리며 횡단보도를 건너가는 지수의 뒷모습이 보였다. 음악을 고르고 이어폰을 꼈다. 평평했던 마음 어딘가가 조금 구겨진 것 같았다. 누군가 빈 캔을 살짝 쥐었다가 놓은 것처럼. 뭐, 그래도 아직은 자전거를 타도 좋았다.

나는 시장을 관통하고 4차선 도로가 내다보이는 곳에서 속력을 냈다. 청와대 앞을 지나 안국동이나 삼청동 쪽으로 빠질 생각이었다. 밤에는 인적이 드물었다. 나는 있는 힘을 다해 페달을 밟았다. 음악을 들으면서. 가사가 반복되는 노래였다. 듣다 보면 기분이 좋아졌다.

세상 사람들 모두가 쿵후를 하고 있어.

모두가 자신의 역할을 알아.

각자 다른 무술을 배우고 새로운 권법이 태어나.

처음엔 겁먹은 듯 나중엔 고수가 되지.

세상 모든 사람들이 한자리에 모여 쿵후를 한다. 모두가 앞을 바라보는 자세로, 다리를 벌리고, 손바닥을 맞대고, 기합을 넣고, 허공을 가르고. 몸이 뜨거워지고 땀이 흐르고. 60억이니까. 지구의 온도가 일이 도쯤 높아지려나. 나는 60억 인구 틈에 낀 나를 상상하고 더 힘껏 페달을 밟았다. 뭐든 할 수 있을 거란 생각이 반짝 지나가고, 겨우 쿵후 따윈데 하는 생각이 뒤따라왔다.

어디 가시는 겁니까.

까만 양복을 입은 남자가 나를 막아섰다. 한쪽 귀에 무전기를 꽂고 있었는데 표정이 심각하고 진지했다. 나는 한쪽 발로 엉거주춤 자전거를 세우고 말했다.

저기, 저기로 가는데요.

무슨 일로 가시는 거지요?

그냥 가는 건데요.

그게 무슨 말입니까?

남자는 황당한 표정을 짓고는 낮 시간에 다시 오라고 말했다. 10분 후면 통행이 금지된다는 거였다. 왜요, 물으려다가 나는 순순히 돌아섰다. 무전기 때문이었다. 때마침 무전기에서 잡음 같은 게 빠져나왔고 남자가 얼굴을 구겼다. 보란 듯이. 다음에 올 땐 이유 같은 걸 만들어 와야 하나. 남자가 내 뒤통수에 대고 소리쳤다.

자전거는 끌고 가세요.

내가 돌아볼 때까지 기다렸다가 한마디 더 했다. 여기에서는 사소한 거라도 사고가 나면 곤란합니다. 나는 얼른 자전거에서 내렸다. 무슨 사고가 난다는 건지. 그래도 남자가 안 보일 때까지 자전거를 끌고 얌전히 걸어갔다.

그리고 며칠 뒤 다시 그곳에 갔다. 그곳에 가려던 게 아니었는데 가다 보니 거기였다. 달리 정해 놓은 목적지도 없었다. 낮이었는데 카메라를 든 사람들이 많았다. 관광버스들이 정차하면 높낮이와 발음이 생경한 말들이 버스 밖으로 우르르 쏟아졌다. 그들은 분수대 중앙의 봉황을 배경으로 사진을 찍거나 철문을 향해 셔터를 눌러 댔다. 나는 멀찌감치 떨어진 벤치에서 대문 찍는 사람들을 구경했다.

저기요. 그건 그냥 대문인데요.

대문 아니에요. 우린 서울 찍습니다.

그 대문이 서울일 수도 있었다. 아니, 서울이 대문인가. 아무튼 모두 안쓰러울 정도로 열심이었으므로 한 번쯤은 누구라도 대문을 열고 나와 손이라도 흔들고 포즈라도 취해 줘야 하는 게 아닌가 생각했다. 그게 아니면 실물 모형을 만들어 포토 존 같은 걸 세우거나. SEOUL이라는 글자를 크게 박아도 좋겠지. 하지만 다들 바빴다. 대문 밖에 있던 사람들은 쉬지 않고 셔터를 눌렀고 신속하게 다음 장소로 이동해 갔다. 대문 안도 사정은 비슷할 거였다.

벨을 누르고 들어갈 수 있는 곳이 아니므로 나는 생각만 했다. 저 너머엔 도대체 어떤 시간이 흐르고 있을까. 다들 뭘 하면서 하루를 보내는 걸까. 경호원과 비서관, 운전사, 주치의, 정원사와 청소부, 요리사처럼 세밀하고 구체적인 직함과 업무를 부여받은 사람들이 실은 몹시 지루한 얼굴로 몰래 밖을 내다보고 있을지도 몰랐다. 아니면 직함과 업무에 어울리는 뭔가를 하려고 이리저리 분주하게 움직이며 시간을 빠르게 돌리고 있는지도 몰랐다. 대문 너머에서 일어나는 일들을 맹렬히 상상하고 있는데 누군가 말을 걸었다.

무슨 문제라도 있으십니까?

형광 조끼를 입은 전경이었다. 건전지를 끼워 놓은 인형처럼 일정한 구간을 맴맴 돌던 그가 내 쪽으로 다가왔다.

그런 거 없는데요.

네? 뭐가 없어졌다고요?

그런 거 없다고요.

뭐요? 뭐가 없다는 겁니까?

전경이 계속 물었다. 하는 수 없었다.

갈 건데요.

나는 몸을 일으켰다.

삼청동을 통과해 광화문 쪽으로 걸었다. 어디든 사람이 많았다. 도저히 자전거를 타고 갈 수 없었다. 자전거를 끌고 천천히 걸었다. 읽을 수 없는 외국어 간판을 골똘히 올려다보거나 주차장이나 공터에 앉아 담배를 피웠다. 매연으로 새까매진 나무등치를 찔러보거나 어지럽게 얽힌 전신주를 쳐다보았다. 그럴 땐 또 어김없이.

도와 드릴까요?

누군가 나타났다. 뭘 도와준다는 걸까. 조금만 지체하면 언제 어디서나 도와주겠다는 사람이 다가왔다. 소녀상을 구경할 때도 마찬가지였다. 건물 앞에 세워 놓은 동상이었다. 한복을 입고 있었는데 어깨에 앉은 새가 귀여웠다. 만져 보려는데 누군가 소리쳤다.

무슨 일이십니까?

입구를 지키던 경호원이 다가왔다. 비싼 모텔이려니 했는데 일본 대사관 앞이었다.

아무 일도 없는데요.

어디서 나오셨죠?

경호원의 표정이 심각했다. 집에서 나왔는데요. 나는 말을 삼키고 현수막을 읽었다. 동상 앞에 놓인 꽃이나 촛불 같은 것들을 내려다보기도 했다. 그뿐이었다. 경호원은 서너 걸음 떨어져 계속 나를 주시했다. 문득 내가 위험한 사람인가 하는 생각이 들었다. 위험할 수도 있나. 그런 건가.

그냥, 이거 만져 보려고요.

왜 그러시죠? 거기 무슨 문제라도 있습니까?

할 수 없었다. 나는 고개를 젓고 그곳을 빠져나왔다. 광화문 광장에서 세종대왕이나 이순신 장군 주변을 어슬렁거려야지 했지만 거기도 사람이 많았다. 사람들 카메라에 담기지 않도록 이리저리 비켜서다 보니 어느새 광장 끄트머리였다. 하루가 엄청나게 길었다.

밤에는 자전거 타기가 수월했다. 경복궁역을 지나 경찰청 건물을 끼고 돌았다. 거기서부터는 편편하고 넓은 대로였다. 거리는 입을 다문 것처럼 조용하고 보도블록은 촘촘하게 깔려 있었다. 바퀴

가 얇은 종이 위를 미끄러지고 있다는 착각이 들었다. 이런 길이라면 밤새도록 달릴 수도 있겠지. 그랬는데,

덜컥 하고 자전거가 흔들렸다. 바퀴가 공중으로 살짝 튀어 올랐다가 바닥을 치면서 엉덩이를 때렸다. 브레이크를 잡았다. 돌아보니 한 남자가 누워 있었다. 세종문화회관 벤치 아래였다. 한 무리의 사람들이 테이블이나 조명 장치 같은 걸 한쪽으로 몰아 놓고 건물을 청소하는 중이었다. 거대한 전동 칫솔 같은 것이 크고 반듯한 계단을 지날 때마다 굉음을 냈다. 그러거나 말거나 남자는 벤치 아래 누워 꼼짝도 안 했다. 한쪽 팔을 거리 쪽으로 뻗은 채였다.

자전거가 남자의 팔을 밟고 지난 거였다.

나는 자전거에서 내려 벤치 주변을 서성였다. 멀리서 보면 누군가 남자의 팔 한쪽을 길 위에 던져 놓은 것 같았다. 버스 정류장에 서 있는 사람들이 이쪽을 힐끔거렸다. 어쩐지 조마조마해졌다. 아니나 다를까 길 한가운데를 지나던 전경 하나가 내 쪽으로 다가왔다.

무슨 일이십니까?

전경이 물었다. 나는 바닥에 누운 남자를 가리켰다. 머리와 수염이 긴 남자였다.

저기, 팔을 밟았는데요.

남자의 손이 새까맸다. 전경은 허리를 굽혀 벤치 안쪽을 들여다보았다.

아, 팔을요? 잠깐만요.

그러고는 남자의 팔을 벤치 안쪽으로 약간 밀었다. 남자의 손이 보도블록 한 카만큼 밀려났다.

이제 가시면 됩니다.

네?

가시면 된다고요.

전경이 점퍼 위에 손바닥을 문질렀다. 전경이 가기를 기다렸다가 벤치 아래를 살폈다. 남자는 꿈쩍도 안 했다. 나는 한 발로 자전거를 밀며 남자 쪽으로 바짝 붙었다. 이불에 둘둘 말린 것처럼 남자는 큰 점퍼를 입고 있었다. 나는 한쪽 발로 남자의 팔을 안쪽으로 더 밀어 넣었다. 누가 밟고 지나가지 않도록. 팔이 벤치 아래로 들어갔다. 미는 김에 머리맡에 놓인 가방도 밀어 넣어 주었다. 몇 번이고 벤치를 돌아봤지만 그대로 달렸다. 속력을 냈다. 성공회 성당 앞을 지나 덕수궁까지 내처 갔다. 전광판이 꺼진 사거리는 적막했고 그럴 땐 문득 도시의 비밀을 알게 된 것처럼 난감한 기분이 들었다.

대한문 앞에서 신호를 기다렸다. 그러는 동안 주변을 빙빙 돌았다. 게시판 공지를 읽고, 전시 포스터를 읽고, 어두운 매표소 창을 두드리고. 빙글빙글 돌고 있는데 간이 천막 밖으로 누군가 얼굴을 쑥 내밀었다. 털모자를 뒤집어쓴 여자였다. 여자는 목 끝까지 점퍼의 지퍼를 올렸다. 바람이 불 때마다 천막이 요란하게 펄럭였다. 여자가 몽땅한 촛불 조각들을 길 쪽으로 내던지며 말했다.

저기요. 거기 전기선 밟지 마요. 거기 전기선!

그러고 보니 길 위에 널브러진 전선들이 모두 천막 안으로 향하고 있었다. 나는 냉큼 내려 자전거를 옮겼다.

그것도 밟지 말고요.

여자가 길 위에 붙여 놓은 전단과 홍보물을 가리켰다. 다정하게 짝을 이룬 전경 둘이 아무 일도 없다는 듯 곁을 지나갔다. 앞만 보고 왔다 갔다 하는 인형 같았다. 여자가 쓰러진 이젤을 가리키며 말했다.

잠깐, 그거 건드렸어요?

목소리에 날이 서 있었다.

아닌데요.

그래, 다들 아니라고 하지, 말만. 다 아니래. 자기가 한 게 아니라고.

여자가 눈곱을 떼고 마른세수를 했다. 횡단보도 불이 바뀌었다. 건너야 하는데. 나는 우물쭈물했다. 여자가 무겁게 몸을 일으켜 천막 밖으로 나왔다.

아까 쿵 소리가 나던데. 아니, 쓰러뜨렸으면 원래대로 해 놓고 가야 되는 거 아니에요?

신호등이 깜빡였다.

진짜 아닌데요.

아니고 뭐고 그거 원래대로 해 놔요.

어떻게요? 물으려다가 쓰러진 이젤부터 바로 세웠다. 여자는 천막 주변에 버려진 쓰레기를 주웠다. 음료 캔이나 담배꽁초, 휴지나 껌 종이 같은 것을 집어 도로 쪽으로 내던졌다. 짜증이 난다는 듯 욕도 했다. 억울했다.

떨어진 것도 걸고. 아니, 원래대로 해 놔야 할 거 아냐. 원래대로. 다들 왜 이래. 미치겠네.

나는 바닥에 떨어진 홍보 포스터를 주워 들었다. 복직, 해고 같은 단어가 그림과 한데 뒤섞여 있었다. 글씨도 그림도 조잡하기 짝이 없었다. 이젤 위에 포스터를 걸고 쓰러진 포스터들을 주워 모았다. 천막 한쪽에다 포스터를 줄지워 세우고 있는데 여자가 물었다.

근데 여기서 뭐해요. 뭐하는 사람이에요?

나도 언젠가 서명 같은 걸 한 적이 있었다. 이곳을 지날 때. 다른 사람들처럼 빈 칸에 이름과 주소, 연락처를 적어 넣었다. 고맙습니다, 감사합니다. 그런 인사를 들은 것도 같은데 너무한다 싶었다. 여자는 보란 듯 두 손을 탁탁 털고는 천막 속으로 쏙 들어가 버렸다. 고맙다는 말 한마디 없었다.

자전거를 타고 시청 광장을 돌았다. 크게 원을 그리면서. 아무도 없을 땐 잔디 위를 곧장 가로질렀다. 통쾌했다. 호텔 창을 올려다보고 기이한 시청 건물을 노려보고 쿵후하는 사람들의 노래를 들었다. 한 바퀴만 돌고 집에 가야지 했는데 한 바퀴 돌고 나면 한 바퀴 더 돌아야지 했다. 점점 더 빨리 돌고 점점 더 세게 돌았다. 나중엔 내가 도는 게 아니라 시청이, 호텔이, 궁궐이나 광장이 돌고 있다는 착각이 들었다. 다 도는데 나만 멍청히 서 있는 것 같았다. 언제까지 도나 보자는 심정으로 페달을 밟고 그러다 보면 뭐랄까 보이지 않는 뭔가를 상대하고 있는 것 같았다. 이길 수 없을 거란 생각이 들었고 그럴수록 오기가 생겼다.

밤이 더 깊어지면 자전거를 세워 두고 잔디 위에 섰다. 두 팔을 나란히, 보폭을 벌리고 호흡을 가다듬었다. 그리고 두 팔로 원을 만들며 오른쪽으로 한 걸음, 뒤로 물러나면서 공중을 찌르는 상상을 했다. 자세를 낮추고 오래 허공을 노려볼 때에는 가볍게 공중에 몸을 띄워 허공을 가로지르는 내 모습을 그려 봤다. 그러다 기분이 좋아지면 주먹을 쥐고 어떤 자세를 흉내 냈다. 그냥 시늉만 하는데도 몸이 뜨거워졌다. 어둠 속에 누가 있기라도 한 것처럼 열이 올랐다. 입안이 말랐다. 그래서 계속했다. 지칠 때까지. 그러면 덥고 가쁜 숨이 새어 나왔다.

저쪽에서 누군가 휘파람을 불었다. 호텔 쪽이었다. 호텔 입구에 네댓 사람이 서 있었다. 얼굴이 조그맣고 키가 컸다. 백인 같았다. 그들은 머리 위로 손을 흔들고 박수를 쳤다.

아.

나는 하던 동작을 멈추고 침을 삼켰다. 얼굴이 화끈거렸다. 내가 보고 있다는 걸 눈치챈 그들은 손나팔을 하고 고함을 질러 댔다. 폴짝폴짝 뛰어오르기까지 했다. 그리고 어김없이 누군가 나타났다. 호텔 앞을 지키던 경비원이 이쪽으로 걸어오는 게 보였다. 나는 재빨리 자전거에 올라탔다. 발이 자꾸 미끄러졌다. 한참 만에 페달을 밟았다. 보나마나 또 이렇게 물을 게 뻔했다.

무슨 일이 있습니까.

아무 일도 없다.

시간이 죽도록 안 갔다. 일주일이 지났나 하고 달력을 보면 겨우 이틀이나 사흘 정도가 지나 있었다. 낮에는 교보 빌딩 근처를 어슬렁거리거나 광화문 광장에서 사람들을 구경했다. 점심 무렵이 되면 빌딩 안에 있는 사람들이 한꺼번에 거리로 쏟아져 나왔다. 사거리를 빼곡하게 채운 사람들이 신호를 기다렸다가 일제히 길을 건넜다. 빠르게 걷고 맹렬히 걸었다. 그리고 길을 건너면 순식간에 흩어져 모두 어딘가로 사라지고 없었다.

사람들 틈에 끼어 길을 건너 다녔다. 청계천 쪽으로 갔다가 프레스 센터까지 걷고 그곳에서 담배를 피운 뒤 광장으로 되돌아왔다. 버스 정류장 앞에서 커피를 홀짝이거나 음악을 듣기도 했다. 30분 정도 지났을까. 시계를 보면 10분 정도 지나 있었다. 10분 지났겠지 하면 2, 3분이 고작이었다.

그래도 계속 걸었다. 멈추면 곤란해지니까. 전단지나 종이를 든 사람들이 목청을 높였다. 그들은 신문이나 볼펜을 나눠 주고 포스트잇이나 물티슈를 건넸다. 화장품 샘플이나 휴지 같은 것들도 있었는데 대부분의 사람들이 그냥 지나쳤다. 개중엔 한쪽 손을 들어 보이거나 고개를 까닥하는 사람도 있었지만 역시 받지 않겠다는 뜻이었다. 나처럼 일부러 손을 내미는 사람은 없었다.

아.

손을 내밀면 뭔가를 나눠 주던 사람들이 놀란 얼굴로 나를 쳐다봤다. 나는 서명하세요 하면 서명하고, 받아 가세요 하면 받았다. 읽어 보세요 하면 읽고, 들어 보세요 하면 들었다. 그래도 반가워하거나 고마워하는 사람은 없었다. 다들 무뚝뚝하고 데면데면하게 굴었다. 그럴 때면 괜히 민망해졌다. 조금 부끄럽고 또 뭔가 잘

못한 기분이 들었다.

길가에 쪼그리고 앉아 물티슈 몇 장을 꺼냈다. 핸들과 안장, 페달을 훔치고 체인 주변을 꼼꼼히 닦았다. 손톱 끝으로 열심히 타이어 틈새를 긁어내고 있는데 누군가 내 어깨를 가볍게 쳤다.

익스큐즈 미.

커다란 여행용 가방을 든 사람들이었다. 그들은 때 이른 옷차림을 하고 수줍게 웃었다. 나는 그들과 머리를 맞대고 지도와 가이드북을 들여다봤다. 휴대폰으로 지명이나 상호를 검색하기도 했다. 열심히 보고 골똘히 찾았다. 어떻게든 알려 줘야지 다짐했는데 또 누군가 다가왔다.

도움이 필요하세요?

빨간 모자를 쓴 여자 둘이었다. 그들은 한국어로 물은 다음, 영어로도 묻고, 일본어로도 물었다. 나는 쭈뼛거리며 한 걸음 두 걸음 물러났다. 그렇게 됐다. 그러곤 멀찌감치 서서 사람들의 뒷모습을 물끄러미 바라봤다. 그런 다음 다시 어딘가로 걸어가거나 그 주변을 서성거렸다. 밤에 간 곳들을 되짚어 가거나 새로 갈 만한 곳을 찾기도 했다. 밤에 본 것이라도 낮에 보면 낯설고 낮에 본 것은 밤에 보면 새로웠다.

밤에는 조금씩 동선을 넓혔다. 일단 세종로를 따라 달리다가 아무 곳에서나 핸들을 꺾는 거였다. 좁은 골목으로 접어들면 술 취한 사람들이 노래를 부르며 튀어나왔다. 눈앞에서 커다란 입간판이 쓰러지기도 했다. 나는 정차한 택시나 손수레 같은 것을 요리조리 피해 달렸다.

상자나 깡통을 실은 수레는 뜬금없이 나타났고 죽어도 안 비켰다. 벨을 울려도 소용없었다. 알아서 피해 가라는 식이었다. 나는 한 발로 자전거를 밀며 수레 뒤를 따라갔다. 뒤에서 보면 높은 건물을 죄다 실은 듯 아슬아슬했다.

아, 이 속도로 오늘 집에 갈 수 있겠어요?

나는 혼잣말을 하며 기다리고 또 기다렸다. 어쨌든 바퀴가 구르긴 구르고 있었으니까. 수레의 주인은 골목 한가운데 수레를 세워 놓고 빌딩 근처를 오래 헤맸다. 걸음이 엄청나게 느렸다. 나는 종류별로 분리된 수레 안 폐품들을 힐끔거리거나 상자에 적힌 글자들을 읽었다. 한참 만에 골목이 두 개로 갈라졌고 나는 방향을 틀었다.

그리고 다시 자전거를 멈췄다.

파란 고무통들이 늘어선 골목이었다. 가슴께까지 오는 통들이 골목의 반을 차지하고 있었다. 길바닥은 검고 벌건 국물로 뒤덮여 있고 정체를 알 수 없는 음식물들이 통 밖으로 삐져나와 있었다. 시든 양배추 조각이나 생선 가시, 불은 면 같은 것들이 뚜껑에 달라붙어 있었다. 고약한 냄새가 났다. 되돌아가야 하나. 망설이고 있는데 시커먼 머리통이 쑥 올라왔다.

어떤 사람이었다.

그는 고무통 사이를 지나다니면서 뚜껑을 하나씩 열어 보고 있었다. 뚜껑을 열고 고개를 디밀고 통 안을 살폈다. 그냥 지나치는 통도 있었지만 대부분 오래 들여다보고 길게 머물렀다. 그리고 뭘

가를 입으로 가져갔다. 한 손에 이쑤시개 같은 걸 들고 있었는데 그걸로 통 안에 든 것을 집어 먹는 거였다.

길고양이들이 통 주변을 기웃거렸다. 그 사람은 뭔가를 먹다 말고 발길질을 해 보이거나 팔을 높이 쳐들며 낄낄거렸다. 고양이들은 내가 있는 곳까지 도망쳤다가 다시 통 쪽으로 되돌아갔다. 오토바이 불빛 같은 것들이 주변을 긋고 지나가고 누군가 음식물 쓰레기를 쏟아붓고 돌아섰다. 슬리퍼 끄는 소리가 길게 이어졌다. 그러거나 말거나 그 사람은 제 할 일에만 몰두했다. 나는 페달 위에 한 발을 올려놓은 채 입을 벌렸다.

아, 저기요. 그런 거 먹으면 안 돼요.

맛이 아주 좋습니다. 한 번 먹어 볼래요?

찰칵, 찰칵. 등 뒤에서 셔터 소리가 들렸다. 이런 데서 누가 사진을 찍나 싶었지만 번쩍하고 플래시가 터졌다. 남자 둘. 여자 하나. 관광객처럼 보였다. 야구 모자를 눌러쓴 남자 둘은 반팔 차림이었고 여자는 스카프로 얼굴을 감싸고 있었다. 모두 한 팔에 쇼핑백 서너 개씩을 걸고 열심히 사진을 찍는 중이었다. 셔터 소리가 계속 지나갔다. 그러려고 한 건 아닌데,

그들과 눈이 마주쳤다. 나는 자전거를 들고 물러났다. 한쪽 벽에 붙어 서자 시큼한 냄새가 코를 찔렀다. 그 사람은 여전히 통 속에 얼굴을 처박고 있었다. 작은 것은 한입에 넣고 큰 것을 먹을 때는 고개를 쳐들고 입을 벌렸다. 먹는 것 외에는 아무것도 중요하지 않다는 듯이.

그리고 그들이 그 사람을 찍었다.

스카프를 두른 여자가 내게 다가왔다. 생각보다 키가 작았다. 얼굴은 작은데 눈이 너무 커서 신기했다. 여자는 픽처, 포토, 플리즈. 그런 단어를 또박또박 발음하고 카메라를 내밀었다. 한 손에 들어오는 크기였다. 카메라를 받아 들고 나는 바보처럼 웃었다. 웃으려 한 건 아닌데 조금 복잡한 기분이 들었다. 난처하고 난감했다. 여자가 손가락으로 그 사람을 가리켰다. 나는 어정쩡하게 또 웃어 버렸다. 저쪽에서 반팔 차림의 남자 하나가 손을 들어 보였다.

파란 고무통과 그 사람을 배경으로 세 명의 외국인이 어깨동무를 했다. 모두 하얀 치아를 드러내고 웃었다. 치약 광고에서나 나올 법한 환한 미소였다. 나는 카메라를 들고 엉거주춤 서 있다가 무릎을 굽히고 자세를 낮췄다. 얼굴에 포커스를 맞추면 배경이 사라지고, 배경에 집중하면 표정이 흐릿해졌다. 나는 줌을 당겼다가 놓았다가 하면서 화면만 바라보았다. 그 사람은 화면 귀퉁이에서 반쯤 잘려 나갔다가 되돌아오길 반복했다.

나는 하나, 둘, 하다가 원, 투, 쓰리로 바꿔 말했다. 대충 한 장만 찍자. 눈을 질끈 감듯 셔터를 눌렀는데 그만 카메라를 놓쳐 버렸다. 그 사람 때문이었다. 고개를 숙인 채 뭔가 우물거리던 그가 갑자기 고개를 든 거였다. 손가락처럼 길고 둥근 것이 이쑤시개 끝에 걸려 있었다. 소시지였나. 스테이크 조각 같기도 하고 어묵 같기도 했다. 이쑤시개로 집기엔 크고 두꺼웠는데 그는 용케 중심을 잡고 그걸 들어 보였다. 그리고 눈이 마주쳤다. 마주쳤나. 어쨌든 마주쳤다고 생각하는 순간

그 사람이 씩 웃었다.

툭. 카메라가 길바닥으로 떨어졌다. 쾅. 소리가 나고 플라스틱 파편 같은 것들이 튀어올랐다. 우물쭈물하고 있는데 외국인 남자가 달려왔다. 남자의 손이 재빨리 카메라를 낚아채 갔다. 손등이 노란 털로 뒤덮여 있었다. 남자가 카메라를 이리저리 돌려 봤다. 또 다른 남자가 뛰어왔고 뒤늦게 온 여자가 끼어들었다. 거친 발음들이 튀어나왔고 말이 빨라졌다. 무슨 말인지 알아들을 수가 없었다. 불안했다. 조그마한 카메라는 세 사람의 손을 부지런히 옮겨 다녔다.

나는 세 사람을 물끄러미 지켜봤다. 중대한 판결이라도 기다리는 사람처럼. 땀이 나고 목이 말랐다. 도망칠까. 발이 떨어지지 않았다. 마침내 여자가 내 쪽으로 돌아서서 카메라를 내밀었다. 살펴보려 하자 카메라를 제 쪽으로 되가져갔다. 여자가 신경질적으로 셔터를 눌러 보였다. 카메라는 먹통이었다. 여자가 말했다.

당신이 내 카메라를 떨어뜨려서 망가졌어.

그런 뜻인 것 같았다.

아임 쏘리, 라고 말해야 하는데 미안하다는 말이 튀어나왔다. 여자가 다시 말했다.

어떡할 거야. 비싼 건데. 망가졌잖아.

그런 뜻으로 알아들었다.

쏘리. 아, 아임 쏘리.

쏘리고 뭐고 어떡할 거야. 여기 부서졌잖아.

여자가 카메라의 깨진 모서리를 내 눈앞에 들이댔다. 렌즈를 손으로 가리키기도 했다. 동그란 테두리가 찌그러져 있었다. 무슨 말이든 해야 했지만 말이 안 나왔다. 나는 그 나라의 말을 몰랐다. 여자 곁에 서 있던 남자가 내 어깨를 툭 쳤다.

무슨 말이든 해 봐. 어떡할 거야?

다그치는 것 같았다. 몸의 중심이 휘청했다. 넘어지지 않으려고 다리에 힘을 줬다. 나는 말을 하기 위해 입을 떼고 고작 숨만 쉬었다. 얘 봐라. 아무 말도 안 한다. 카메라를 망가뜨려 놓고. 그냥 넘어가려는 거다. 뭐 이런 애가 있나. 카메라 고쳐 내라. 비싼 건데. 이대로 도망가면 안 되지. 뭐 이런 경우가 다 있나. 짜증 난다. 말을 해라. 영어도 할 줄 모르나. 멍청하다. 뻔뻔하다. 병신이다. 바보다. 셋은 그런 말을 주고받는 것 같았다. 주변의 소음이 죄다 꺼지고 세 사람의 목소리만 또렷해졌다. 간단한 말일수록 문장으로 완성되지 않았다. 카메라, 워즈, 미스테이크, 아이, 포토. 그런 단어들이 순서도 없이 머릿속을 둥둥 떠다녔다.

아이, 아이, 아이 엠……

문장을 만들려고 안간힘을 쓰는데 커다란 손이 내 아래턱을 가볍게 때렸다. 얼얼했다. 처음엔 황당하고 좀 지나자 겁이 났다. 여자가 남자의 손을 잡고 목소리를 키웠다. 남자를 만류하는 눈치였다. 나는 턱을 감싸 쥐고 고무통 쪽을 힐끔거렸다. 뚜껑을 열어 둔 채 골목을 빠져나가는 그 사람의 뒷모습이 보였다. 아, 그런 비명 비슷한 것이 흘러나왔다.

무슨 문제라도 있습니까?

얼마쯤 지났을까. 다행히 경찰이 다가왔다. 그는 모자를 벗었다가 정성 들여 고쳐 쓰고 물었다. 그들이 내게서 한두 걸음씩 물러섰다. 경찰은 그들의 말부터 들었다. 그들은 순서대로 공손하게 말했다.

무슨 말입니까?

그들의 설명을 듣고 난 뒤 경찰이 나를 내려다보았다. 내가 말할 차례인데 여자가 자꾸 끼어들었다.

저기서 어떤 사람이 뭘 먹고 있었는데요.

경찰이 황당하다는 표정을 짓고 뒤를 돌아보았다. 고양이 몇 마리가 길 위에 떨어진 음식을 주워 먹고 있었다.

그런데요?

근데 사진을 찍어 달라고 해서.

그래서요?

사진을 찍으려고 했는데, 했는데요. 그 사람을요. 저기 있었는데…….

그리고요?

카메라를 떨어뜨렸어요. 실수로요. 그 사람을 찍다가요.

그래서 카메라가 부서진 거예요?

그건 그런데. 그 사람이 저기서.

글쎄, 그 사람 이야기는 빼고요. 그건 우리가 조치를 취할 테니까.

네?

아, 못 먹게 하겠다고요. 그래서 카메라가 부서진 거 맞아요? 본인이 그런 거 맞아요?

나는 다만 고개를 끄덕였다. 영어가 문제라고 생각했는데 그게 아니었다. 경찰은 카메라를 요리조리 살펴보더니 이거 물어줘야 합니다, 못을 박았다. 저 사람이 제 턱을 때렸는데요. 뒤늦게 억울함을 토로했지만 경찰은 심드렁했다. 증명할 방법이 없다는 거였다. 뭔가 영어로 이야기해야 한다는 것도 부담스럽고 귀찮은 모양이었다.

경찰은 세 사람이 묵고 있는 호텔 이름과 객실 번호를 메모했다. 이름을 묻고 기록하다가 아예 여자에게 수첩을 건네주었다. 여자가 자신과 친구들의 이름을 적었다. 경찰이 수첩을 내려다보고 그만 가도 좋다는 인사를 했다. 오케이, 땡큐, 웰컴, 그런 말들이 오갔다. 그들이 골목을 돌아 나가는 걸 확인한 뒤 경찰이 물었다.

근데 이 밤중에 여기서 뭘 하고 있었던 겁니까?

경찰이 모자를 벗어 바지를 탈탈 털었다. 당혹스러웠다.

아, 사진을 찍어 달라고 해서. 저 사람들이.

그건 아는 거고. 뭐, 그럼 학생입니까?

아뇨.

직장 다녀요?

아닌데요.

이 근처 살아요?

아뇨. 여기 사는 건 아니고 저쪽에. 저기.

여기 안 산다고요? 그럼 뭡니까? 여기서 뭘 하고 있던 겁니까?

아무것도. 안 했는데요. 진짜로요.

뭐라고요?

아, 아무것도 안 했다고요. 아무것도요.

그게 무슨 말입니까? 지금 장난해요?

그런 게 아니라요. 전 진짜 아무것도 안 했어요.

이봐요. 지금 내가 묻는 말은.

진짜라니까요! 난 아무것도 안 해요. 안 했다고요!

나는 소리를 질렀다. 아무것도 안 하는 게 나쁜 건가. 억울했고 화가 났다. 경찰의 표정이 싸늘해졌다. 대답을 하면 할수록 뭔가 잘못됐다는 확신이 커졌다. 불안하고 초조해졌다. 뒤통수를 얻어맞은 것처럼 정신이 번쩍 들었다. 무서웠다. 무서웠나. 무서웠던 것 같다. 경찰이 신분증을 요구했지만 그런 걸 챙겨 나왔을 리 없었다. 경찰서로 갑시다. 경찰이 말했고 나는 순순히 응했다. 방법이 없었다. 세워 둔 자전거를 끌고 가려는데 경찰이 물었다.

그거 본인 자전거 맞아요?

밤이 길었다. 많은 사람들이 경찰서를 들락거렸다. 취해서 몸을 가누지 못하거나 쓸모없는 것들을 잔뜩 짊어진 사람들이 대부분이었다. 나는 기다란 의자 귀퉁이에 앉아 지수가 오기만을 기다렸다. 지수는 날이 밝고도 한두 시간이 더 지난 후에야 나타났다. 단정한 투피스 차림이었다.

그거 안 물어주면 큰일 납니다. 나중에 따로 전화 갈 거니까 그렇게 아세요.

처음 보는 경찰이었다. 그는 메모해 둔 것을 보며 말했다. 나를 데려온 경찰은 보이지 않았다. 지수가 신분증을 꺼내 이름과 주소를 보여 줬다. 명함도 건넸다. 경찰은 지수의 신상 정보를 확인한 뒤 가도 좋다고 허락했다.

거리는 출근하는 사람들로 붐비고 있었다. 나는 묵묵히 자전거를 끌며 걸었다. 한참 만에 지수가 물었다.

어떡할 거니?

집으로 갈 건데.

아니. 지난번에 가져간 거 말이야.

보험 카탈로그를 말하는 거였다. 카메라 수리비가 얼마나 나올지도 모르는데. 어차피 나는 수리가 됐는지 아닌지도 확인할 수 없을 거였다. 줄지어 선 건물들을 올려다봤다. 햇볕이 따가웠다. 문득 도시 한가운데 발가벗고 서 있는 기분이 들었다.

자전거라도 팔아야지 뭐.

핸들을 잡은 손에 힘이 들어갔다.

그거 팔아서 보험 들게? 한두 달이나 가능하지, 그렇겐 못해.

경찰서에서 설명을 다 들었으면서도 지수는 모른 척이었다. 무슨 말을 해도 소용없을 거란 생각이 들었다. 허탈했다. 조금 창피하고, 다시금 부끄러웠다.

너 아직 아무것도 안 하지? 일을 해야 돼.

지수가 타이르듯 말했다. 입안이 비릿했다. 손등에 엷게 피가 묻어 나왔다. 입안이 약간 찢어진 것 같았다. 뜨거운 게 목구멍을 타고 올라왔다. 화가 나는 것 같기도 하고 억울한 것 같기도 하고, 어쨌든 속상했다. 너무 속상하니까 오기 같은 게 생겼다.

해야지.

뭘 할 건데?

뭐든.

나는 소리 나지 않게 어금니를 꽉 물었다. 뭐? 뭘 할 건데, 뭘 할 거냐고? 지수가 다그쳤다.

화장실에 갈 거야. 가고 싶네.

지수가 허탈한 표정을 지었다. 그리고 주변을 둘러보며 중얼거렸다.

뭐, 화장실? 그래, 화장실 가. 여기 어디 있겠지.

어이가 없다는 얼굴이었다. 그래도 돌아서기 전에 한마디를 더 보탰다.

근데 너 정말 뭐라도 해. 아무것도 안 한다는 게 말이 되니, 알았지?

심각하고 진지했다. 나는 손을 흔들고 눈앞에 보이는 건물 안으로 뛰어 들어갔다. 그래야 할 것 같았다. 회전문을 지나 건물 안으로 들어섰다. 로비를 가로질러 화장실 팻말을 따라갔다.

쏴, 쏴. 열린 화장실 문 밖으로 요란한 물소리가 터져 나왔다. 누군가 칸막이 문을 모두 열어 놓고 청소를 하는 중이었다. 칸막이 밖으로 엉덩이와 등이 보였다 말았다가 했다. 나는 젖은 바닥을 내려다보며 주춤거렸다. 주춤거릴 필요가 없는데, 주춤거리고 있었다. 칸막이 안에 있던 누군가가 입구를 내다봤다. 고무장갑을 낀 여자였다. 한 걸음 물러서거나 사용하라고 말할 줄 알았는데 여자는 거울이나 타일만 세차게 닦았다. 그냥 돌아서기도 선뜻 들어가기도 애매했다. 나는 그저 서 있었다. 한참 만에 여자가 손가락으로 화장실 출입문을 가리켰다. 귀찮고 성가시다는 투였다. 거기에 외부인 출입금지, 직원용이라는 글자가 붙어 있었다.

구데요, 제가 외부인이라는 건 어떻게 알았어요?

누가 몰라. 딱 보면 알지. 다 알아요. 전부 다.

나는 조용히 건물을 빠져나왔다. 방법이 없었다. 세워 놓은 자전거를 끌며 걸었다. 걷다가 뛰고 뛰다가 속력을 냈다. 얼마쯤 그렇게, 숨이 찰 때까지. 그리고 됐다 싶을 때 재빨리 자전거에 올라탔다. 거리가 환했다. 이쪽으로, 저쪽으로, 부지런히 걷는 사람들이 있었다. 나는 거리 한가운데로 달렸다. 다만 페달을 밟아야지 생각했고 힘껏 페달을 밟았다. 근데 이대로 페달을 밟아도 괜찮을까. 난 더 세게 페달만 밟았다.

광장 근처

그가 최근에 자주 보는 건 40층 건물의 반을 가린 거대한 플래카드였다. 바람이 불면 프라하라는 글자와 이국적인 배경을 안은 플래카드가 넘실거렸다. 한 번도 가 본 적 없고 앞으로도 가볼 일이 요원한 먼 곳이라는 생각이 그곳을 올려다보고 또 올려다보게 했다.

그 전에는 물을 아껴 쓰자는 공익광고가, 그 전에는 늙은 흑인의 주름진 얼굴 사진이, 일제히 날아오르는 새들이, 곰인지 너구리인지 펭귄인지 알 수 없는 캐릭터들이 있었는데.

그렇지?

그는 아이를 돌아보았다. 여섯 살, 여자 애는 말이 없었다. 벤치에 앉아 공중에 뜬 발을 까닥까닥 흔들며 이리저리 돌아다니는 비둘기들만 내려다봤다. 비둘기들은 느닷없이 한곳으로 모여들었다가 뿔뿔이 흩어졌다가 다시금 그곳으로 되돌아오는 짓을 반복했다. 종일 맹렬하게 몰두했으므로 뭔가 이유가 있겠지 싶을 때도 있었다.

평균수명이라고 너 아냐, 모르지? 우리나라 여자는 보통 80까지 산다는데. 넌 앞으로 74년 더 사는 거네. 74년이나 더.

프라하를 올려다보지 않을 때 그는 아이에게 아무 말이나 했다. 말을 하는 동안엔 아직 다 가지 않은 하루와 한 달과 1년 같은 것들을 잠깐 잊었다. 도로를 가리키며 갖고 싶은 차를 골라 보라고 하거나 아득하게 솟은 고층 건물 몇 채를 공짜로 주겠다고 말할 때도 있었다. 아이는 별다른 반응이 없다가 딱 한 번 돌아봤다.

74년은 있잖아. 그동안 네가 살았던 시간을 열세 번 더 반복해야 한다는 뜻이야. 열세 번. 완전 길겠지, 그지?

그가 그렇게 속삭였을 때였다. 아이는 그를 똑바로 올려다보았고 이내 비둘기 쪽으로 고개를 돌려 버렸다.

손님은 많지 않았다. 그래도 아예 없는 건 아니어서 하루에 DVD 서너 개는 팔았다. 초기에 물건이 많았을 땐 주말에만 잠깐씩 나오면 되었다. 상자에 음악 CD를 채워 나올 때도 있었고 헌책을 담아 나올 때도 있었다. 팔릴 만한 건 일찍 다 팔렸다. 아끼는 것들을 다른 사람에게 넘길 때의 아쉬움과 서운함이 뒤섞인 어떤 근사한 감정을 상상했지만 그런 일은 일어나지 않았다. 사람들은 그가 왜 저걸 돈 주고 샀을까 하고 후회하는 것들에만 관심을 보였다.

근데요. 이게 진짜 좋은 건데요.

그러지 말아야 한다고 생각했지만 그는 이거보다는 저거, 저거

보다는 이거, 하면서 훈수를 두게 됐다. 사람들은 어디서 들어 봤거나 무슨 상을 받았다는 것에만 눈독을 들였다. 삶의 의미 운운하고 작품성이니 명반이니 명작이니 하는 말을 듣다 보면 가만히 있기가 힘들었다.

그게 아니라요.

그는 말하게 됐다. 말하다 보면 이런 게 정말 좋은 거고 그래서 희귀하고 이젠 어디 가서도 못 구한다는 식의 설명이 됐다. 사람들은 다르게 이해했다. 희귀한 덴 다 그만한 이유가 있지, 뭐 하러 이런 걸 갖고 있지, 알 만하네, 하는 눈으로 그를 쳐다봤다. 그게 아니라면 덤으로 달라거나 말도 안 되는 가격에 넘기라고 하진 않았을 거였다.

그렇게는 안 되는데요.

그는 거절부터 했다. 적당히 대충 팔자는 다짐을 수도 없이 했지만 그런 건 어디로 가고 없고 이상한 오기와 고집만 살아났다. 그런 건 어떻게 해도 버려지지가 않았다. 그래서 남은 건 그런 것뿐이라는 생각마저 들었다.

그래요? 그럼 이것만 줘요.

사람들은 흥정할 생각도 안 했다. 뭔가 여러 개를 다 살 것처럼 굴다가 그냥 돌아서는 사람이 많았다. 그는 멀어지는 사람들의 뒤통수를 노려봤다. 배신감이 차올랐지만 오래가지 않았다. 다시금 벤치에 앉으면 저절로 사라지고 없었다. 어쨌든 이제 남은 것들은 그가 큰 가치를 둔 것들뿐이었다. 그가 가진 것 대부분이 그랬다. 그가 큰 가치를 두는 모든 것들은 아무 주목도 받지 못하고 지금껏 길 위에 방치되어 있었다.

벤치에서 서너 걸음 걸어가면 간이매점이, 간이매점 곁에는 쪼그리고 앉아 설탕 과자를 만드는 여자가 있었다. 한 손으로 국사를 쥐고 다른 한 손으로 설탕을 덜고 충분히 저은 다음 적정량의 소다를 넣는 작업을 종일 했다. 굳기 전에 재빨리 손을 움직여 생각한 형태를 오차 없이 만들어 내는 데도 능숙했다. 그냥 먹어 버리긴 아까운 것들이 많았다. 전문가였다.

배운 적도 없다면서 잘하시네요.

그가 알아봐 주면 여자는 좋아했다. 좋아서 부서진 설탕 과자 몇 개를 그냥 줄 때도 있었다. 이렇게 그냥 받으면 안 되는데, 하면서 그는 늘 그냥 받아먹었다. 어차피 몸에도 안 좋고 누구라도 먹지 않으면 버려질 것들이었다.

어느 날 오후 그는 아이와 함께 설탕 과자를 나눠 먹고 있었다. 골목에서 경찰들이 열을 맞춰 뛰어나왔고 비둘기들이 한꺼번에 날아올랐다. 느닷없이 나타난 그들이 일제히 한 방향으로 달리기 시작했다. 나중에 보니 프라하 건물을 촘촘히 에워싼 채 바보처럼 고개를 쳐들고 있었다.

붉은 조끼를 입은 사람들 네댓이 사다리를 오르는 게 보였다. 일하는 내내 그에게 시비를 걸었던 사람들이었다. 그들은 바쁘게 오가는 사람들에게 전단을 돌리고 행진을 하고 인터뷰를 하면서 종종 그에게 짜증을 냈다.

저쪽으로 좀 가지. 우리는 인터뷰도 해야 하고 장비도 설치해야 하고 할 일이 많은데.

그가 늘어놓은 물건들을 한쪽으로 슬며시 떠밀어 버린 것도 여러 번이었다. 그는 저쪽으로 가는 척만 했다. 그들은 그가 돌아온지도 몰랐다. 다시 보면 길 위에 다닥다닥 붙어 앉아 반듯한 보도블록을 디디고 지나다니는 발들을 내다보는 게 다였다. 그게 일이었다. 그러다 심심해지면 그의 주변을 어슬렁거리며 아무거나 집어 들고 아무 말이나 했다.

야, 이거 내가 대학 때 봤던 거네. 요새 누가 이런 걸 사. 아무도 안 사. 안 산다니까.

악덕 기업주의 횡포로 거리로 몰려난 우리가 다시 일을 할 수 있도록 도와 달라고 목이 쉬도록 외쳐 대면서 내 일은 엿같이 생각하는구나. 그는 생각했다. 새파랗게 어린 중학생들한테까지 굽실 거리고 하소연할 줄 알면서 왜 내게만 저딴 식인가. 생각만 했다. 그들은 내내 서로 몰려다니고 뜨거운 감정을 공유하고 그런 것들이 사그라지지 않도록 안간힘을 쓰는 것처럼 보였다. 언제고 적당한 건수를 잡으면 단체로 달려들어 화풀이거나 분풀이거나 그런 걸 할지도 몰랐다. 항의다운 항의를 하려면 그는 적어도 1 대 5, 1 대 10, 때때로 1 대 50이나 100 정도를 각오해야 했다. 그럴 만한 배짱이 그에게 있을 리 없었다. 한동안은 그들을 방문하는 사람이 무섭게 늘어서 사실 엄두조차 못 내봤다. 사람들은 다 같이 어울려 음식도 나눠 먹고 노래도 부르고 사진도 찍었다. 그럴 땐 모두 참 사이가 좋았다. 정말 그래 보였다. 남의 일을 내 일처럼 여기고 상대의 마음을 깊이 이해하고. 그런 게 불가능하지 않다는 걸 스스로에게 증명이라도 하는 것처럼 굴었다. 그러나 그런 것들은 또 금세 사라진 모양이었다.

무슨 일이에요?

한 사람이 겨우 앉을 수 있는 간이매점 안에서 청년이 절뚝거리며 나왔다. 청년은 매점 주인의 아들이었다. 부모 잘 만난 놈이라고 생각했는데 어느 날 좁고 낮은 문을 통과해서 나오는 걸 보니 다리가 하나 없었다. 다리 하나는 어쨌냐고 묻자 청년은 오토바이를 타고 정신없이 달리다가 사고가 났다고 했고 군대에 안 가려고 다리를 하나 잘라 버렸다고 했고 그게 아니라, 그게 아니라, 하면서 혼자 낄낄거렸다. 정신도 온전치 못하구나. 그때부터 그는 청년에게 친절하게 굴었다. 청년도 무슨 이유에선지 그에게 친절했다. 저의를 알 수 없는 친절이어서 돌아서고 나면 기분이 상했다.

뭐예요, 저 사람들?

청년이 물었고 그가 천막 쪽을 가리켰다. 청년은 고개를 갸우뚱거리며 횡설수설했다. 저 사람들이 저기 있었나. 원래 다른 사람들이 있었는데. 전국간병인협회였나. 고속버스연맹이었나. 군복을 입고 돌아다니던 노인들도 있었고 수십 개 휠체어 행렬이 내내 상주했던 적도 있었는데. 산더미처럼 쌓인 물티슈와 한약재가 한꺼번에 불태워진 적도 있었는데.

누구죠?

청년이 물었고 그는 그 사람들은 이미 오래전에 모두 집에 가 버렸다고 말했다.

왜요?

청년이 그를 돌아봤다.

아무래도 보는 사람이 없어서라고 그는 생각했다. 보고 계속 보고 또 보다 보면 결국엔 보나 마나가 되고 나중엔 아예 안 보이게 된다는 건 그가 거기서 지겹도록 봐 온 거였다. 확성기에서 당장 내려오라는 경찰의 경고가 그가 서 있는 곳까지 꿀렁꿀렁 넘어왔다. 야유와 고함이 뒤섞인 그곳에서 경찰과 붉은 조끼를 입은 사람들이 한데 뒤엉켰다. 사다리 끄트머리에 매달려 있던 사람들이 강제로 끌려 내려오고 끝까지 올라간 사람은 단 한 명이었다.

전광판에 올라간 사람이 머리 위로 팔을 치켜들고 손을 흔드는 것이 보였다. 까마득한 높이어서 얼굴이나 표정이나 그런 건 안 보이고 실루엣만 겨우 보일까 말까였는데 어쨌든 잘 보였다. 그렇게 잘 보일 수가 없었다. 지나가던 사람들이 걸음을 멈추고 그와 청년과 아이처럼 그곳을 올려다봤다. 저렇게 높이 올라가기 전엔 잠깐 고개만 돌리면 됐는데, 길 위에 앉은 그들의 생김새나 표정, 기분까지 세세하게 들여다볼 수 있었는데, 칫솔질을 하고 거품을 내고 입안을 헹구는 소리까지 들을 수 있었는데. 사람들은 마치 처음 그들을 발견한 것처럼 신기해했다.

한동안 프라하 건물은 많은 사람들로 붐볐다. 바람이 불면 그는 펄럭이는 플래카드를 올려다봤고 환한 전광판을 딛고 서 있는 사람의 실루엣을 찾았다. 밥은 먹는지 잠은 자는지 화장실은 어떻게 해결하는지 잠깐씩 측은한 마음이 들었고 그걸로 그만이었다. 사람들은 공중에 시선을 빼앗긴 채 그와 DVD를 그냥 지나쳐 갔고 받은 전단지를 함부로 내던졌다. 길에 버리지 말라고 해도 그때뿐이었다. 주변은 금세 엉망이 되었다. 보고만 있을 수가 없어 허리를 굽혀 그것들을 일일이 하나씩 줍다 보면 짜증이 났다. 그러면서도 그는 또 슬며시 고개를 들고 플래카드를 전광판을 보고 남자를 찾으면서 모든 게 제자리에 있는지 확인하게 되었다.

플래카드에 대한 이야기를 들은 건 며칠 뒤였다.

프라하에 관한 전시거나 연극이거나 마음만 먹으면 갈 수 있고 그런 데 가는 사람들은 팔자 좋구나 생각했는데 프라하에서 유명한 사람이 온다는 말에 그는 좀 놀랐다.

진짜 유명하대요. 뉴스도 안 보세요?

그 말을 한 건 매일 그에게 두세 시간씩 애를 맡기는 남자였다. 세 살짜리 하나. 여섯 살짜리 하나. 여섯 살짜리만 맡기고 세 살배기는 업고 갔다. 낮에는 애들 엄마가 분식집에서 일하고 남자는 틈틈이 전단지를 돌린다고 했다. 점심시간에 한 번, 저녁 시간에 한 번. 자신보다 대여섯 살은 많을 거라고 생각했는데 남자는 그보다 일곱 살이나 어렸다. 일곱 살이나 어린데도 애가 둘이나 있다는 건 좋은 일일까.

그래도 좋은 일이죠. 힘들긴 하지만 좋은 일이에요.

남자의 대답은 한결같았다. 그는 이런 이야기를 했다. 열일곱에 아들을 낳은 어떤 이탈리아 여자는 아들을 키우기 위해 몸 파는 것도 마다하지 않았는데 나중에 아들은 살인을 저질러 종신형을 선고받았다는 것이었다. 그는 그렇게 아름다운 여자가 망나니 아들 때문에 홀로 길에서 절규하는 모습이 지워지지 않는다고 말했다. 진심이었다.

거기 엄청 먼 데 아니에요? 참, 어디나 부모 마음은 다 똑같네요.

남자는 여섯 살배기의 머리를 쓰다듬었다. 실은 그건 그가 가장 아끼는 영화였고 아무도 거들떠보지 않는 DVD 중 하나였다. 길바닥에 펼쳐 놓은 물건들을 내려다보다가 문득 말하고 보니 실수한 것 같은 기분이 들었다. 불쾌해할 줄 알았는데 남자는 울적한 표정으로 할 수 있다면 저도 몸이라도 팔고 싶어요, 이런 일 말고요, 소곤거렸다.

남자는 어제도 그제도 그랬던 것처럼 깍듯하게 인사한 다음 아이와 커다란 트렁크를 남겨 두고 길 건너편으로 뛰어갔다. 아이와 그가 남았다. 아이는 지나가는 사람들과 비둘기를 내다보면서 얌전히 자리를 지켰다. 한동안 별다른 일이 없었는데 그날은 시청 단속반들이 들이닥쳤고 거리에서 물건을 파는 건 불법이라고 경고하면서 물건을 압수하네 마네 으름장을 놓는 바람에 한동안 승강이를 벌여야 했다. 결국 DVD 몇 개를 강제로 빼앗겼다. 몹시 아끼는 것들이었다. 화가 났는데 그보다 허탈하고 허무하고 기운이 빠졌다. 누군가에게 그 DVD를 추천하고, 케케묵은 기억을 떠올리고, 값을 매길 수 없는 가치를 곱씹고 되씹고 할 수 있는 기회마저 송두리째 빼앗긴 것 같아서였다. 게다가 애는 또 어디로 갔는지 보이지 않았다.

학생 아닌가?

감독관이 묻는다.

졸업했어요.

그가 답한다.

그럼 일을 해야지.

감독관이 꾸짖는다.

일히는데요.

그가 항변한다.

이게 무슨 일이야. 진짜 일을 해야지.

감독관이 그의 물건들을 상자에 쓸어 담는다.

이것도 진짜 일인데요.

그가 상자를 잡고 버틴다.

이런 게 일이지. 내가 하는 거 말이야. 진짜 일은 이런 거야.

감독관이 강제로 물건을 압수한 뒤 떠난다.

그는 아이를 찾아다니며 내내 그 생각에 골몰했다. 남자는 아이를 찾고 나서도 두어 시간이 지난 후에야 돌아왔다. 무사히 일을 마친 후의 피로감, 피로를 느끼는 데서 오는 뿌듯함, 가장으로서 의무를 다했다는 자부심 같은 것들은 세 살배기와 함께 업은 채였다. 그는 매일 반복되지만 감동이 전혀 덜해지지 않는 부녀의 상봉을 잠자코 지켜본 뒤 이렇게 말했다.

앞으로 나한테 애 맡기지 마.

남자는 여섯 살배기를 껴안고 있다가 놀란 듯 몸을 일으켰다. 그는 자신은 일하는 사람이고 아이에게 신경을 써 줄 수도 없고 잠시 한눈을 판 사이 무슨 사고를 당할지도 모르고 어쨌든 내일부턴 그만 다른 데 가서 알아보라고 못 박았다. 남자는 고개를 숙이고 자신의 운동화 코를 가만히 내려다보았다. 전에도, 그 전에도 그가 이런 말을 할 때마다 남자가 짓는 표정이었다.

그렇죠. 제가 미안해야 하는 일인데.

남자가 하는 대답도 이미 여러 차례 들었다. 맥 빠진 목소리와 높낮이가 없는 어조, 흐지부지 얼버무리는 말버릇까지 하나도 변한 게 없었다. 그는 남자를 도로 쪽으로 끌고 와 미안하다는 게 무슨 뜻이냐고 물었다. 남자는 미안하니까 미안한 거라고 어쩔 줄 몰라 했다.

그게 아니잖아.

그는 미안하다는 말은 아무 도움도 되지 않는다고 충고했다. 너왜 자꾸 미안하다는 말을 하는지 생각해 봤냐. 미안하다는 말을 습관적으로 하면 아무렇지도 않게 미안할 일을 자꾸 하게 되는 거다. 정말 미안하면 안 해야 하는 거다. 미안하다는 그 말이 듣는 사람을 인정머리 없는 인간으로 몰고 나쁜 사람으로 매도하는 거너 모르냐. 안 미안해도 되는 방법을 알면서도 안 하는 이유가 도대체 뭐냐. 그는 따져 물었다.

가족이잖아요. 가족은 함께 있어야 하잖아요.

말이 없던 남자가 중얼거렸다. 그런 네 고집 때문에 얼마나 많은 사람이 미안하다는 말을 들어야 하는 줄 너 아냐. 생판 남인 내가 돈 한 푼 받지 못하고 왜 맨날 네 애를 봐 줘야 하냐. 그렇게 몰아세우려다가 말았다. 그는 건전지만 넣으면 혼자서도 아주 멀리까지 걸어가는 강아지를 꺼냈다. 다리 하나가 망가져 있었다. 여섯 살배기가 망가뜨렸는데 장난감 파는 노인이 그냥 주었다고 말했다. 강아지를 내동댕이치고 애한테 소리를 지르고 자신에게 쌍욕을 퍼부으며 화풀이를 했다는 이야기는 하지 않았다. 남자는 미안하다고 했지만 여섯 살배기가 아주 좋아하는 걸 보고는 기뻐했다. 당신 가족들 때문에 아무 상관도 없는 사람들이 매일 얼마나 사소하게 손해를 보는지, 다만 얼마라도 보상해야겠다고 생각한 적은 없는지, 따져 묻지는 못했다.

일을 해.

대신 남자가 떠나기 전에 그는 그렇게 충고했다.

이런 일 말고 진짜 일을 해. 어디 기관에 애들을 맡겨. 맡기고 일을 해. 일을 해서 애들을 찾아.

그는 계속 말했다. 하고 보니 죄다 누가 해야 하고 누가 들어야 하는지 모를 말뿐이었다. 남자는 지금도 일을 하고 늘 열심히 하는데 왜 이 지경인지 모르겠다고, 미안하다고, 죄송하다고 얼버무린 뒤 종종걸음으로 그곳을 벗어났다. 알겠다거나 생각해 보겠다거나 그런 말을 왜 못하는가. 남자는 다음 날도, 그다음 날도 무슨일이 있었냐는 듯 또 나타나는 것으로 대답을 대신했다. 실은 그가 자신을 내치지 못한다는 걸 남자는 알고 있었다. 가게도 노점도 사람도 차고 넘치는 이 길에서 하필 자신에게 아이를 부탁했던 것도 실은 그런 걸 대번에 알아보았기 때문인지도 몰랐다.

프라하 건물을 커다랗게 둘러싼 인파는 서서히 줄었다. 약속이나 한 듯 거리로 몰려나와 낮이고 밤이고 길 위를 지키던 사람들이 슬그머니 집으로 돌아가고 있는 게 분명했다. 주변을 빼곡하게 감싸고 있던 구호와 외침, 말소리 같은 더운 기운들이 잦아들면서 그곳은 어느새 앙상해 보였다.

어쨌든 내내 사람들 위에서 펄럭이고 있던 프라하는 진짜 왔다.

전날 밤부터 거리가 붐비기 시작했다. 경찰들이 도로를 통제하

154

고 거리 곳곳에 바리게이트를 치고 통행을 가로막았다. 스피커가 하나둘 설치되더니 아, 아, 마이크 테스트 하는 소리가 넓게 퍼져 나갔다. 뭘 저렇게까지. 중얼거렸지만 행사는 예상보다 훨씬 큰 규모였다. 차들이 사라진 도로 위로 사람들이 몰려나왔다. 그 숫자는 점점 늘어 늦은 밤에도 환한 대낮처럼 어디나 북적였다. 나중에 보니 정말 어마어마한 인파였다.

다음 날 아침 일찍부터 DVD 서너 개를 팔 수 있었다. 한 무리의 사람들이 한꺼번에 몰려와 이게 낫다 저게 낫다 중국말로 시끄럽게 떠들더니 잔돈도 받지 않고 가 버렸다. 장사는 잘되었다. 사람들은 분위기에 취해 당장 필요 없는 물건을 사는 데도 너그러웠다. 가격을 흥정하지도 않았고 이것저것 무례하게 집어 보고 살펴보고 말도 안 되는 트집을 잡지도 않았다. 해가 떠오르고 열기가 살아났다.

진짜 오긴 오는 모양이네요.

매점 청년은 신이 나서 자꾸 말을 시켰다. 설탕 과자를 굽는 여자도 들떠 있긴 마찬가지였다. 다들 허공에 반쯤 떠 있는 사람들 같았다. 분위기 탓에 그도 자꾸만 뭔가를 기다리는 기분이 됐다. 기대하게 됐고 바라게 됐다. 그게 뭔지 정확히 알 수 없었지만 이제까지와는 다른, 어쨌든 한동안은 가져 본 적 없는 감정이 넘실거리며 차오르는 게 느껴졌다.

그는 자꾸 플래카드 쪽을 올려다보게 됐다. 여기저기 새로 설치된 크고 환한 전광판과 대형 현수막 때문에 그의 시선은 한 번에 그곳에 가닿지 못하고 미로 찾기 하듯 이리저리 헤매 다녔다. 한참 만에 플래카드가 보였다. 그 아래 전광판도 그대로였다. 남자는 보이지 않았다. 하지만 오래 집중해서 올려다보면 어느 틈엔가 슬그머니 나타났다. 손가락만큼 작은 실루엣은 기지개를 켜듯 두 손을 머리 위로 올렸다가 전광판 끝을 이리저리 걸어 다녔다가 담배를 피우고 쏘그리고 앉아 토끼뜀을 뛰었다. 그러다 다시 보면 지워진 듯 안 보이게 됐다.

사람들은 점점 더 늘었다. 한 방향으로 곧장 걸어갈 수 없을 정도였다. 누구든 한두 걸음 떼고 걸음을 멈춰야 하는 순간이 반복되었다. 그는 이런 날이 사흘만, 나흘만, 아니 일주일만 지속되면 좋겠다는 생각을 했다. 적어도 장사하겠다고 거리로 몰려나온 사람들이 그가 있는 쪽으로 막무가내로 밀고 들어오기 직전까지는 그랬다. 그는 벤치에 붙어 서서 여긴 내 자리고 오래전부터 내 자리였다는 걸 떠들어야 했다.

여기가 왜 당신 자리야?

제가 매일 일하는 곳인데요.

일은 무슨 일?

그냥 일이요.

그래서 뭐 어쨌다는 거야, 네가 땅 주인이이라는 거야, 뭐야. 건물주라는 거야, 뭐야. 여기 관리자라는 거야, 뭐야. 여기가 직장이라는 거야, 뭐야. 직원이라는 거야, 뭐야. 뭐야! 사람들은 도대체 너는 뭐냐는 식으로 그를 몰아붙였다.

넌 뭐냐?

그는 입을 다물게 됐다. 한동안은 벤치 끝에 앉아 가만히 자리만 지켰다. 그러나 기념이 될 만한 손수건이나 목걸이, 팔찌를 파는 쪽으로 사람들이 한꺼번에 몰리면서 그의 물건들이 밟히고 차이고 하는 일이 반복되자 참을 수 없어졌다. 그는 호루라기를 불면서 그들을 내쫓는 데 열중하게 됐다. 담배를 끊으려고 습관처럼 물고 있던 호루라기였는데 불어 본 건 처음이었다. 무시와 무반응으로 일관하던 사람들 사이를 비집고 한 여자가 다가왔다.

모두 좋은 마음으로 나왔는데 이러면 안 되죠.

뭘 팔아 보겠다고 나온 어중이떠중이 중 하나겠지 했는데 지나가던 사람이었다. 곁에 서 있던 나이 많은 여자가 부드러운 목소리로 타일렀다.

오늘 같은 날 조금씩 양보하면 좋잖아요. 안 그래요?

둘은 쌍둥이처럼 똑같은 차림을 하고 있었다. 자매인가 했는데 모녀일 수도 있다는 생각이 들었다. 사람들이 모여들었다. 히죽거리며 윙크를 하고 지나가는 외국인도 있었다. 머리가 노랗고 덩치가 아주 큰 백인들이었다.

뭘요?

그가 물었다. 알지도 못하면서. 다짜고짜 너만 참고 양보하면 아무 일 없다는 식으로 말하는 게 괘씸했다. 그는 호루라기 끝을 꼭꼭 씹고 있었다.

오늘 여기 중요한 손님이 오시잖아요.

다 알고 있지 않느냐는 듯 나이 많은 여자가 소곤거렸다.

근데요?

그가 대꾸했다. 늙은 여자가 한두 걸음 더 다가왔다. 부드러운 표정이었지만 설교하고 훈계하는 사람들이나 할 법한 자세를 취했다. 프라하가 내 손님인가. 너희 손님이지. 그 사람이 DVD를 사겠나, 책을 사겠나. 곰돌이 알람시계나 유행이 지난 손목시계 같은 건 더더욱 살 리가 없지. 그는 호루라기만 불었다.

누군가 혀를 찼다. 그는 더 세게 불고 더 열심히 불었다. 그 순간에는 여자도, 여자를 편드는 사람도, 구경하는 사람도 모두 멀리 쫓아 버려야겠다는 생각밖에 안 했다. 결국 싸구려 선글라스를 팔러 온 사람이 그를 힘껏 떠다밀었다. 손이 두껍고 큰 남자였다. 그가 나자빠지는 걸 보고도 모자랐는지 남자는 그의 앞에 쪼그리고 앉아 충분하다 싶을 만큼 이마와 볼을 두드렸다. 아플 정도로 때린 게 아니고 가볍게 툭툭 건드린 것이어서 기분이 더 상했다. 남자는 호루라기를 빼앗아 보란 듯 멀리 던져 버렸다. 그는 몸을 일으키려고 했다. 허리가 뻐근했다. 한쪽 발목은 잘 움직여지지도 않았다. 어떻게든 일어서려고 애쓰고 있는데 마르고 긴 손이 쑥 나타났다. 세 살배기와 여섯 살배기, 흠집뿐인 커다란 트렁크를 끌고 다니는 남자였다. 그는 남자의 손을 뿌리치고 혼자 힘으로 일어났다.

딴 데 가서 알아봐.

그는 단번에 거절할 생각이었다. 오늘은 사람도 많고 그게 아니라도 애를 돌봐 줄 처지가 못 된다고 못 박을 생각이었다. 허리도 아프고 발목도 삔 것 같고 도움이 필요하면 도와줄 만한 사람을 좀 양심적으로 찾아야 되는 거 아니냐고 몰아세울 작정이었다. 그러나 벤치 곁에 서서 사람들을 쫓고 물건을 정리하다 보니 남자는 없고 여섯 살배기만 우두커니 남아 있었다.

너희 아빠 어디 갔어?

그가 물었다. 짜증이 났다. 아이는 그의 얼굴을 올려다보며 대답했다.

일하러요.

그가 말이 없자 한 번 더 말했다.

우리 아빠는 일하러 갔어요.

일은 무슨 일. 너희 아빠가 하는 게 일이냐. 그게 무슨 일이냐. 중얼거리는데 아이는 그의 얼굴을 빤히 바라보기만 했다. 눈길 한 번 피하지 않고 계속 그러고 서 있었다. 먼저 눈을 피한 건 그였다. 멀리 연단에 선 누군가가 행사의 시작을 알렸다. 경찰들이 사람들을 한쪽으로 몰았고 좁은 길이 만들어졌다. 프라하는 그 길을 따라 왔다. 여러 대의 차가 천천히 모습을 드러냈고 커다랗고 하얀 차 위에 서 있는 사람들이 보였다. 프라하가 누군지 대번에 알 수 있었다.

저게 프라하구나.

뭐 그럴 필요가 있나 싶었지만 그는 다른 사람들처럼 시선을 빼앗긴 채 멍청히 서 있게 됐다. 프라하라니. 손바닥이 뜨거워졌다. 저게 뭐라고. 생각하면서도 뭔가 굉장한 순간 속에 서 있는 것만 같은 기분에 사로잡히게 됐다. 다른 사람들이 하는 것처럼 보기 좋은 표정을 하고 듣기 좋은 인사를 외치게 됐고 그러면서 실은 괜찮았고 지금도 괜찮고 앞으로 점점 더 괜찮아질 거란 생각을 하게 됐다. 그 순간만큼은 마음이 한없이 넓어져 무엇이든 다 이해하고 받아들일 수 있을 것만 같았다.

그랬는데 고개를 돌려보니 여섯 살배기가 없었다.

정말 잠깐이었는데 어디로 갔는지 보이지 않았다. 처음엔 대수롭지 않게 여겼다. 그는 한 사람 뒤에, 또 한 사람 뒤에 숨바꼭질하듯 아이가 숨어 있을 거라고 생각했다. 설탕 과자를 만드는 여자도, 매점 청년도 안 보이긴 마찬가지였다. 넘실거리며 밀려드는 인파 탓에 폭이 좁은 인도는 넓어지고 더 넓어져 아이도, 여자도, 청년도, 내내 벤치에 앉아서 구경했던 풍경들도 보이지 않는 곳까지 떠내려가고 있는 것 같았다.

사람들은 까치발을 하고 모두 공중을 향해 있었다. 그는 바닥만 보고 걸어야 했다. 누가 누군지 분간할 수 없는 다리들이 조그마한 틈도 없이 빽빽하게 서 있었다. 그래 봐야 애인데 근처 어디에서 헤매고 있겠지. 그는 진심으로 그렇게 믿었고 가까운 주변만 훑어볼 생각이었다. 그러나 바닥만 보고 걷다 보니 어디가 어딘지 가늠하기 어려워졌다. 너무 멀리 왔나 하고 까치발을 들고 서성이는데 누군가 그를 불렀다. 매점 청년이었다. 겨우 매점까지밖에 못 온 거였다. 모두 한 걸음이라도 더 앞으로 앞으로만 가려고 했으므로 그는 매점 한 귀퉁이를 꼭 붙잡고 있어야 했다. 박수와 함성이 솟아올랐다. 프라하가 연단에 오른 모양이었다. 어떻게 해도 청년의 얼굴은 안 보이고 목소리만 들렸다.

애가 없네.

무슨 애요?

나랑 같이 있던 애 있잖아.

아, 걔요.

봤어?

보였는데, 안 보이네요.

설탕 과자를 만드는 여자도 매점 벽에 간신히 붙어 서 있었다. 여자도 보긴 봤는데 지금은 모르겠다는 대답을 했다. 그는 매점을 지나 설탕 과자를 굽는 여자를 지나 어딘가로 계속 걸어가게 됐다. 얼마 안 가 매점도 여자도 보이지 않게 됐다. 너무 멀리 와 버렸나 생각했는데 딱히 그런 것도 아니었다. 고개를 들면 까마득하게 앞을 채운 사람들 때문에 점점 뒤쪽으로 밀려나고 있다는 착각이 들었다. 그는 아무나 잡고 아이의 행방을 물었다. 사람들은 그를 없는 사람 취급했다. 모두들 프라하가 아닌 것에는 아무 관심이 없었다.

그는 사람들의 발끝을 내려다보고 어깨나 등을 밀치며 조금씩 나아가려 했다. 어떻게든 어느 쪽으로든 걸어 보려고 했다. 불현듯 애가 납작하게 깔려 죽을 수도 있다는 생각이 들었다. 마음이 급해졌다. 그러나 틈이 생기면 순식간에 그곳을 디디는 발이 나타났다. 그가 발을 떼면 누군가 잽싸게 그 자리를 차지했고 다른 공간이 날 때까지 꿈쩍도 하지 않는 일이 반복됐다. 고개를 들면 프라하는 보이지 않고 새까맣게 넘실거리는 머리통과 꿈쩍도 하지 않는 넓고 단단한 어깨, 경쟁하듯 내뿜는 더운 숨소리 같은 것들만 선명했다. 프라하를 보려는 사람들 때문에 프라하도 다른 것들도 아무것도 보이지 않았다. 눈앞이 깜깜했다.

프라하가 연단에 섰다. 모두가 이 순간을 놓치지 않겠다는 자세로 앞을 향해 막무가내로 밀고 나아가려고 했다. 그런 분위기와 기운만으로도 저 멀리 연단에서 무슨 일이 일어났는지 충분히 짐작할 수 있었다. 프라하의 목소리가 들렸다. 아니, 사실 그가 들은 건 발을 밟지 마라, 밀지 마라, 끼어들지 마라, 저리 가라, 물러서라, 비켜라 하는 짜증 섞인 말들이 전부였다.

에를 찾고 있는데요.

모두 애 같은 건 죽든지 말든지 아무 상관이 없었다. 그가 사소하게 밀치거나 부딪히면 다들 금방이라도 주먹을 날릴 듯이 불쾌한 얼굴을 지었다. 그는 얼굴 한 번 본 적 없는 늙은 외국 남자의 목소리를 들으며 아이를 찾아다녔다. 말은 길고 거창해서 주의를 집중하지 않으면 놓치게 되는 부분이 많았다. 어쨌든 좋은 말이었다. 훌륭한 말이었다. 그래서 말들은 그를 그냥 지나쳐 갔다. 머물거나 고이지 않고 어떤 사소한 흔적이나 파동도 만들지 못하고 공기 중으로 흩어져 버렸다.

허리 쪽에서 시작된 통증이 넓게 번지고 있었다. 그는 옆구리를 감싸고 걸었다. 아이는 보이지 않고 보이는 건 틈 없이 붙어 선 사람들의 들뜬 표정과 이상한 열기, 기대 같은 것뿐이었다. 멀리서 들려오는 언제라도 들으면 좋은 그런 말들을 그도 밤새 늘어놓을 수 있었다. 저기 연단 위에서라면 좋은 말만 골라 할 자신이 있었다. 그런 좋은 것들이 정말 있다면 그건 어제거나 그제거나 아무튼 프라하도 연단도 없던 때였다는 생각을 했다. 어쨌든 그런 것들 때문에 자신의 일과 일상이 완전히 박살났다는 생각을 했다.

프라하가 선창하고 사람들이 복창했다. 듣고 따라하는 동안엔 모두가 괜찮다고 믿을 법한 말들이었다. 그러면서도 여전히 그에게는 조그마한 틈도 내어주지 않으려고 했다. 그냥 지나가려고 하는 것뿐이라고 말해도 소용없었다. 힘들게 차지한 자리를 빼앗길까 봐 모두 기를 쓰고 버티고 있었다. 뒤로 밀려나지 않으려고 악착같이 견디고 있었다. 그가 비집고 들어갈 틈은 없었다. 어느 쪽으로든 나아가려면 누군가를 밀치거나 넘어뜨리거나 아예 영원히 사라져 버리기를 바라야 했다. 인파에 사로잡혀 그가 목격한 건 그런 것이었다.

프라하는 올 때처럼 갈 때도 꾸물댔다. 사람들은 그가 완전히 안 보이게 될 때까지 자리를 지켰다. 프라하가 빨리 가기 바라는 사람은 그를 포함한 극소수였다. 그 혼자뿐인지도 몰랐다. 어쨌든 행사가 끝나고 나서도 한참이 지나서야 본격적으로 아이를 찾아다닐 수 있었다. 애를 찾으러 온 남자가 그를 발견할 때까지 쉬지 않고 걸어 다녀야 했다.

애가 없어.

그는 남자를 보자마자 소리쳤다. 취한 것 같은 사람들의 달뜬 얼굴이 남자와 그의 사이를 둥둥 떠다녔다. 다들 꼭 연단에 서 있는 사람이나 지을 법한 표정을 하고 있었다. 그는 남자에게 다가가면서 목소리를 자꾸 키워야 했다. 사람들은 만족스러운 얼굴로 곁에 선 사람들과 이야기를 나누고 사진을 찍느라 정신이 없었다. 그의 말을 알아들은 남자가 마침내 씩 웃었다. 남자의 뒤에서 누군가 불쑥 나왔다. 그 애였다.

어디 있었어? 찾았는데.

다가가서 보니 정말 그 애였다.

여기 있었대요.

남자가 대신 대답했다.

없던데.

있었대요.

못 봤어.

있었다니까요.

그와 남자는 아이를 사이에 두고 같은 질문과 대답을 반복하며 서 있었다. 짜증이 났고 목소리가 계속 커졌는데 문득 남자가 뜬금없이 물었다.

봤어요?

프라하에 관한 것이었다. 남자는 같은 질문을 하고 또 했다. 딱히 대답을 바라는 것 같지도 않았다. 그냥 혼잣말을 하며 어떤 인상적인 순간을 되살려 내고 부풀리는 듯 보였다. 남자의 표정 속에 전에 없던 어떤 감정들이 넘실거리는 게 보였다. 적어도 남자에게 어울리는 건 아니어서 보고 있기가 힘들었다. 그것들을 모두 끄집어내 눈앞에 들이밀고 싶었다. 그런 건 네가 가질 수도 없고 가져도 안 되고 가지고 있어 봐야 아무 도움이 안 된다는 말이 목 끝까지 차올랐지만 그는 한마디만 했다.

애가 깔려 죽을 뻔했어.

남자는 그의 말을 듣지도 않았다. 그는 원래 있던 자리로 되돌아왔다. 벤치 한구석에 진열해 놓았던 물건들은 엉망진창이 되어 있었다. 아예 못 쓰게 된 것도 여럿이었다. 그는 쪼그리고 앉아 물건들을 줍고 정리해야 했다. 뒤통수를 얻어맞았다는 기분이 들었다. 화가 났고 억울했고 나중엔 실소가 새어나왔다. 결국 프라하가 주고 간 건 타박상과 얼마가 될지 모르는 물질적인 손해와 안 보면 더 좋았을 것들이 전부란 생각이 들었다.

남자는 매일 찜질방과 싸구려 여관을 전전하는 것도 힘든 일이고 애들을 위해서라도 모진 결단을 내려야겠다고 했지만 그날뿐이었다. 다음 날이 되자 언제 그랬냐는 듯 슬며시 나타나 아이와 트렁크를 맡기고 길 건너편으로 뛰어가는 일상으로 복귀했다. 자신이 무슨 말을 늘어놨는지도 기억하지 못하는 눈치였다. 프라하가 있던 자리엔 다른 플래카드가 걸렸다. 이번엔 바이올린과 첼로와 기타를 든 사람들이었다. 전광판 아래 건물을 빼곡하게 둘러싸던 사람들은 다 빠져나가고 없었다. 남은 건 그 주변을 어슬렁거리며 오가는 경찰 서넛이 전부였다. 그들은 전광판 쪽을 올려다보지도 않았다.

남은 건 벤치에 앉은 그와 아이가 전부였다. 이제 전광판 위에 서 있는 사람을 찾는 건 아이와 그 둘뿐이었다.

저기 보이지?

그가 전광판 위를 가리키면 아이는 고개를 저었다. 그는 아이에게 눈을 떼지 않고 오래 집중하는 방법을 알려 줬다. 방법이랄 것도 없었다. 그냥 보고 계속 보다 보면 전광판 위에 한 사람의 실루엣이 떠오른다는 걸 아이는 금방 배웠다. 그는 망가지고 부서져 도대체 누가 사 가기나 할까 싶은 물건들을 늘어놓고 벤치를 지키는 일을 계속했다. 언제라도 들으면 좋을 말들이 사라진 광장은 고요하고 잠잠해서 몹시 평화로웠다. 저절로 그런 생각을 하게 됐다.

줄넘기

노인을 만난 것은 공원에 나온 지 사흘째 되는 날이었다. 초여름 밤이었고 공원은 운동하는 사람들로 붐볐다. 팔을 힘차게 흔들며 큰 원을 그리는 발소리, 공중으로 솟아오르는 셔틀콕의 경쾌한 리듬, 허리를 붙잡고 유연하게 돌아가는 훌라후프의 움직임 같은 것들로 공원은 차츰 뜨거워지고 있었다. 눈을 감으면 사람들 이마에 솟아난 땀방울의 냄새나 더운 호흡의 온도를 느끼게 될지도 몰랐다. 사람들이 몸을 움직이며 부지런히 시간을 굴리고 있었다면 나는 시간 속에서 완전히 생략된 사람 같았다. 하루를 보내고 또 하루를 보내도 내 시간은 어느 지점에서 멈춰, 더 이상 앞으로 나아가지 않았다.

내가 그렇게 멍하니 공원을 구경하고 있을 때였다.

밤공기가 이렇게 좋은데. 몸을 좀 움직여 보는 것도 좋을걸세.

노인이었다. 그는 나와 꽤 가까운 곳에서 줄넘기에 몰두하고 있었는데 얼핏 보기에도 오래 단련된 솜씨였다. 두 손으로 줄을 돌리고, 두 발을 모아 공중으로 뛰어오를 때마다 규칙적이고 일정한 리듬이 바닥을 때렸다.

줄넘기 한번 해 보겠나?

여전히 회전하는 줄 속에서, 가볍게 공중으로 솟았다가 내려앉으면서, 노인은 폴짝, 줄을 넘어서고 다시 폴짝, 줄을 넘어서고 있었다. 운동에 이력이 난 노인들이 그런 식으로 체력을 과시하는 걸 모르지 않았지만 나로선 하고 싶은 말이 없었다.

그는 여전히 줄넘기를 멈추지 않고

이게 얼마나 좋은 운동인지, 나는 10년째 매일 줄넘기를 하고 있다네.

자신을 소개하고

늙은이가 귀찮은가 보군.

슬며시 웃기도 했다. 나는 몸을 일으켰다. 노인은 콩콩 뛰어오르며 또 보세, 했다. 내가 곧장 가 버릴 걸 예상했다는 듯 무심한 말투였다. 나는 아무런 대꾸도 않고 공원을 가로질렀다. 초저녁이었으므로 하루가 다 가려면 아직도 너무 많은 시간이 남아 있었다. 평화로운 밤 시간을 뺏긴 것 같아 언짢았고 더 이상 이런 기분을 누구에게도 설명할 수 없다는 데까지 생각이 미치자 다시 그녀가 떠올랐다. 그때 나는 나뭇잎 하나만 떨어져도 온몸을 부르르 떠는 수면이었다. 파동은 언제, 어디서나 시작될 수 있었고, 한번 시작되면 잠잠해질 때까지 무작정 기다려야 했다. 그게 얼마나 난처하고 막막한 일인지 정말 아무도 모르는 모양이었다.

나는 휴대폰을 들여다보았다. 다시금 그녀가 떠올랐고 그 즉시 통증이 동심원처럼 번져 나갔다. 아니, 통증이라는 말로는 부족했다. 내가 예민하게 감각하는 세세한 고통을 모두 설명하기엔 엉성하기 짝이 없는 단어였다. 당시 나는 그런 식으로 날카로워지고 있었다. 완벽했다고 믿었던 그녀와의 관계가 단절되고 나자 모든 게 불가능하다고 여겨졌다. 나는 휴대폰을 열어 그녀의 전화번호를 꾹꾹 눌렀다. 번호를 누를 때마다 영, 삼, 팔, 오 같은 말소리가 튀어나왔다. 그녀의 전화번호가 확실하다는 걸 이중, 삼중으로 확인시키듯 또렷한 발음이었다. 냉정한 그 기계음이 그녀가 전화를 받는 순간 솟아날 후회를 거듭 경고했으므로 나는 신호음이 가기 전에 종료 버튼을 눌렀다.

공원을 완전히 빠져나오기 전에 나는 잠깐 뒤를 돌아보았다. 10년이라니. 하루를 얼마나 이어 붙어야 10년이 될 수 있는 걸까. 나는 까마득한 세월을 짐작하다가 곧 그만두었다. 그 시간은 어차피 내가 가진 짐작의 범주로 가늠할 수 없는 것이었다.

좀 지겹지 않아?

그녀는 그렇게 말했다. 벌써 한 달 전 일이었다. 막 영화가 시작되려는 참이었고 나는 따뜻한 팝콘을 입안으로 밀어 넣는 중이었다. 캄캄한 화면 위로 지나가는 잡음처럼 그녀의 말은 곧 사라졌고 음료 광고가 터져 나왔다.

응?

나는 그녀 쪽으로 잠깐 몸을 기울였다. 그게 전부였다. 그녀는 고개를 저으며 입을 다물었고 곧 영화가 시작되었다. 그러니까 그때 그 말은 중요한 복선이었던 셈이다. 이제야 나는 그 지겨움의 정체를 추적하느라 온 하루를 소진하고 있었다 우리가 몇 주에 한 번씩 영화를 관람했는지, 주로 어느 영화관에서 예매를 했는지, 줄거리가 얼마만큼 닮아 있는지. 사소한 것에도 의심을 품었고 쉬지 않고 지나간 시간들을 뒤적거렸다. 맛이 동일했던 팝콘의 온도나 좌석의 푹신함, 비슷비슷한 광고 멘트 같은 시시하고 흔해 빠진 것까지 뒤적거려도 결정적인 이유는 나타나지 않았다. 사실 혐의를 가지지 않은 것은 단 하나도 없었다. 지루함의 이유는 어디에나 있었다.

나는 텅 빈 방으로 돌아와 수면유도제를 삼켰다. 어렵게 잠이 들면 쉽게 깨어났으므로 하루가 지날 때마다 약은 한 알씩 늘었다. 할 수 있는 일이라곤 약 기운이 퍼질 때까지 실눈을 뜨고 무한히 커지는 방을 목격하거나 어제보다 더 짙어진 어둠을 들여다보는 것뿐이었다. 알약을 깨물면 어금니 사이에서 쓴맛이 배어 나왔다.

다음 날, 나는 노인을 다시 만났다. 같은 공원에서였다. 회전하는 줄넘기 속에서 그는 평화로워 보였다.

오늘은 좀 일찍 나왔구먼. 근데 원래 운동을 좋아하는 편이 아닌가?

체형이 적나라하게 드러나는 운동복이나 형광색 조깅화는 그렇다 쳐도 한밤에 선글라스는 생뚱맞은 소품이어서 이번엔 꽤 오랫동안 노인을 바라볼 수밖에 없었다.

줄넘기는 잘 못해요.

노인은 숨을 고르듯 잠깐 줄넘기를 멈추었다가 한 발로 줄의 균형을 짚고 다시 가볍게 뛰어올랐다. 젊은 거 빼고는 내가 자네보다 훨씬 낫지. 노인이 그런 말을 하려고 했다면 정말 조금도 약이 오르지 않았다. 그저 가만히 내버려뒀음 싶었다. 나는 결정적인 시간을 지나고 있었으니까. 적어도 그때는 그런 생각에 골몰하던 때였다. 내 삶의 어떤 페이지들이 송두리째 찢겨 나간 기분. 아직 읽지 못한 서사들이 괴로울 만큼 궁금했다. 어떤 호기심은 한 사람을 완전히 구겨 놓을 수도 있는 거였다. 노인은

하긴 요즘엔 줄넘기하는 사람이 드물지. 그래도 이것만큼 좋은 운동이 없다네.

했고

내가 배드민턴 같은 걸 했다면 10년 동안 계속할 수 있었겠나?

묻기도 했다. 나는 벤치에 앉아 규칙적으로 땅을 딛고 뛰어오르는 노인의 발소리를 들었다. 탁, 탁, 탁, 탁. 어쨌거나 그렇게라도 시간이 가고 있다는 걸 확인하면 마음이 편안해졌다.

줄넘기 한번 해 보지 않겠나.

노인은 다시 줄넘기를 권했다. 이번에는 대답을 듣기도 전에 줄넘기를 내 쪽으로 던져 버렸다. 손잡이가 내 등을 때렸고 긴 줄이 맥없이 벤치에 걸렸다. 그러니까 늘어진 줄넘기를 만지작거리다 결국 내가 몸을 일으키게 된 것이었다.

미국의 프랭크 올리버리는 31시간 46분 48초 동안 줄넘기를 지속했다. 같은 자리에서 8만 번 이상 줄을 뛰어 넘어야 가능한 숫자였다. 내가 두 번 만에 혹은 세 번 만에 멈춰 설 때마다 노인은

그런 이야기를 혼잣말처럼 중얼거렸다. 도대체 8만이라는 숫자가 가능하기나 한 건지. 두 손으로 줄을 돌리고 정확하게 뛰어오르는 일은 생각보다 어려워서 나는 8만의 규모를 짐작하는 것만으로도 숨이 찼다.

어떤가? 만만찮은 운동이지?

노인이 그런 말을 할 때마다 줄이 꼬였다. 그의 의도를 뻔히 알면서도 자꾸 오기가 생겨났으므로 몸은 순식간에 땀으로 흠뻑 젖었다. 두 팔로 줄을 돌리고 온몸을 공중으로 띄우는 동안은 땀이 나는 줄도 모르고 집중한 때문이었다. 줄넘기가 끝나고 나서야 나는 잠시 그녀를 잊었다는 사실을 깨달았다. 아주 잠깐이었지만. 노인의 말처럼 어쩌면 줄넘기는 좋은 운동일지도 모른다는 생각이 들었다. 그것도 아주 잠깐.

다시 그녀가 떠올랐다. 지루하다는 게 이별의 사유가 될 수 있을까. 되풀이해서 생각해 봐도 그건 너무 가볍고 사소한 문제 같았다. 나는 꼬인 줄을 풀고 한쪽 발로 줄 가운데를 찾아 디뎠다.

근데 정말 10년 맞아요?

노인은 몇 걸음 떨어진 곳에서 허리를 좌우로 움직이며 되물었다.

거짓말 같나?

나는 재빨리 줄을 돌리며 공중으로 뛰어올랐다. 재빠르다고 생각했지만 줄은 운동화의 앞코를 때리며 정지했다. 노인은 허리를 굽히고 손바닥을 펼쳐 땅을 짚었다. 하나, 하나, 하나. 구령에 맞춰 노인의 동그란 등이 스프링처럼 튀어 올랐다.

다음에 만나면 제대로 된 줄넘기를 보여 주지.

그리고 또 잠깐 그녀를 잊었다. 잊었다고 깨닫는 순간 어김없이 다시 떠올랐지만.

그녀는 지루하다고 했다.

지루해. 넌 안 그래?

그렇게 말할 때 그녀는 정말 지루해 죽겠다는 표정이었다. 그런 다음 이게 최선이라고 못박았다. 어떤 여지도 남겨 두기 싫다는 듯 최, 선이라는 발음에 힘을 실었다. 그리고 그만 헤어지자고 말했다. 마지막 기말고사가 끝난 날이었고 내일부터 긴 여름방학이 예고되어 있었다. 예정대로라면 우리는 늘 가던 중국집에서 자장면과 짬뽕을 나눠 먹고 캔 맥주나 소주를 홀짝이며 취해 가고 있을 시간이었다. 스쿠터의 요란한 소음이 우리 사이를 갈라놓고 지나갔다. 전화벨 소리와 한데 뒤섞인 목소리가 공중으로 솟구쳤다가 가라앉았다. 모두들 내가 어떤 시간을 지나는 중인지 상관없다는 투였다.

뭐가?

그냥, 전부 다.

그녀는 내 눈동자를 오래 들여다본 다음 돌아섰다. 나는 저녁 먹지 않을래? 물었다. 아니. 그녀의 뒷모습이 차곡차곡 멀어졌다. 나는 한 번 더 정말 저녁 먹지 않을래? 되물었다. 그게 다였다. 만약 그녀의 어깨를 붙잡아 돌려 세울 수 있었다면 우리는 차선이나 차악 쪽으로 돌아설 수 있었을까. 그게 고작해야 중국집을 일식집이나 한식집으로 바꾸는 정도였다면 시도하고도 남았을 것이다.

그러니까 내가 만들 수 있는 변화의 폭이 지나치게 좁았던 게 문제라면 문제였다. 어쨌든 내가 할 수 있는 일은 내가 해 왔던 일에서 크게 벗어나 있지 않을 테니까. 나는 교문을 통과해 한 점으로 사라지는 그녀의 뒷모습을 오래도록 바라보았다.

그날 이후 나는 자주 노인을 만났다. 비슷한 시각, 같은 공원에서였다. 아주 잠깐씩 그녀에게서 벗어날 수 있었으므로 줄넘기는 유용했다. 두 손으로 줄을 회전시키는 동안엔 그녀에게 전화를 걸 수 없었고 제자리에서 도약하는 순간엔 그녀가 사는 동네로 걸어갈 수 없었으니까. 줄은 쉬지 않고 되돌아오고, 나는 멈추지 않고 제자리에 머물 수 있었다. 탁, 탁, 탁, 탁 하고 일정하게 유지되던 리듬이 살짝 어긋나는가 싶더니 줄이 엉켰다.

노인을 발견한 때문이었다.

오늘은 일찍 왔구면. 그래, 몇 개나 했나.

나는 얼른 대답하지 않았다. 겨우 700개 정도를 넘어서면 체력이 바닥났으므로 솔직하게 말하고 싶지 않았다.

잘 모르겠는데요.

그는 흠, 했다. 줄넘기를 하면서 어떻게 개수를 세지 않을 수 있는지 의아한 모양이었다. 그는 줄의 균형을 맞춘 뒤 가볍게 뛰어올랐다. 그런 식으로 거의 매일 노인과 나는 나란히 선 채 줄넘기에 몰두하고 있었다. 탁탁탁탁, 노인의 박자 속에 탁탁, 내 박자가 끼어드는 식이었다. 하얀 셔틀콕이 떨어지거나, 축구공이 굴러올 때에도, 노인과 나의 박자는 흐트러지지 않았다.

줄넘기가 얼마나 오래된 운동인지 자네 아는가?

혼자 질문하고

조선 말에 줄넘기에 대한 기록이 남아 있을 정도라네.

혼자 대답했다. 쉬지 않고 뛰어오르는 것만으로도 숨이 가빴으므로 나는 귀를 활짝 열고 이런 상상에 몰두했다. 이를테면 400년 전 상투를 틀어 올린 한 사내가 고독하게 줄을 넘고 있는 시간 속으로 문득 옮겨 가는 식이었다. 딱히 손잡이도 없는 새끼줄을 휘휘 돌리며 사내의 짚신이 바닥을 짚고 뛰어오를 때, 멀리서 한꺼번에 개들이 우-우-우 짖었다. 그러거나 말거나 사내는 줄을 돌리고 높이 뛰어오르고, 그럴 때 줄넘기는 어떤 박자를 가진 리듬 같기도 했다. 숨소리처럼 고유하고 유일한 리듬. 리듬을 유지하기 위해서는 끊임없이 뛰어올라야 하고, '지금'이 쉬지 않고 이어지는 것 같았다. 그 일정한 리듬을 상상하는 것만으로도 나는 사내를 이해할 수 있을 것 같았다. 줄넘기의 외형이 아무리 많이 변했다 해도 그것을 뛰어넘는 인간의 자세는 여전할 것이므로. 만남과 헤어짐에 관한 유구한 역사는 멀미가 날 정도였다.

노인이 물통을 건넸다. 얼음이 둥둥 떠 있는 물이었다.

한 번에 무리해 봐야 소용없어. 뭐든 매일매일 해야지.

그는 검지로 선글라스를 밀어 올리고 허리를 쭉 펼쳤다. 아직 체력이 많이 남았다는 걸 보여 주고 싶은 모양이었다.

근데 왜 줄넘기예요?

내가 물으면, 노인은

뭐든 하다 보면 알게 되지.

슬며시 웃었다. 어두운 공원의 풍경과 컴컴한 선글라스 덕분에 그의 표정은 보이지 않았지만 웃고 있는 게 분명했다. 하다 보면 안게 되는 건지, 알고 싶어서 해야 하는 건지 알 수 없었지만 차라리 아무것도 모르던 상태로 되돌아가고 싶었다. 그럴 수 있다면 그녀를 만나기 전으로 되돌아가고 싶었다. 그녀는 무엇이 그렇게 견디기 힘들었던 걸까. 이제 그녀는 어디에서, 누구와 어떤 음식을 먹게 될까. 과거를 뒤지거나 미래를 짐작하는 것으로, 오늘을 소진하는 일이야말로 지겨웠다. 지겨웠지만 어디에서 어떻게 멈춰야 할지 알 수 없었다. 누군가 내 하루의 시작과 끝을 무한히 잡아당기고 있는 것만 같았다.

하루에 몇 개나 하세요?

노인은 부드럽게 줄을 회전시키며 가볍게 도약했다.

그래도 10년인데 자네보다는 훨씬 많이 하지. 하루에 1500개만 해 보게나. 정말 달라진 걸 느끼게 될 걸세.

마치 1500개를 하고 나면 모든 게 달라질 것처럼 그는 확신하는 말투였다. 나는 700개 언저리를 오가는 내 체력을 가늠하면서 1500이라고 중얼거렸다. 1500, 1500개.

잠이 오지 않는 밤마다 나는 수면유도제를 썼다. 줄넘기를 할 때는 금방 쓰러질 듯 피곤이 몰려왔지만 텅 빈 방에 누우면 다시금 정신이 또렷해졌다. 딸깍딸깍 휴대폰 폴더를 접었다 펴다가 마침내 현관문을 열고 나오는 일이 잦았다. 드문드문 편의점이 점선처럼 박힌 골목을 따라 걸으면 각자 다른 오늘을 매만지는 사람들이 보였다. 누군가의 오늘은 서둘러 잠이 들고, 누군가의 오늘은 불면에 시달리고, 또 누군가의 하루는 막 시작되려 하는, 말하자면 그런 수많은 오늘을 확인하면서 나는 내 하루를 조금씩 흘려 보냈다. 오늘은 끝나지 않고 부지런히 되돌아왔다. 매번 내가 그녀의 집 앞에 당도하는 것처럼. 그녀는 딱 한 번 현관문을 열고 경고한 적이 있었다.

그만 좀 해.

얼마나 벨을 눌렀는지 아래층에서 누군가 현관문을 열고 조용히 하지 않으면 신고하겠다고 엄포를 놓은 뒤였다. 한 뼘 정도 열린 문틈으로 그녀의 눈매나 입꼬리, 보드라운 뺨 같은 게 잘려 나갔다. 바깥쪽으로 문을 힘껏 당겨 보았지만 그녀는 기어이 문을 닫아 버렸다. 쿵, 하고 문이 닫힐 때, 온 세계의 창이 꺼졌다. 유일하게 환한 건 오직 그녀의 창뿐이었다. 창 너머로 그녀의 일상은 안온해 보였고 마침내 창문마저 근사해졌다. 나는 네모난 창을 오랫동안 올려다보다가 갔던 길을 되짚어 돌아오곤 했다. 문이 열리지 않을 것을 알면서도, 나는 또 얼마나 오래 문을 두드려야 하는지. 어금니를 꽉 다물면 알약이 부서지면서 쓴 침이 오래 고였다.

그러므로 노인의 조언은 거짓말이었다. 세상에는 아무리 반복해도 알 수 없는 것이 있었다. 나는 줄을 돌렸다. 한밤이어서 공원은 적막했고 탁, 탁, 탁, 탁 하는 소리가 멀리까지 갔다 되돌아왔다. 500개를 넘어서자 가쁜 숨이 새어 나왔다. 나는 한 번도 만난 적 없는 프랭크 올리버리를 떠올렸다. 한국에서 누군가 자신을 생각한다는 걸 그는 상상이나 해 봤을까. 그는 구릿빛 피부를 가진 젊은 흑인이었다가 왜소한 백인이었다가 키 작은 동양인으로 변모했다. 프랭크는 뭐든지 가능했다. 그가 노쇠한 동양의 늙은이라 해도 전혀 이상할 게 없었다. 그녀로부터 최대한 먼 쪽으로 나는 내 공상을 떠밀었다. 그러다 보면 프랭크 올리버리와 나란히 줄넘기를 하는 일도 가능했다. 도대체 8만 번이나 줄을 뛰어넘는 에너지는 어디에서 나오는 걸까. 나는 줄넘기에 몰두하는 올리버리를 곁눈질했다. 하지만 8만이라는 숫자는 얼마나 어두운지. 그가 줄넘기하는 모습을 바라보는 것만으로도 콧잔등이 시큰거렸다.

어쩌면 그녀도 가끔 줄넘기를 하지 않을까.

줄넘기를 시작한 지 보름이 지났을 무렵이었다. 줄넘기의 개수는 여전히 제자리였고 그러는 동안 나는 두 장의 달력을 찢어 냈다. 그녀를 만나지 않고도 두 달이 지난 거였다. 신기한 일이었다. 그녀는 여전히 전화를 받지 않았고 나는 어두운 방에 누워 부지런히 알약을 씹었다. 달라진 건 없었다. 아니, 달라진 게 하나 있다면 밤마다 한없이 커지는 어둠 속에서 말없이 줄을 돌리는 그녀를 상상할 수 있다는 사실, 단 하나였다.

또 오자.

그녀는 자주 말했다. 싸구려 떡볶이를 배부르게 먹고 나오면서. 다음에 또 걷자. 캠퍼스를 크게 한 바퀴 산책하고 나서도. 거기 또 가자. 한강 근처에서 커피를 나눠 마신 뒤에도. 뭔가를 계속한다는 게 아무 문제가 되지 않던 때도 있었다. 그러다 문득 모든 게 지겨워진 거였다. 비슷한 음식으로 배를 채우고, 어제 들렀던 카페에서 같은 차를 마시고, 똑같은 영화관에서 닮은 영화들을 봐야 하는 연애가 끔찍해질 수도 있는 거였다. 아니 어쩌면 그런 순간마다 곁에 있던 내가 문제인지도 몰랐다. 나는 실눈을 떴다. 줄넘기를 마치고 귀가하는 그녀의 뒷모습이 어둠 속으로 또각또각 사라지자 뿌옇게 날이 밝아 왔다.

나는 부지런히 줄을 돌렸다. 노인은

몇 개나 하나?

물었고 나는 어제처럼

잘 모르겠는데요.

시치미를 뗐다. 밤마다 하늘의 색감은 조금씩 옅어지거나 더 짙거나 하는 식으로 미세하게 달랐지만 노인은 선글라스를 벗지 않았다. 그는 선글라스를 낀 채 줄을 넘고 또 줄을 넘었다. 우리의 박자는 정확히 맞아떨어지다가 슬그머니 멀어졌다. 내가

근데 그 선글라스는 왜 쓰고 계신 거예요?

물으면 노인은

어차피 밤이잖나.

싱겁게 대꾸했다. 줄넘기의 개수를 빼면 노인과 나는 매번 비겼다. 노인은 선글라스를, 나는 줄넘기의 개수를 보루 삼아 입을 다물고 있었으니까. 그럼에도 우리는 매일 같은 공원에서 만났다. 비가 잦지 않았고 몹시 무더웠으나 공원은 항상 운동하는 사람들로 붐볐다. 1500이라는 숫자는 아직 멀고 내가 할 수 있는 건 그저 줄을 돌리고 그것을 넘어서는 반복이었다. 그리고 그동안엔 잠깐씩 그녀를 잊었다. 말하자면 줄넘기는 내가 할 수 있는 일 중 그녀로부터 가장 멀리 있는 일이었다.

이번 주 일요일 저녁에도 공원에 올 텐가?

어느 날, 노인은 그렇게 물었다. 그즈음 내가 하루도 빠짐없이

줄넘기   181

공원에 온다는 걸 알면서도 새삼 확인하려는 투였다.

왜요?

그날 우리 동호회 모임이 있거든. 자네도 왔으면 싶어서 말이지.

모임요?

와도 그만 안 와도 그만이라는 말투였지만 그게 노인의 방식이
었다. 꼭 오라는 뜻이었다. 그가 빙긋이 웃었다. 아니, 웃었다는 건
거짓말이다. 노인은 선글라스를 한 번도 벗은 적이 없으니까. 하지
만 두 눈이 보이지 않는다고 해서 그의 표정을 짐작할 수 없는 건
아니었다. 그즈음 나는 그런 생각도 할 수 있게 되었다.

1900년대, 독일에서는 효율적인 줄넘기 방법을 소개하는 책이
간행되었다. 구츠무츠는 수년간 줄넘기를 이용하여 신체를 단련하
는 방법을 고안하고 기록했는데 이 책이 공립학교의 교재로 채택
되면서 줄넘기가 확산되는 결정적인 역할을 했다. 노인은 줄넘기
에 관한 그런 이야기들을 수시로 전해 주었다. 내가 줄넘기를 단순
하고 시시한 운동으로 여기는 게 못마땅한 모양이었다. 하긴 그녀
가 있었으면 영원히 몰라도 될 사실들이었으므로 줄넘기에 관한
한 모든 것은 차선이었다. 노인은

리듬체조가 줄넘기에서 생겨났다는 거 아나?

물은 다음

사실은 세상 거의 모든 사람들이 평생 한 번쯤은 줄넘기를 한
다네. 대단하지 않나?

감탄하기도 했다. 나는 1500을 넘어서기 위해 지칠 때까지 뛰
어올랐다. 자주 줄이 걸렸고 그때마다 자세를 가다듬고 다시 줄넘

기를 시작하는 게 힘들었다. 언제나 항상 같은 자세와 똑같은 동작으로 유지되는 운동. 아무것도 새로울 가능성이 없다는 건 사람을 맥 빠지게 했다. 줄은 바닥을 스치다 발목을 때리고 둥글게 솟아오를 때쯤 뒤꿈치에서 정지했다. 줄이 완벽하게 회전했다고 확신하는 순간 그것은 또 어김없이 엉켰다. 1500을 넘어서고 싶은 마음이 크면 클수록 그 숫자는 저만치 달아나고, 또 달아났다.

　박자를 만들어야지.

　이렇게, 이렇게, 하면서 노인의 몸은 규칙적으로 솟아올랐다 가라앉았다. 가만히 보고 있으면 줄은 사라지고 노인의 몸만 콩콩 뛰어오르는 듯했다. 아주 멀리서 보면 지구에서 잠깐 벗어났다가 금세 되돌아오는 것처럼 보이기도 할 것이었다. 어떻게든 이 지구에서 벗어나려고 안간힘을 쓰는 것처럼, 노인은 바닥을 치고 뛰어올랐다가, 제자리로 되돌아왔다. 하지만 노인은 다 알고 있다는 투였다. 그래서 노인의 리듬은 항상 경쾌했다. 무한히 되돌아온다 해도 아무 문제될 게 없는 사람처럼 한결같은 데가 있었다. 말하자면 나는 그런 게 부러웠다. 줄넘기 개수보다 노인의 직선 같은 오늘이 부러워 견딜 수가 없었다.

　금요일 저녁, 나는 마지막으로 그녀를 만났다. 멀리 골목을 더듬어 도착했을 때 그녀는 부재중이었다. 나는 불 꺼진 창 앞에서 그녀 앞으로 발송된 우편물을 하나씩 뜯으며 두어 시간을 흘려보냈다. 이번 달 인터넷 사용료 2만 3500원. 전기 사용료 1만 7850원. 텔레비전 수신료 5000원. 지방세 5000원. 수도세 7610원. 나는 고지서를 되풀이해 읽고 또 읽었다. 몇 개의 숫자로 정리되는 간략한 내용이었지만 그게 얼마나 많은 장면을 함축하고 있는지 나는 짐작할 수 있었다. 한밤에 현관문은 열고 불을 켤 때, 텔레비전을 보며 허기진 입속으로 밥을 떠 넣을 때, 컴퓨터를 켜고 마우스를 딸깍거릴 때, 물을 틀어 놓고 소심하게 오줌을 흘려 보낼 때, 말하자면 매일 반복되는 하찮고 시시한 순간에도 계량기는 묵묵히 돌아가고 있었던 것이다. 나는 어둠 속에서 고요히 회전하는 계량기들을 떠올렸다. 내가 삭제된 저 창 너머에서 그것들은 여전히 같은 속도를 유지하겠지만 더 이상 정답을 확인할 수는 없을 거였다. 어제도 오늘도 내일도 계속될 일들, 그래서 이전에는 내가 한 번도 눈여겨보지 않았던 일들, 그래서 어쩌면 가장 오래도록 남을 순간들. 나는 보잘것없는 그녀의 일상을 떠올렸다. 그녀가 어떤 종류의 음악을 듣는지, 어떤 프로그램을 시청하는지, 어떤 반찬을 먹는지, 어떤 세제를 쓰는지, 이제 그런 궁금증들을 조금씩 상상 쪽으로 옮겨야 할지도 몰랐다. 그리고 그 밤, 그녀와 맞닥뜨렸다. 내가 막 발길을 돌리려던 참이었고 그녀가 몇 걸음 너머에서 우뚝 멈춰 섰다. 분명 그녀였다. 한 번에 줄넘기 1500개를 한 것처럼 숨이 가빴다.

오랜만이네. 언제부터 기다렸니?

그녀의 말이 어쩐지 날 염려하는 듯해서 미안했다. 진심이었다. 나는 함부로 뜯어 본 고지서들을 내밀었다.

가져도 돼. 다 내 주면 더 좋고.

나는 고지서들을 한꺼번에 접어 주머니에 넣었다. 뒷주머니가 불룩해졌다. 그녀와 나는 지하철역까지 함께 걸었다. 술을 마시고 자정을 넘기고 막차를 놓치게 되는 상상을 수도 없이 했지만 지하철역이 또박또박 다가올수록 그런 생각은 시나브로 잦아들었다. 못 본 사이 그녀는 조금 다른 사람이 된 것도 같았다. 차라리 그녀를 상상 속에 두는 게 더 나았다는 후회가 들었다. 후회라고 정확히 단정 지을 수는 없었지만 그건 후회의 감정과 비슷했다. 지하철역 앞에 이르러 그녀는

조심해서 가.

손을 흔들었다. 내일이나 모레를 기약할 수 없었으므로 그녀의 인사는 가, 에서 더 나아가지 못하고 멈췄다.

너도.

나는 그녀가 되짚어 걸어갈 골목을 떠올렸다. 이제 내가 함께할 수 없게 된 길들. 그 까마득한 시간들에 안녕을 빌었다. 서로를 향해 그녀와 나는 한 번씩 손을 흔들었다. 말하지 않았지만 그녀도 나도 알고 있었다. 만나고 헤어질 때마다 서로에게 손을 흔들던 3년 동안의 습관도 이로써 끝이라는 걸. 그런 지겨운 습관들이 아니었다면 우리는 우리가 될 수 없었을지 몰랐다. 결국 우리를 증명하는 건 자주 가던 중국집이나 서로에게 손을 흔들던 사소한 버릇 같은 것일 테니까. 말하자면 지루할 때까지 되풀이하고 또 되풀이했던 힘으로 그녀와 나는 잠시 우리가 될 수 있었던 게 아닐까. 지하철역 계단을 모두 내려왔을 때 나는 그녀에게 전하지 못한 말을 중얼거려 보았다.

줄넘기를 아주 열심히 하고 있지요.

일요일 저녁, 공원을 찾았을 때 노인은 나를 그렇게 소개했다.

선글라스를 낀 사람들 틈에서 나는 부끄럽게도 두 눈을 내놓고 있었다. 모두가 선글라스를 끼고 있었으므로 나만 좀 이상해 보일 만했다. 줄넘기 모임이 아니라 선글라스 모임 같았다. 선글라스를 쓰지 않은 나를 제외하면 모두 아홉 명이었다. 나로 인해 한 자리 숫자로 유지되던 회원 수가 두 자리 숫자가 되었다고 노인이 싱거운 축사를 했다. 모두들 멀찍이 틈을 벌리고 서서 박수를 쳤다. 요란하게 터지는 박수 소리 때문에 공원을 지나는 사람들이 자주 이쪽을 힐끔거렸다.

자, 그럼 하나씩 드시고 줄넘기를 시작해 보십시다.

노인은 주머니에서 노란 알약을 꺼내 돌렸다. 그때 나는 다른 사람의 손을 찾아 더듬거리는 손들을 보았다. 허공에서 이쪽 손과 저쪽 손이 좀처럼 만나지 못하고 헤맬 때, 서로의 손끝을 더듬으며 손바닥 위에 신중하게 알약을 떨어뜨릴 때, 그럼에도 몇 개의 알약이 바닥으로 떨어질 때, 나는 노인이 말하지 않았던 비밀을 보았다. 어차피 선글라스는 처음부터 아무 의미도 없던 셈이었다. 선글라스의 유무와는 관계없이 그들은 항상 캄캄했을 것이므로. 나도 알약을 하나 받아 입안에 넣었다. 비타민이었다. 상큼한 향이 입안 가득 퍼졌다.

비타민이네요.

아니요. 그건 눈을 뜨게 하는 기적의 약이에요. 흐흐.

내 곁에 선 사내가 폴짝폴짝 몸을 움직여 줄넘기를 시작했다. 줄을 넘는 사람들의 발소리가 한데 섞이자 그건 꽤 웅장한 리듬 같기도 했다. 아니 리듬이라기보다는 음악 같았다. 멜로디가 없는 음악,

뼈대만 남은 그 음악은 깡마른 느낌을 주었지만 단단해 보였다.

왜 말씀 안 하셨어요?

노인은 공중에 몸을 띄우고 재빨리 줄을 두 번 돌렸다. 두 팔을 엇갈아 엑스 자로 줄을 뛰어넘기도 했다. 탁탁탁, 내가 기본적인 리듬만 고수한다면 다들 자기만의 방식으로 리듬을 다룰 줄 알았다.

보면 알잖나.

봐도 몰랐잖아요.

멀쩡한 두 눈을 달고도 못 본 건 자네 탓이지.

머리 위에서 줄이 엉키는 바람에 나는 우뚝 멈춰 섰다.

내가 요령 하나를 알려 줌세. 하룻밤에 1500개를.

노인은 거기까지 말하고 순식간에 줄을 세 번 통과 시켰다. 바닥과 몸의 얇은 틈새로 줄이 빠져나갔다. 무려 세 번이나. 말로만 듣던 삼단뛰기였다.

하는 방법 말이야.

노인이 느린 박자를 되찾으며 말을 맺었다. 형편없는 내 줄넘기 실력을 알아챈 게 틀림없었다. 나는 잠자코 줄을 고르고 가볍게 뛰어올랐다. 노인이 말했다.

하나, 하나, 하나, 이렇게 줄을 넘어 보게나.

노인은 탁탁탁탁 도약하며 하나, 하나, 하나, 하나 하고 구령을 붙였다. 하나, 하나. 누군가 노인을 따라 구령을 중얼거렸고 작은 목소리들이 합쳐져 어둔 공중으로 솟아올랐다. 꽤나 큰 소리였다.

나는 지하철 역사에서 마지막으로 보았던 그녀의 얼굴을 떠올렸다. 이런 날에는 그녀도 줄넘기에 몰두하고 있지 않을까. 나는 골목 귀퉁이에서 묵묵히 줄을 돌리는 그녀를 상상했다. 지구를 빗어났다 되돌아오는 그녀의 실루엣은 고독했고 그때서야 나는 우리가 고독을 나눠 가졌다는 것을 깨달았다. 우리 둘은 한때 우리였다가 이제 우리를 벗어나는 중이었으므로. 우리가 나눠 가진 고독의 무게 또한 비등할 것이었다. 한 번에 하나, 그렇게 계속하다 보면 이단뛰기가 가능해지고 언젠가 삼단뛰기도 능숙해지지 않을까. 하나, 하나, 하나. 줄은 공중에서, 바닥에서, 수시로 정지했다.

하나, 하고 뛰는 걸세. 뛰다 보면 10년이 가고 또 10년이 간다네.

나는 노인이 만들어 내는 가벼운 리듬을 우두커니 바라보았다. 1500이 아니라 하나. 하지만 그 하나가 언제쯤이면 100개에 닿고 1000개에 닿을 수 있을까.

그럼 1500개를 했다는 걸 어떻게 알아요?

1500개만 하고 안 하려고? 나중엔 2000개, 3000개도 할 수 있게 된다네.

모두들 줄넘기에 열심이었다. 축축한 달빛이 선글라스 표면에 부딪혀 반짝거렸다. 가만히 보고 있으면 콩콩 몸을 띄우며 달 쪽으로 조금씩 나아가고 있는 것도 같았다. 착시가 분명했지만 그래서 아름다웠다.

이 시간, 얼마나 많은 사람들이 줄을 돌리며 공중으로 뛰어오르고 있을까. 나는 한 번도 만나지 못한 사람들을 떠올렸다. 400년 전, 새끼줄을 휘휘 돌리며 줄을 넘는 사내나 서른 시간 넘게 줄넘기에 몰두했던 프랭크 씨, 줄을 넘고 기록하고 다시 줄을 넘어 보고 퇴고하는 구츠무츠 씨는 여전히 고독해 보였지만 나는 그들의 고독이 믿음직스러웠다. 한 번에 하나씩. 단일한 박자로 자신의 고독을 밀며 그들은 제 영역을 넓히는 것도 같았다. 일정한 리듬이 탁탁 전진하며 견고한 어둠을 한없이 가볍게 만드는 것도 같았다. 실눈을 뜨면 모두들 둥근 리듬 안에서 고요하고 평화로웠다.

그럴 수 있다면 나도 말해 주고 싶었다. 줄넘기가 절실히 필요한 누군가에게 나도 이곳에서 줄넘기를 하는 중이라고. 이 어둠 너머 얼마나 많은 사람들이 줄넘기를 시작하려 하고 있는지 눈을 감으면 바닥을 밀어내며 솟아오르는 그들의 발소리가 들릴 것도 같았다. 공원을 지나 그녀가 사는 골목을 지나 도시를 지나 바다를 건너면 사람들이 바닥을 치고 공중으로 도약하는 소리가 한꺼번에 거대한 리듬을 만들어 낼 것도 같았다.

이 정도면 얼마나 했을까요?

물으면 저쪽에서 대답이 건너왔다.

모르지.

나는 매일 조금씩 더 길어지는 하나를 체험하게 될지도 몰랐다. 수많은 하나로 나는 1500에 닿고 2000에 닿고 3000에 다다를지도 몰랐다. 그녀가 미리 까마득한 날들을 예상하지 않았다면 우리는 여전히 우리일 수 있었을까. 하지만 하나, 둘, 하지 않고 하나, 하나, 하는 데에는 나도 연습이 필요할 터였다. 나는 노인을 곁눈질했다. 줄넘기가 혼자서 완벽해질 수 있는 운동이라면 다들 최초로 줄을 넘어선 기억을 가지고 있을 거였다. 나는 사람들의 어두운 사연을 짐작하면서 캄캄한 공중으로 힘껏 도약했다.

와와의 문

와와는 베트남 사람이었다. 말레이시아 사람이었나. 아니, 미얀마 사람이었을 것이다. 어쨌든 우리나라 사람은 아니었다. 나는 와와를 강의실에서 처음 만났다. 몇 차례 자리를 옮기고 책을 펼치고 고개를 숙이고 있을 때 누군가 다가와 어깨를 톡톡 쳤다.

하이.

와와였다.

와와는 체구가 작고 나이가 많은 여자였다. 긴 머리를 하나로 묶고 있었는데 자세히 보면 머리숱이 거의 없었다. 천진한 표정과 수줍은 듯 두 손을 모은 자세 때문에 나는 반사적으로 하이, 했고 곧바로 자책했다. 조금 더 상냥하게 인사할 수도 있었다는 후회가 들어서였다. 수업이 시작되고 얼마 지나지 않아 나는 와와가 영어를 잘 못한다는 사실을 알아차렸다.

캐나다인 강사 제임스는 들어오자마자 수강생들의 이름을 하나씩 확인했다. 와와는 자신의 이름을 두 번이나 반복해야 했다. 와와 와와. 그런 후에야 사람들은 와와가 이름이라는 사실을 알아차렸다. 제임스는 자신이 와와의 나라에서 태어났다면 '제임스제임스'라는 이름을 갖게 되었을 거라고 농담했지만 와와는 어리둥절한 얼굴로 웃기만 했다. 못 알아들은 게 틀림없었다.

그게 아니라도 와와는 알아듣지 못하는 말이 많았다. 우선 수업이 시작되기 전에 수강생들끼리 하는 한국말을 알아듣지 못했다. 겨우 고개만 까닥하는 식으로 인사만 했던 사람들은 며칠이 지나자 날씨 이야기를 주고받거나 자신이 알고 있는 학원 정보를 나누면서 어떻게든 서먹서먹한 분위기에서 빠져나오려 애썼다. 와와는 고개를 이리저리 돌리며 말하는 사람의 얼굴을 쫓아다니곤 했다. 눈이 마주치면 하얀 이를 드러내고 웃었다. 나도 몇 번이고 눈이 마주친 적이 있었지만 다른 사람들처럼 잠깐 웃어 주는 것밖에 달리 할 수 있는 게 없었다. 그런 때 와와는 어색한 분위기 속에 발을 담그고 가만히 혼자 서 있는 것 같았다.

수업이 시작되고 모든 사람이 다 영어로 말할 때도 크게 달라지는 건 없었다. 와와의 발음은 악센트가 너무 강하거나 비음이 섞여 있거나 모국어로 굳어진 습관과 버릇 같은 것들로 대체로 낯설고 이상했다. 사람들은 같은 질문을 여러 번 해야 했고 와와는 같은 말을 똑같이 반복해야 했다. 가끔 와와가 무슨 말을 하고 있는지 알 것 같은 기분이 들었지만 나 역시 고개를 끄덕이고 말았다.

한번은 와와 곁에 선 제임스가 이런 말을 소곤거렸다. 수강생들이 조그마한 그림 카드를 들고 자리를 바꿔 가며 여러 사람과 대화를 나눌 때였다.

와와, 말을 해야 해. 그래야 실력이 늘어.

와와는 말수가 적은 편이었다. 그게 서툰 영어 실력 때문인지 낯선 환경 탓인지 알 수 없었지만 와와는 그때도 별다른 말이 없었다. 제임스가 검지를 세우고 질책하듯 말했기 때문에 어쩐지 나는 조마조마한 심정이 되었다. 그러나 와와는 고개를 끄덕일 뿐이었다. 잠깐 두 손을 하나로 모으고 무슨 말을 하려고 하는 포즈를 취했지만 언제나처럼 웃기만 할 뿐 아무 말도 하지 않았다.

수업은 늘 5분에서 10분 정도 늦게 끝났다. 나는 가방을 챙겨 서둘러 나오는 편이었지만 그날은 두고 온 우산을 찾으러 가느라 조금 늦어졌다. 엘리베이터에 타고 보니 거기 와와가 서 있었다. 나는 간단히 눈인사를 한 뒤 문 쪽을 바라보며 섰다. 문이 열렸고 한꺼번에 많은 사람들이 내렸고 마지막으로 엘리베이터를 빠져나왔다. 와와는 보이지 않았다. 딱히 할 말도, 용건도 없으면서 나는 크고 넓은 1층 로비를 두리번거리다가 건물을 나왔다. 비가 내리고 있었다. 막 우산을 펼치려는데 저 멀리 와와가 보였다. 우산도 없이 한쪽 어깨에 커다란 가방을 메고 빗속을 걸어가고 있었다.

그때 왜 와와를 불렀는지 모르겠다. 어차피 그쪽으로 지나가야 하니까. 혹시라도 우산을 쓰고 지나가는 나를 본다면 내 입장이 좀 난처해질 것 같았다. 빗줄기가 거세지고 있어서 걱정스러운 마음도 들었다. 와와. 도로를 질주하는 차들이 내 목소리를 잘라먹었다. 와와. 나는 재게 걸었다. 사람들이 재미있다는 듯 나를 흘끔거리고 지나갔다. 점심 무렵이라 직장인도, 음식을 배달하는 오토바이도 많았다. 내 목소리는 점점 더 커졌다. 와와는 듣지 못하는 것 같았다. 버스 정류장 어딘가에 서 있었던 것 같은데 도착하고 보니 가고 없었다.

어제 널 불렀는데 돌아보지 않더라.

다음 날 와와에게 말했다. 무작위로 두 명씩 짝을 지어 어제 무엇을 했는지 묻고 답하는 시간이었다. 나는 우산을 쓰고 가는 시늉을 하며 같이 쓰고 가려고 했다고 말했다. 와와는 환하게 웃으며 고맙다고 했다. 다행히 버스가 빨리 왔고 정류장과 집이 가까워 비를 많이 맞지 않았다고도 했다. 우리는 이 모든 이야기를 영어로 했는데 아주 기본적인 단어 몇 개면 충분했다. 신기했다. 평소 뭐 하러 이렇게 많은 단어를 동원하고 있는지 의아할 지경이었다.

그즈음 나는 밤마다 인터넷을 뒤지고 오래된 다큐멘터리를 찾고 그걸 보면서 맥주를 마셨다. 맥주가 떨어지면 어두운 골목을 걸어가 맥주를 더 사 왔다. 그런 일이 반복되면서 가까운 편의점을 두고 더 멀리 있는 편의점까지 걸어가야 하는 날도 있었다. 야밤에 편의점을 지키는 알바들은 기억력이 좋았다. 가끔씩 그들이 내 뒤통수에 대고 게으르다거나 한심하다거나 별 볼 일 없다거나 그런 유의 말들을 뇌까린다고 생각하면 술이 다 깨는 기분이었다. 내일은 더 멀리까지 가야지. 돌아오는 길에 늘 그런 다짐을 했지만 지켜지는 날은 손에 꼽을 정도였다.

네르바의 네 식구는 거대한 쓰레기장에서 하루를 보냅니다.

내가 보는 다큐는 주로 태어날 때부터 가난해서 제대로 된 교육을 받지 못하고 할 수 없이 어린 나이에 일을 시작하고 결혼을 하고 어쩌다 애를 많이 낳고, 그러는 동안 건강을 잃고 그럼에도 대식구를 먹여 살리기 위해 단 하루도 쉴 수 없어 아무 일이나 닥치는 대로 하는 사람들의 이야기였다. 다리가 하나 없거나 팔이 하나 없거나 태어날 때부터 코가 없거나 눈이 안 보이는 사람들도 있었다. 사정은 어디나 크게 다르지 않아서 다큐를 보다 보면 피부색이나 국적, 배경 같은 것들만 교묘하게 뒤섞어 합성한 것처럼 보였다. 아니, 궁핍이나 허기 같은 것들은 모든 사람들을 다 비슷비슷하게 만들어 버리는지도 몰랐다. 그것들은 엄청난 기세로 대륙을 가로지르고 산맥을 넘고 바다를 건너고 아무 집에나 불쑥 쳐들어가 죽지 않고 거기서 계속 살았다.

미안하죠. 너무 미안해요. 어떻게 미안하지 않을 수 있겠어요.

다큐 속에서 사람들은 경쟁이나 하듯 제 부모에게 자식에게 형제에게, 이웃이나 동료에게, 심지어 죽은 사람에게까지 항상 그렇게 사죄했다. 미안한 일이 너무 많아서 미안하다는 말조차 할 수 없다는 그들의 처지는 안쓰러웠지만 때때로 너무 무능해 보여서 화가 났다. 먹고살기 힘들다고 툭하면 흐느끼면서도 서로를 옭아매고 주거니 받거니 서로의 노동력과 기회와 인생 같은 걸 착취하거나 낭비하고 있다는 생각이 들어서였다. 서로가 서로를 위해 희생한다고 하지만 그게 다 같이 망하자는 게 아니고 뭔가. 나는 따져 묻듯 중얼거리며 사 온 맥주를 차례로 비웠다. 맥주를 다 비우면 또 어느 틈엔가 마음이 물렁해져 화면 속에 시선을 고정한 채 바보처럼 훌쩍거리곤 했다.

며칠 뒤 수업을 마치고 나는 와와와 함께 큰길 쪽으로 걸었다.

한여름은 지났지만 낮에는 여전히 햇살이 따가웠다. 와와는 한 손을 이마에 훌린 채 해를 가렸다. 그때마다 손목에 끼워 넣은 알록달록한 팔찌들이 찰캉찰캉 부딪혔다. 나는 보폭을 맞춰 걸으며 미리 봐 둔 식당이 있는데 여기에서 멀지 않다고 말했다. 와와는 걷는 데는 자신 있다고 했고 이 정도쯤은 아무것도 아니라고 했다.

우리가 간 곳은 육수가 진하고 담백한 국숫집이었다. 점심시간이라 식당은 붐볐다. 우리는 입구에 서서 누군가 우리를 발견해 주길 기다려야 했다. 쟁반을 든 종업원들이 몇 번이고 우리를 그냥 지나쳐 갔다. 나는 벽에 걸린 커다란 메뉴판을 가리키며 와와를 돌아다보았다. 와와는 어리둥절한 얼굴로 사람들을 피해 벽에 붙어 서 있었다. 뭘 먹겠느냐고 물어보려 했는데 문득 오래전에 너희 나라를 여행한 적이 있다고 말하고 싶어졌다.

그때 정말 맛있는 국수를 먹은 적이 있어.

밤이었고 좌판들이 늘어선 골목길에 여행객과 현지인이 뒤섞여 이리저리 오가고 있었다. 낮 동안 뜨거웠던 열기가 한풀 꺾였는데도 간이 의자에 앉아 한 손에 그릇을, 한 손에 젓가락을 들고 국수를 먹는 동안 땀으로 온몸이 다 젖었다. 사흘간 거의 아무것도 먹지 못했을 때였다. 장염이었나. 식중독이었나. 아무튼 뭐든 먹으면 곧장 구토가 치밀었다. 40도를 오르내리는 날씨에 미지근한 물만 먹고 여기저기를 쏘다니느라 체력이 바닥난 상태였다.

민소매 차림의 현지 남자들이 엄지손가락을 세워 보이며 굿? 굿? 물어봤어. 굿, 정말 굿이라고 말해 줬지. 나는 내 그릇에 국수를 조금씩 덜어 주던 정을 떠올리고 있었다. 정의 얼굴이나 표정은 거의 남아 있지 않고 주홍색 가로등 불빛을 뒤집어쓴 것 같은 정의 어둑어둑한 실루엣만 또렷하게 생각났다.

그때 파치를 처음 먹었어. 파치, 파치 말이야.

파치가 고수라는 건 나중에 알았다. 고약한 향이 나는 풀 말이다. 처음엔 향이 역했는데 언젠가부터 나는 그걸 아무렇지도 않게 먹게 되었다. 와와는 한참 만에 그 말을 알아듣고 반가워했다.

국물이 시원하고 맑았어. 면도 부드럽고. 가격도 저렴했는데 정말 맛있었어.

사실 그런 건 내가 하고 싶은 이야기가 아니었다. 나는 다른 이야기를 하고 싶었다. 생각해 보니 그건 이제껏 누구에게도 하지 않은 이야기였다. 정과 나는 5년을 만났고 아르바이트를 해서 함께 여행을 떠나기로 했는데 나는 돈을 거의 모으지 못하고 정이 여행 경비를 거의 다 부담했고 그래서 나는 여행 내내 사소한 것에도 짜증을 냈다는 이야기를 털어놓고 싶었다. 그땐 어려서 늘 어린애같이 굴었다고 생각했는데 지금도 별로 달라진 건 없어서 얼마 전 정이 큰 수술을 한다는 이야기를 전해 들었을 때도 망설이기만 하다가 문자도, 전화도 하지 못했다고 이야기하고 싶었다. 그러나 다시금 내가 하고 싶은 건 그런 식으로 요약되고 간추려진 이야기가 아니라는 생각이 들었다. 나는 고집스럽게 국수 이야기만 했다.

와와가 국수를 먹지 못한다는 건 한참 뒤에 알았다. 회사원들이 빠져나가고 빈 테이블을 차지하고 앉았을 때 메뉴판을 보던 와와가 놀란 듯 말했다.

난 고기를 먹지 않아. 종교 때문에.

힌두? 라고 물었지만 와와는 고개를 저었다. 그게 아니라는 뜻인지 내 말을 알아듣지 못한 것인지 알 수 없었지만 더 묻지 않았다. 대안을 생각해 둔 게 없었으므로 일단 국숫집에서 나와 함께 걸었다. 떨어진 은행 열매들이 터져 악취가 진동했다. 와와는 나처럼 은행 열매를 피해 조심조심 걸었다. 대로변까지 나왔는데도 딱히 어디로 가야 할지 알 수 없었다. 그즈음 나는 끼니마다 혼자 밥을 먹었고 그마저도 대부분 집에서 대충 해결하고 있었다.

너 저 사람들 아니?

횡단보도에 나란히 서서 신호를 기다리고 있을 때 와와가 물었다. 몰라서 묻는 것인지, 아는 걸 확인하려고 묻는 것인지 알 수 없었지만 나는 고개를 끄덕였다. 와와가 중얼거렸다.

정말 슬픈 일이야.

사람들은 천막을 세워 놓고 그곳에서 밥도 먹고 잠도 잤다. 1년 내내 사람들로 붐비는 서울 한가운데서 그들은 종일 피켓을 들고 서 있거나 서명을 받거나 행진을 하거나 인터뷰를 하고 때로는 천막 한가운데 멍하니 서서 천천히 지나가는 계절을 내다봤다. 나도 몇 번 그 앞을 지나간 적이 있었다. 어쩐지 구경하고 있는 기분이 들어 나는 늘 빠르게 그곳을 지나치곤 했었다. 와와는 천막 주변에서 눈을 떼지 못한 채 이렇게 물었다.

저 사람들이 지금 뭐라고 하는 거야?

한 무리의 사람들이 목소리를 높이고 있었다. 그들의 목소리는 크고 또렷해서 누구나 그 말을 정확하게 들을 수 있었다. 그런데 막상 뭐라고 번역해야 좋을지 알 수 없는 기분이 되었다. 어려운 말도 아닌데. 마음만 먹으면 아주 쉬운 몇 개의 단어로도 충분했다.

글쎄. 잘 모르겠어.

한참을 고민하고 나는 겨우 그렇게 대답했다.

우리는 근처 베이커리로 들어갔다. 나는 햄과 치즈를 듬뿍 넣은 샌드위치를 주문했고 와와는 플레인 베이글을 골랐다. 커피 두 잔이 먼저 나왔다. 사실 나는 와와에게 묻고 싶은 게 있었다. 지난번 수업 시간 때 와와가 한 이야기 때문이었다. 서로의 출신을 묻고 답하는 연습을 할 때 와와는 제임스에게 자신의 고향을 밝혔다.

아, 거기. 나도 알아. 큰 지진이 난 곳이잖아.

제임스가 그렇게 말하지 않았다면 나도 그냥 지나쳤을 게 분명했다. 와와는 그곳이 자신의 고향이며 1년 전에 거길 떠나왔다고 말했다.

많은 사람들이 죽고 다쳤잖아. 그렇지?

제임스가 알은체를 하면 와와는 고개를 끄덕였다. 그러니까 나는 그 이야기를 조금 더 듣고 싶었다. 내가 무슨 일을 하는지 말하는 게 도움이 될까, 안 될까 망설이다가 적당히 둘러댔다. 글을 써야 하는데 사실 뭘 해야 할지 잘 몰라 밤에는 맥주를 마시고 낮에는 거리를 쏘다닌다는 이야기였다. 와와는 먹기 좋게 빵을 찢으며 반색했다. 반은 알아듣고 반은 알아듣지 못한 눈치였다. 와와의 손은 작고 마르고 검었다. 나는 냅킨과 물티슈를 가져와 테이블 모서리에 놓아두었다. 내가 샌드위치를 다 먹어 갈 때쯤 와와가 입을 열었다. 와와가 아무런 말이 없어서 나는 샌드위치를 하나 더 먹을까 고민하는 중이었다. 먹고 또 먹고 자꾸 먹어도 허기가 가시지 않았다.

우리 집에는 선풍기가 있었어.

와와가 말했다. 자기네 나라 말로 선풍기라는 단어를 말했기 때문에 나는 얼른 알아듣지 못했다. 와와가 손가락을 세워 테이블 위에 대충의 모양을 그린 다음에야 그게 선풍기라는 걸 이해했다. 아, 선풍기. 알은체했지만 그건 이제껏 내가 한 번도 본 적이 없는 선풍기였다. 선풍기구나, 짐작한 것만도 대단한 일이었다. 그냥 팬이라고만 말했다면 난 전혀 엉뚱한 걸 상상했을 게 분명했다.

10년 전에 우리 가족은 그걸 중고 시장에서 아주 싼 가격에 샀어.

와와는 환하게 웃었다.

와와, 그날 그 마을에 있었던 지진에 대해서 이야기해 줄 수 있어? 내 질문은 그것이었다. 처음엔 와와가 내 질문을 제대로 알아듣지 못했다고 생각했다. 와와는 계속 선풍기 이야기만 했다. 뭘까. 가만히 귀를 기울이면 어김없이 선풍기 이야기였다. 이야기는 선풍기 주위를 맴맴 돌다가 한두 걸음쯤 벗어났다가 강력한 탄성이 붙은 것처럼 되돌아오곤 했다. 때문에 이야기의 온도는 차가워지지도 뜨거워지지도 않고 쾌적하다 싶은 정도로만 이어지다 말다 했다.

언젠가 그 선풍기 목이 부러졌었어. 내가 발로 선풍기를 만지지 말라고 했는데도 말을 듣지 않았어. 내 남편 말이야. 그 사람은 성격이 급하고 손발이 컸거든.

와와는 남편과의 사이에서 세 아이를 두었다고 했다. 열아홉이 되던 해 남편을 만나 결혼하고 3년 터울로 내리 세 아이를 낳은 거였다. 그의 남편은 군인이었고 와와는 간호사였는데 어느 날 남편이 그곳으로 발령이 났다고 말했다. 그곳. 지진이 난 지역이었다. 와와는 그 지역에서 20년을 살았다고 했다. 무엇보다 날씨가 너무 좋았다고 말하며 와와는 환하게 웃었다.

나는 그때 당시의 모습을 어느 기사에서 본 적이 있었다. 길 한 가운데가 입을 벌린 듯 찢어져 있고 집과 자동차들이 그 속으로 빨려 들어가 있던 모습이 생각난다. 구부러진 철로와 집 밖으로 쏟아져 나온 온갖 잡동사니 위로 커다란 나무들이 쓰러져 있던 장면도 생각난다. 취재와 보도를 목적으로 전 세계의 언론사들이 신속하게 그곳으로 모여들었지만 어쨌든 지진이 지나간 다음이었다. 아무리 빨라도 모든 기사와 보도와 기록은 지진 후에 가능했다. 와와는 당시 그 지진과 함께 그 마을에 있었던 사람이었다. 지진이 거기 있을 때 그것을 몸으로 느낀 사람이었고 그건 내가 아는 사람 중 와와가 유일했다.

와와는 자신의 집 구조를 설명하는 데는 오래 공을 들였다. 한참 만에 나무로 만든 거실에 늘 먼지가 떠다녔다는 이야기를 했고 그게 목이 부러진 선풍기 때문이었다는 이야기를 하면서 와와는 또 웃었다. 다시금 선풍기 이야기였다. 가끔씩 와와의 이야기가 내 질문으로부터 너무 멀리까지 갔다는 생각이 들면 나는 이런 이야기를 하고 싶어졌다. 정에 관한 이야기였다. 혹은 정에 관한 이야기처럼 어디에서도 누구에게도 단 한 번도 꺼내 본 적이 없는 이야기였다. 그날 나는 정을 만나러 갈 생각이었다. 그날은 꼭 가야겠다고 생각했다. 그 생각을 너무 많이 해서 내가 그곳에 갔다 왔나 하는 착각이 생길 정도였다. 그러나 또 조금 지나면 그런 건 내가 하고 싶은 이야기가 아니라는 생각이 들었다.

와와는 남편에 대한 이야기를 했다. 아니, 듣다 보니 그건 와와의 남편이 만든 조그마한 나무 의자에 관한 이야기였다. 선풍기 이야기를 하고 있었는데 언제 나무 의자로 옮겨 갔는지 알 수 없었다.

남편은 부지런하고 손재주가 좋은 사람이었어.

와와의 남편이 죽었다는 건 시간이 더 지난 후에 알았다. 지진이 찾아온 그날, 와와의 남편은 거실에 비스듬히 누워 텔레비전을 보고 있었다고 했다. 나는 순간적으로 뉴스나 신문에서 봤던 기사들을 떠올렸던 것 같다. 그러나 와와의 남편은 지진 때문에 죽은 것이 아니었다. 와와는 그런 게 아니라고만 했다. 그런 뒤 잊고 있었다는 듯 다시 선풍기 이야기를 하거나 남편이 만든 나무 테이블을 공들여 설명하곤 했다. 그럴 때 와와는 자신이 어디를 디뎌야 하는지 잘 아는 것 같았다. 자칫하다 미끄러지거나 한쪽 발이 빠지지 않도록 깊고 어두운 웅덩이 주변을 조심조심 걷고 있다는 생각이 들었다.

이런 의자와 비슷하지?

나는 내가 앉은 의자를 가리키며 물었다. 잠자코 듣기만 하는 건 어쩐지 예의가 아닌 것 같아서였다. 누군가 말할 땐 언제나 적당한 리액션이 필요하고 나는 대체로 그런 걸 잘 못하는 편이었다.

그래서 더 들을 수 있던 이야기를 듣지 못하고 하지 않아도 좋은 말들을 해야 하는 경우가 생기곤 했다.

아니, 등받이가 없었어. 네모나고 길쭉했어.

그럼 저런 벤치 같은 거구나.

나는 창밖을 가리키며 말했다.

아니, 저런 것과는 좀 달랐어.

와와는 아니라고만 했다. 아니라고, 네가 말하는 그런 게 아니라고. 와와의 남편이 만든 의자가 어떤 것이었는지 알고 싶었지만 이야기를 나눌수록 의자의 형체는 점점 희미해지더니 나중엔 아예 보이지 않게 되었다.

잘 모르겠어.

결국엔 내가 미안한 표정을 지어야 했다.

괜찮아. 괜찮아.

와와는 그게 당연하다는 듯 아무렇지 않게 웃은 다음 남은 커피를 다 마셨다. 집으로 돌아오면서 오후 내내 질문과 관련 없는 엉뚱한 이야기만 듣고 왔다는 생각이 들었다. 다음에는 그날에 대한 정확한 이야기를 들어야지 결심했지만 다음에도 크게 달라진 건 없었다.

너는 혼자 사니?

며칠 뒤 와와가 물었다. 우리는 지난번처럼 그 베이커리에 앉아 있었다. 창밖으로 계절이 지나가고 있었다. 가을이라 할 만한 빛깔과 공기 같은 것들이 먼 쪽으로 물러나고 있었다. 나는 대학에 진학한 후부터 혼자 살았고 여섯 번 이사를 했고 내 고향은 서울이 아니고 기차를 타고 서너 시간을 가야 한다는 이야기를 했다. 와와가 하는 질문 중엔 이상한 것도 많았지만 나는 성실하게 답했다. 이를테면 너는 주로 뭘 먹니? 같은 질문이 그랬다. 밥을 먹어. 밥, 밥, 알지? 아무래도 영어였기 때문에 우리의 대화는 비스듬히 어긋나거나 아귀가 딱 맞아떨어지지 않을 때가 많았다. 우리는 한동안 호구조사 같은, 혹은 심문하는 것 같은 질문과 대답을 주고받았다. 그런 대화는 같은 자리에 서서 크고 단단한 벽에 공을 던지고 받는 것 같았다. 공을 아무리 던져도 벽엔 흠집 하나 생기지 않고 공은 늘 던진 자리로 되돌아왔다.

그날 이야기를 좀 해 줄 수 있어?

나는 다시 물었다. 오래된 선풍기와 디딜 때마다 삐걱삐걱 소리가 나던 거실, 남편이 만들었다는 의자 같은 거 말고 네 발밑에서 올라오던 선명하고 낯선 감각에 대해 이야기해 보라는 뜻이었다. 고요한 풍경을 찢고 가르고 튀어나온 눈에 보이지 않는 것들이 어떻게 일상을 뒤바꿔 놓는지, 무너지는 어느 오후의 길 위에서 무엇을 놓치고 잃어버렸는지, 순식간에 몸집을 불린 감정들이 어떤 자국과 얼룩을 남기고 지나갔는지 나는 알고 싶었다. 그런 것들이 내 예상과 짐작에서 멀지 않다는 걸 확인하고 싶었고 그런 순간엔 뭔가 쓸 수 있을 것 같은 기분이 들었다. 그건 내가 다큐를 볼 때마다 느끼는 것이었는데 내가 끌어안고 있는 어떤 시간들이 가벼워지는 느낌이었다. 확실히 그 잠깐 동안은 모든 게 괜찮아졌다.

맞아. 그렇지.

다행히 와와는 자기방어가 강하지 않은 사람이었다. 사소한 이

유로 다른 누군가에게 적개심을 품을 것 같지 않았고 잠이 들기
전에 누군가 한 말을 요리조리 돌려 보면서 숨은 의도 같은 걸 찾
아내려 하지도 않는 것 같았다. 와와는 다른 빈 의자들도 많은데
하필이면 우리 테이블에 와서 의자를 가져가겠다는 남자에게도
흔쾌히 고개를 끄덕여 줬다. 함께 있는 동안 나는 그런 비슷한 장
면을 많이 봤다. 그런 모습을 보는 건 기분 좋은 일이었다. 와와는
그날의 이야기를 했다.

그날은 날씨가 정말 좋아서 만두를 만들 계획이었어.

와와는 공중에 열 손가락을 펼치고 꼼지락거렸다. 눈부신 햇살
을 표현한 것이었다. 그런 다음 시장에서 재료를 구입하고 생선 살
을 다지고 채소를 데치고 그것들을 커다란 양푼에 넣어 비비고 으
깨고 하느라 오후가 다 가 버렸다고 설명하는 데에 긴 시간이 걸
렸다. 알고 보니 그건 그날의 이야기가 아니라 며칠 전 이야기였다.
만두를 떠올리다 보니 며칠 전 일이 생각난 모양이었다. 이야기는
또 다른 쪽으로 흘러갔다.

그 만두가 정말 맛있었거든. 너무 맛있어서 그걸 다 먹었어. 식
구들이. 그 많은 양을 다 먹고 배탈이 났어. 막내가 말이야.

와와는 한밤중에 슬리퍼를 신고 약국으로 뛰어갔다고 했다. 문
이 닫혀 있어서 그 앞에서 문을 두드리며 두 시간 넘게 서 있었다
고 말했다. 그 동네에는 약국이 거기 딱 하나밖에 없었고 그 약사
는 그날 집이 무너지는 바람에 지붕에 깔려 죽었다고 와와가 말했
을 때 나는 좀 놀랐다. 그런 말이 나올 거라고는 전혀 예상하지 못
했기 때문이었다. 나는 뉴스에서 그런 장면을 봤다고 말했다.

어떤 장면?

와와가 물었나. 나는 길이 갈라지고 집이 무너지고 가로수가 뽑히고 전봇대가 쓰러진 풍경을 두서없이 묘사했다. 와와의 얼굴에서 웃음기가 가셨다. 그건 내 착각일지도 몰랐다. 와와가 말했다.

아니. 그런 게 아니야. 그렇지는 않았어.

그럼 어떤 것이었어? 어떻게 죽은 건데?

와와는 테이블 여기저기를 매만지며 말이 없었다. 그러다 문득 한국에 와서는 만두를 거의 먹지 못한다는 말을 했다. 언젠가 야채 만두를 사 먹은 적이 있는데 고기가 섞여 있는 걸 발견한 후로 어떤 만두를 먹어도 고기 냄새가 가시지 않는다는 것이었다. 그런 뒤 화가 난다는 듯 목소리를 높였다. 만두 가게에 대한 분노거나 속았다는 것에 대한 울분이라고 여겼는데 그게 아닐 수도 있다는 생각이 나중에 들었다. 사실 와와가 많은 말을 한 것도 아니었다. 수화를 하는 사람처럼 이리저리 손을 움직이고 모르겠다는 듯 고개를 저은 게 대부분이었다. 조용하고 조심스러웠지만 어쩐지 소란스럽고 어수선해 보이는 그 모습을 나는 참을성 있게 지켜보았다. 그러나 겨우 와와를 충동질하고 지나가는 어떤 기미나 조짐 같은 걸 엿본 게 전부였다.

사실 나도 종종 그런 충동을 느낄 때가 있었다. 그런 충동은 언제나 와와가 내 말을 결코 알아듣지 못할 거라는 확신과 함께 왔다. 뭐랄까, 안전하다는 생각이 들었다. 우리는 둘 다 영어를 잘 못하고 와와는 한국말을 잘 못하고 나는 와와의 모국어를 모르니까. 우리는 서로의 문을 어떻게 열고 들어가야 하는지조차 모르는 셈이었다. 그럴 땐 내가 디디고 선 견고하고 단단한 것들이 천천히 흔들리고 저 아래에서 뭔가 뜨거운 것들이 움직이고 요동치고 솟구치는 게 느껴졌다. 아주 멀고 깊은 곳에서 어떤 것들은 언제나 사라지지 않고 살아 있었다. 그 순간엔 그걸 분명히 알 수 있었다.

그러나 와와도 나도 아무 말도 하지 않았다. 몇 차례 숨을 내쉬고 들이쉬다 보면 충동 같은 건 지나가고 없고 내가 분명히 감지했던 사소한 진동과 파동 같은 것들도 거대하고 단단한 일상 속으로 되돌아가 버린 뒤였다.

이제 없어. 그건 거기 없어.

와와는 딱 한 번 지진에 대해 그렇게 더 이야기하고 말았다. 그건 선풍기에 대한 이야기일 수도, 테이블에 대한 이야기일 수도, 만두를 만들었던 어느 저녁에 대한 이야기일 수도, 어쩌면 내게는 한 번도 말하지 않은 어떤 것에 대한 이야기일 수도 있었다. 어쨌든 그 말 너머에는 서서히 진동하는 땅이 있고 휘청거리는 건물이 있고 허물어지는 거리 위에서 무너지지 않으려고 허리를 곧게 펴고 의자에 앉은 와와가 있었다. 나는 그런 생각을 했다. 한 번 더, 또 한 번 더, 대답을 들을 때까지 묻고 또 묻고 싶었지만 하지 못했다. 어쩔 수 없이 또 잊을 만하면 찻잔이 떨리고 벽이 흔들리고 견고한 일상을 비집고 뭔가가 튀어나올 것 같은 아슬아슬한 순간들이 있다는 것을 와와의 입을 통해서는 확인할 수 없겠다는 생각이 들어서였다.

한 달이 다 되도록 와와도 나도, 다른 수강생들의 영어 실력도 늘지 않았다. 강의실에서 나누는 대화도 언제나 비슷했다. 월요일이 되면 주말에 서로 뭘 했는지를 물었고 나는 매번 맥주를 마신다는 말을 할 수가 없어서 뭔가 특별한 일을 만들어 내야 했다. 나중엔 금방 어떤 말을 해 놓고도 무슨 말을 했는지 잊어버리곤했다.

너는 지난 주말에 무엇을 했니?

한번은 그런 질문을 받고 정의 병원에 갔다고 말해 버렸다. 그런 말을 하려고 한 게 아닌데 그 말이 불쑥 튀어나왔다. 이어 다른 말이 또 다른 말이 차례로 따라 나왔다. 그러는 동안 나는 정을 생각하고 있었다. 진짜는 그것뿐이었다. 다른 많은 진짜들은 멀리에, 그 너머에, 내 말이 닿을 수 없는 곳에, 그래서 어떻게 말해야 할지 모르는 어떤 곳에 있었다. 어쩌면 그 아득한 거리 때문에 늘 진짜처럼 느껴지는지도 몰랐다.

정말이니?

다른 사람과 이야기하던 와와가 돌아보았다. 나는 아무 말도 안했다. 그냥 늘 와와가 그랬던 것처럼 웃고 말았다. 그리고 집에 돌아와 맥주를 마시며 글을 썼다. 와와가 내게 들려주었던 선풍기와 만두와 테이블에 관한 이야기였다. 그건 여기에 없고 저 아래 고요히 숨죽이고 있는 어떤 지진에 관한 것이었다. 적어도 쓰는 동안에 나는 그것이 와와의 것이라는 생각을 놓치지 않으려고 애써야했다.

넌 왜 아무 말도 하지 않는 거야?

와와는 매일 빠지지 않고 학원에 나왔다. 제임스는 하루도 거르지 않고 와와를 나무랐다. 처음엔 곁에 서서 소곤거리는 정도로

만 말했고 시간이 지나자 다른 수강생들이 다 들을 정도로 큰 소리를 냈다. 장난 같은 말투였지만 그런 일이 반복되자 와와는 당황스러운 기색이었다. 처음엔 대답을 생각하고 있었다거나 말하려고 노력 중이라며 더듬더듬 변명이라도 했는데 어느 날 보니 와와는 제임스와 눈도 마주치지 않고 바닥의 한 지점을 골똘히 노려보고 있었다. 전에 없던 일이었다. 제임스는 빙글빙글 웃으며 몇 마디를 더 보탰다.

넌 왜 여기 있는 거야? 넌 왜 아무 말도 하지 않는 거야? 넌 언제까지 입을 다물고 있을 거야?

좀 지나치다 싶었지만 나는 다른 사람들처럼 그 광경을 가만히 지켜만 보았다. 와와는 가방을 챙겨 그대로 강의실을 나가 버렸다. 잠깐 눈이 마주쳤는데 화가 난 사람이라기보다는 어딘가 불편한 사람 같았다. 부끄럽고 황당하고 기운 없는 여러 개의 감정들이 한데 뒤섞인 표정은 쉽게 읽히지 않았다. 수업이 끝나고 나는 와와가 대답하지 않고 그대로 안고 가 버린 몇 개의 질문들을 알게 되었다. 너의 가족은 몇 명이니? 너는 누구와 사니? 너의 남편은 무슨 일을 하니? 너는 이번 휴가에 무엇을 할 거니? 너는 어떤 날씨를 좋아하니? 너의 아이들은 몇 명이니? 너는 무슨 공부를 했니? 너는 혹은 너의 가족은, 으로 시작되는 수많은 질문 중 무엇이 와와를 망설이게 하고 머뭇거리게 만들었는지 찾고 싶었지만 그건 어려운 일이었다.

다음 날 나는 마지막으로 와와를 만났다. 수업을 마치고 나오는데 건물 입구에 서 있는 와와가 보였다. 나와 눈이 마주치자 와와는 얼른 다가와 알은체를 했다. 내내 나를 기다린 모양이었다. 나는 멀리까지 가지 않고 학원 근처 카페로 와와를 데려갔다. 글을 보낸 지 얼마 되지 않았는데 벌써 원고료가 들어와 있었다. 커피 두 잔을 주문했고 내가 계산을 했다. 커피를 반쯤 마신 후 와와는 입을 열었다. 제임스에 관한 이야기였다. 혹시나 했지만 이번에도 내 기대나 바람을 한참 비켜 간 이야기였다. 나는 아무 내색도 하지 않고 와와의 이야기에 귀를 기울였다.

그래. 나도 제임스가 무례하다고 생각했어.

제임스의 이름을 말해 놓고 어떻게 말해야 할지 모르는 와와 앞에서 그렇게 거들기까지 했다. 와와는 매일 수업에 가는 것이 너무 힘들다고 털어놓았지만 포기하고 싶지 않다고 선을 그었다. 그런 다음 제임스의 수업 방식이 나쁜 것만은 아닌데도 어떤 날에는 자신이 아무것도 모르고, 아무것도 못 하는, 외국의 늙은 여자라는 생각이 머릿속을 떠나지 않아 화가 난다고 말했다. 집에 돌아오면 왜 아무 말도 못 했을까 스스로를 자책하는 게 싫다고도 말했다. 와와의 말은 두서없이 이어지다 말다가 했다. 나는 내내 식은 커피 잔을 매만지고 남은 커피를 내려다보았다. 모르겠다. 그때처럼 와와가 많은 말은 한 적은 없었는데 나는 예의를 차리듯 와와의 얼굴을 한 번씩 바라보고는 이내 창밖으로 시선을 돌리고 카페 안을 오가는 사람들의 뒷모습을 이리저리 구경하게 됐다.

너 내 말을 이해하니?

와와가 물으면 얼른 고개를 끄덕였지만 뜨끔했던 기분은 금세 또 사라지고 없었다. 나는 커피 한 잔씩을 더 주문해 왔다. 말이 그치면 일어나야지 했지만 와와는 어떤 낌새를 알아챈 사람처럼 서둘러 입을 열곤 했다. 커피가 다시 비어 갈 때쯤 나는 이렇게 말했다.

와와. 너는 정식으로 학원에 문제를 제기해야 해.

와와가 가진 건 아무도 알아듣지 못하는 자신의 모국어가 전부였다. 그걸 모르지 않으면서도 나는 한 번 더 말했다. 와와는 어리둥절한 얼굴로 나를 바라보았고 한참 만에 이렇게 되물었다.

그런 걸 내가 할 수 있을까.

와와의 질문은 내가 그런 걸 할 수 있다고 생각하느냐는 반문에 가까웠지만 나는 급한 일이 있는 사람처럼 가방을 챙기고 자리에서 일어났다. 와와가 내 눈을 빤히 올려다보고 있었다. 어떤 것들을 분명하게 확인한 눈빛이었다. 무언가 들켜 버렸다는 기분이, 뒤이어 들키고 싶지 않다는 생각이 차례로 따라왔고, 얼굴이 달아올랐다. 부끄러웠다. 일방적으로 인사를 하고 출입문을 밀고 나오기까지 오랜 시간이 걸리지 않았다. 그러지 말아야 한다고 생각했는데 문득 뒤돌아본 순간 다시금 눈이 마주쳤다. 순식간의 일이었다.

유리문 너머, 와와는 내 쪽으로 완전히 몸을 돌려세우고 앉아 있었다. 그리고 분명히 나를 향해 무슨 말인가를 하고 있었다. 입술이 빠르게 움직이는 것이 너무나 똑똑히 보였다.

그건 도움을 청하는 말이었을까.

애써 그런 쪽으로 짐작하려 했지만 와와의 낯선 표정과 굳은 얼굴, 검고 작은 눈동자를 채운 뜨겁고 위험한 기운 같은 것들이 자꾸만 생생하게 되살아났다. 그건 어떤 분노와 노여움처럼 느껴졌고 이중엔 나늘 향한 비난이나 질책처럼 여겨졌다. 내 귀로 확인하지 못한 와와의 말들을 상상하는 건 곤혹스럽고 불편한 일이었다. 그럼에도 한꺼번에 떠오른 추측과 억측들은 쉽사리 가라앉지 않았다.

목덜미를 타고 더운 기운이 얼굴로 번져 왔다. 나는 빠른 걸음으로 붐비는 거리 쪽으로 향했다. 끈질기게 따라붙는 감정들을 떨쳐내려고 그때부터는 뒤 한번 돌아보지 않고 걷기만 했다. 그러나 걷고 또 걸어도 어떤 순간들은 하나의 단어로, 문장으로 설명되지도, 끝까지 사라지거나 없어지지 않고 나를 꽉 붙잡고 있었다.

비눗방울맨

미안하다는 말은 사실 내가 할 말은 아니었다.

하고 보니 그런 생각이 들었다. 바람이 차가워졌다. 손이 시렸고 나중엔 손끝이 따끔거릴 정도였다. 내가 계속 케이스를 들고 다닌 탓이었다. 그 안에 철수가 있었다. 손잡이가 망가지기 직전이어서 무게중심이 자꾸 어긋났다. 그래도 더러운 바닥에 케이스를 내려 놓고 싶진 않았다. 나는 골목 안쪽을 힐끔거렸다. 거리를 메운 사람들 탓에 계속 떠밀리다가 우리는 어느새 이런 뒷골목에 서 있게 된 거였다.

일단은 근처 카페로 들어가 계속 이야기하기로 했다. 카페 안은 사람이 많아서 몹시 시끄러웠다. 나는 케이스를 테이블 아래로 밀어 넣고 잠깐 안을 들여다봤다. 철수와 눈이 마주쳤는데 녀석이 기습적으로 큰 소리를 냈다. 내보내 달라는 뜻이었다. 나는 케이스를 벽에 바짝 붙인 다음 가볍게 두 번 찼다. 조용히 하라는 의

미였다.

　그게 무슨 뜻이야?

　커피 두 잔을 시켜 와 한 모금 마시기도 전에 네가 물었다.

　뭐가?

　커피는 뜨거운데다 지독하게 썼다. 형편없는 커피라는 생각이 들었다. 두 손으로 종이컵을 감싸 쥐고 있자니 겨우 손을 녹이려고 만 원도 넘는 돈을 써 버렸나 하는 억울한 마음마저 들었다. 어떻게든 너와 눈을 맞추지 않으려고 나는 반짝이는 커피 머신 앞을 지키는 종업원들만 노려봤다.

　미안하다고 했잖아. 그게 무슨 뜻이냐고?

　너는 그게 무슨 뜻인지 이미 다 아는 얼굴이었다. 그러면서도 기어이 확인하려는, 그걸 뭐라고 불러야 할까. 오기, 집착. 혹은 끈기나 집념. 어쨌든 고마움이나 미안함 같은 따뜻한 말은 아니었다. 나는 혼잣말을 시커먼 커피 안으로 하나씩 던져 넣으며 침묵을 지켰다. 부주의하게 입을 열고 어쨌든 빌미가 될 만한 말은 하고 싶지 않았다.

　카페 안은 점점 더 시끄러워졌다. 커다란 출입문이 열리면 냉랭한 바람과 함께 스피커에서 나오는 음악 소리와 말소리들이 밀려들었다. 똑같은 조끼와 점퍼를 맞춰 입은 사람들이 나타났고 전단지와 홍보물을 쥔 손으로 테이블과 의자를 옮기고 자리를 마련하며 소란스럽게 굴었다. 그걸 보고 있자니 더 말할 기분이 안 났다. 나는 여기저기 널린 전단지 하나를 주워 들었다. 그리고 골똘히 그걸 읽는 척했다. 탄압, 졸속, 규탄. 숨바꼭질하듯 그런 단어들 사이로 숨었다가 잠깐씩 너를 훔쳐보는 거였다.

내가 말했지? 지금 얘는 내가 알던 개가 아니라고. 원래대로 해놓으면 데려갈게. 그땐 진짜 데려가겠다고.

너는 답답하다는 듯 검지로 테이블 아래를 가리켰다. 모든 게 계산된 행동이라는 생각이 들었다. 지난번에도, 그 지난번에도, 더 지난번에도 너는 비슷한 말을 했다. 나는 빨갛게 충혈된 네 눈을 잠깐 확인했다. 어쩌면 밤새 잠 안 자고 나와 철수를 대면했을 때의 대응 매뉴얼 같은 걸 치밀하게 준비했을지도 몰랐다.

수 쓰지 말라는 말이 목구멍까지 올라왔지만 나는 차분하게 말했다.

연애가 잘 되고 있는 모양이네.

너는 잠시만 철수를 맡아 달라고 했다. 보름에서 한 달 정도만. 그러다가 막상 철수를 데려오던 날에 석 달이라고 말을 바꿨다. 그러면서 자주 환경이 바뀌면 아무래도 여리고 작은 철수에게 스트레스가 클 거라는 핑계를 댔다. 몹시 걱정스러운 얼굴이어서 그러겠다고 했는데 그게 철수에 대한 게 아니라는 건 나중에 알았다.

그 무렵 너에게 애인이 생긴 거였다.

그건 어느 밤에 술에 취한 네가 직접 한 말이었다. 고양이를 무서워하거나 고양이 털에 알레르기가 있거나 냄새에 민감하거나 그런 사람이냐고 물으려고 했는데 너는 문득 이렇게 털어났다.

그냥 철수가 지켜보고 있다고 생각하면 뭐든 잘 안 돼. 자신감도 없어지고. 뭐 하는 짓인가, 이런 생각이 든다고.

그리고 석 달이 지난 후부터는 내내 이런 식이었다. 철수가 자기가 알던 철수가 아니라는 거였다. 나는 고개를 숙여 케이스 안을 잠깐 들여다보았다. 큰 차이는 없었다. 살이 쪘다 해도 겨우 일이 킬로그램 정도일 거였다. 나는 철수는 여전히 철수고 조금 살이 쪘다고 달라질 건 없다는 말을 했다. 그래도 반응이 없어서 그렇다고 애를 굶길 수는 없지 않느냐고 목소리를 조금 더 키웠다.

가져가. 나도 이제는.

힘들고 어렵다는 이야기를 하려고 했는데 너는 내 말을 끊고 따지듯 물었다.

솔직히 말해 봐. 너 내가 보내 준 돈으로 먹이라는 사료 사 먹인 거 맞아? 싸구려 먹인 거 아니냐고? 그렇지 않으면 어떻게 애가 이렇게 돼? 어떻게 이렇게 족보도 없는 돼지 고양이가 된 거냐고?

나는 어이가 없다는 표정을 지었지만 사실이었다. 일단 네가 매달 보내 주는 돈에는 내가 철수를 보살피는 데 드는 노동과 수고에 대한 비용이 포함되어 있지 않았다. 다행히 철수는 아무거나 잘 먹었다. 딱히 취향이라거나 입맛 같은 게 없는 고양이였다. 그래서 마트에 갈 때마다 나는 조금 더 저렴한 사료를 고르는 대신 내 몫으로 라면도 사고 커피도 사고 드물게는 휴지나 샴푸 같은 것들도 샀다.

아니라고 말하려고 했는데 너는 그럴 줄 알았다는 듯 한숨을 쉬었다. 한숨만 쉬었을 뿐이지 드디어 제대로 된 핑계를 잡았다는 확신 같은 걸 감추느라고 안간힘을 쓰는 게 다 보였다.

어쨌든 원래대로 돌려놔. 그럼 데려갈 테니까. 이건 누가 봐도 너무한 거야. 진짜 너무 황당한 일이라고.

한참 만에 너는 가방에서 스카프를 꺼내 목에 친친 두르고는 자리에서 일어났다. 그런 후에는 뒤도 안 돌아보고 카페를 나가 버렸다.

커피가 반이나 남았는데.

나는 중얼거리며 네 커피를 내 잔 속에 부었다. 그리고 생각했다. 왜 매번 굼뜨게 있다가 타이밍을 놓치고 선수를 치는 너에게 늘 이런 식으로 당하고 마는가를. 나는 기다란 종이컵의 옆면을 찢어 내 납작하게 만든 다음 물을 담아 케이스 안으로 넣어 주었다. 잠깐 철수와 눈이 마주쳤는데 뭐랄까, 몹시 나른한 표정이었다. 내 이럴 줄 알았지, 하는 얼굴. 너로 하여금 이게 뭐 하는 짓인가 하는 생각을 하게 만든다는 바로 그 얼굴이었다.

카페를 나오며 너에게 전화를 해야겠다고 생각했다. 어쨌든 석 달이라고 말했고 처음부터 비만에 관한 주의 사항 같은 건 없지 않았느냐. 네가 전화를 받으면 그 말부터 할 생각이었다. 도로엔 차는 없고 사람들만 있었다. 이른 아침부터 차량 통행을 막아 놓은 탓이었다. 어쩔 수 없었다. 나는 시청 쪽으로 걷기 시작했다. 걸어서 집까지 갈 작정이었다. 물론 그 전에 널 만나서 오늘은 기필코 철수를 넘기겠다고 마음먹은 후였다.

도로변에 하얗게 눈이 쌓여 있었다. 다가가 보니 쌀이었다. 성난 사람들이 포대째로 쌀을 부어 버린 모양이었다. 나는 쌀을 한 움큼 주워 케이스 안으로 조금씩 던져 주었다. 여러 번 반복해도 철수의 반응은 심드렁했다. 나는 쌀알을 만지작거리면서 걸었다. 사람은 점점 늘었다. 걷다 서다를 반복하다가 좁은 인도 끝으로 밀려났고 결국 도로로 내려섰다. 거기도 사정은 마찬가지였다. 한 번 방향을 잡으면 다른 쪽으로는 갈 수가 없었다. 앞을 잘 보고 걸어야 했고 중간에 멈출 수도 없었다. 게다가 플라스틱 케이스는 멍청할 정도로 크고 무거웠다.

쉬는 꼴을 못 봐요. 쉬는 꼴을. 안 그러냐?

환한 휴대폰 화면을 들여다보다가 고개를 돌렸는데 방패를 든 경찰들이 대오를 지어 걸어오고 있었다. 4열 종대로. 순식간에 나는 틈이 벌어진 2열과 2열 사이에 끼어 버렸다. 경찰 하나와 눈이 마주쳤는데 화가 난다는 듯 내 쪽으로 고개를 빼고 한 번 더 말했다.

쉬는 꼴을 못 본다고, 쉬는 꼴을.

원망과 비난의 의도가 선명하게 들여다보이는 말투였다. 문득 멈춰 섰는데 뒤쪽에서 짜증섞인 목소리가 날아왔다.

아, 좀 빨리 가요! 가자고요!

나 같은 사람이 더 있는 모양이었다. 걷다 보니 경찰들과 나란히 걷는 꼴이었다. 번쩍거리는 경찰 조끼 탓에 눈이 부셨다. 걷고 또 걸어도 경찰들이 계속 나왔고 나중엔 내가 앞으로 걷는 게 아니라 저절로 끝도 없이 뒤로 밀려나는 착각이 들었다. 숭례문이 보이는가 싶었는데 어느 틈엔가 사라지고 멀리 환한 시청 건물이 사람들 머리 위를 둥둥 떠다니는 착각이 들었다.

사거리에 이르러서야 겨우 담벼락 쪽으로 붙어 설 수 있었다. 주홍빛 조명을 매단 포장마차와 푸드 트럭들이 늘어선 곳이었다. 대한문 바로 앞이었다. 멀리 도로 한가운데 연단이 내다보였다. 하나가 아니었다. 크기와 높이가 다른 연단들이 일정한 간격을 두고 일렬로 늘어서 있었다. 여러 개의 연설 소리와 한꺼번에 뒤섞인 음악 소리와 우비를 뒤집어쓴 사람들의 함성 때문에 도저히 너에게 전화를 걸 엄두가 안 났다.

나는 가까운 포장마차 천막 아래로 들어갔다. 다리 사이에 케이스를 내려놓고 뜨거운 어묵 하나를 집어 들었다. 그곳에서 문자를 보낼 생각이었다. 멈춰 서서 문자를 보낼 만한 데는 거기뿐이었다. 더운 어묵을 크게 베어 물 때마다 한 움큼씩 담배 연기를 들이마셔야 했다. 어디나 담배 피우는 사람이 많았다. 사람들은 담배를 피우면서 맥주도 마시고 소주도 마셨다. 담배꽁초와 같이 길 위로 내던져진 것 중에는 막걸리 통도 있었다. 질서도 규칙도 없는 그 거리에서 사람들은 모두 공평하고 평등해 보였다. 사이좋게 똑같은 모자를 쓰고 똑같은 티셔츠를 입은 사람들은 느긋한 얼굴로 술을 먹고 담배를 피우다가 느닷없이 구호를 외쳤고 노래를 불렀다. 그럴 땐 집회에 온 사람들이 아니라 축제에 온 것처럼 들떠 보였다. 대체로 노래는 집회와 별로 연관이 없는 것 같았다. 그런데 사람들의 표정에 어떤 의지를 어른거리게 했고 그들을 다시금 연단 쪽으로 불러들여 하나로 만드는 이상한 힘을 갖고 있었다.

어묵을 하나 더 먹을 때까지도 너에게 답이 없어서 나는 다시 걷기로 했다. 손잡이가 금방이라도 떨어져 나갈 것 같았으므로 케이스를 거의 끌어안다시피 해야 했다. 우산을 들고 우비를 뒤집어쓴 사람들로 인도는 발 디딜 틈이 없었다. 골목길과 샛길은 경찰 버스가 모두 막아 놓은 상태였다. 어쨌든 계속 앞으로 나아갈 수밖에 없었다. 가면 갈수록 사람들 사이는 더 촘촘해졌다. 가깝게 붙어 선 사람들 틈으로 더운 기운이 살아났고 어쩐지 조마조마한 마음이 됐다. 띄엄띄엄 틈이 벌어진 뒤쪽의 분위기와는 확연히 차이가 났다.

모두가 아주 작은 불씨라도 닿으면 금방 타오를 것처럼 바짝 긴장해 있었다. 나는 사람들 사이를 비집고 걸었다. 다들 좀처럼 길을 내주지 않았고 떠밀 듯 진입하면 불쾌한 얼굴을 했다. 케이스를 내려다보고 한심하다는 듯 혀를 차는 사람도 있었다. 길이 젖어 있는 데다 발밑을 살필 수 없어서 여러 번 더러운 웅덩이를 밟고 말았다. 이내 신발이 젖었고 바지 밑단이 축축해졌다.

비가 왔나.

하늘을 올려다봤는데 정말 비가 왔다. 비가 아니라 멀리 서치라이트가 켜진 높은 곳에서 뿜어져 나오는 물이었다. 아주 멀리 있다고 생각했는데도 머리칼이 젖었고 이내 한기가 일었다. 눈이 따끔거렸고 콧속이 아릿해졌다. 매캐한 탄내가 거리에 자욱했다. 나는 한 팔로 입을 가리며 걸었다. 왜 다들 마스크를 쓰고 점퍼로 얼굴을 감싸고 있는지 알 것 같았다. 케이스에 귀를 대 보니 자지러지듯 우는 소리가 났다. 나는 케이스 밖으로 삐져나온 철수의 발을 억지로 밀어 넣고 주변을 두리번거렸다. 가슴이 뛰기 시작했다. 마음이 급해졌고 어떻게든 여길 빨리 벗어나야 한다는 생각이 들었다. 그리고 순간적으로 이 모든 소란과 무관한 사람들을 찾기 시작했다. 그 사람들을 따라가면 여길 빠져나갈 수 있겠지 싶어서였다.

교복을 입은 학생들 쪽으로 다가갔더니 대뜸 홍보 전단지를 내밀었다. 도로를 거의 뒤덮다시피 한 바로 그 전단지였다. 강아지를 데리고 나온 커플을 따라갔는데 한참 만에 개 옷에 붙여 놓은 시위용 포스터를 보곤 돌아섰다. 이후에도 나는 몇 번이고 비슷한 실수를 반복했다. 아무 상관없는 사람이겠지 하고 다가가면 다들 어떻게든, 어떤 식으로든 모두 그 거리에서 일어나는 일과 관련이 있었다. 그렇지 않은 사람은 나 혼자였다. 그런 생각이 들었다. 이내 나는 프레스 센터 쪽으로 걷기 시작했다. 청계천 입구까지 간다음 뒤쪽에 샛길이 열려 있는지 살펴볼 생각이었다. 그리고 청계천 거대 다슬기 탑 앞에서 그 사람을 봤다.

비눗방울 부는 사람.

그 사람은 체구가 아주 작았다. 그것 말고는 나이도 성별도 짐작하기 어려웠다. 요란하고 기이한 화장 탓이었다. 그건 거의 분장 수준이었는데 멀리서 보면 피에로 같고 가까이서 보면 어린애가 엄마 화장품을 가지고 장난을 친 것처럼 우스꽝스러웠다.

정신 나간 사람인가?

언제가 아주 맑은 날 함께 걸을 때 네가 말한 적이 있었다. 그 사람은 시청 앞 농성장 쪽을 기웃거리는 중이었다. 이후 몇 번이고 더 마주쳤는데 늘 그 근처를 어슬렁거리고 있었다. 그곳에서 하루를 보내는 모양이었다. 우리는 그쪽으로 조금 더 다가가 보기로 했다. 그건 다소 용기가 필요한 일이었다. 노인 서너 명이 전단지를 올려 둔 테이블 뒤쪽에서 라면을 끓여 먹고 있었다. 그러다가 우리를 발견하고는 다짜고짜 서명을 하라고 했다. 느닷없이 벌어진 일이었다. 그냥 돌아서려고 하자 노인 하나가 현수막을 가리키며 말했다.

아니, 그럼 자네들은 반대한다는 거야? 반대야?

몹시 화가 난 얼굴이었다. 나는 한참 만에 반대하는 게 아니라고 더듬거렸다. 반대라거나 찬성이라거나 그런 의미가 아니고 그런 생각 자체를 하지 않는다는 뜻이었다. 노인은 다르게 이해한 것 같았다. 그런 다음 너를 향해 날을 세웠다.

그럼 자네가 반대야?

서너 걸음 떨어진 곳에서 우리를 지켜보는 비눗방울맨에게는 눈길조차 주지 않았다. 그 사람을 보러 온 건데 애먼 노인들에게 걸렸다는 생각이 들었다. 노인은 이내 뭔가 장황하게 설명할 채비를 했다. 야무지게 입가를 닦은 뒤 소책자와 전단지를 몇 개 집어 들었다. 금방이라도 기다란 테이블 너머로 나올 기세였다. 그래서 그냥 서명해 버릴까 하는 생각도 했다. 그럼에도 그들이 만든 피켓과 현수막과 전단지를 훑어보자니 그러고 싶지 않다는 생각이 분명해졌다. 그렇다고 그게 또 딱히 반대를 의미하는 건 아니었다.

그때 동그란 비눗방울들이 나타났다.

하나둘 나타나는가 싶더니 무리를 지어 몰려왔다. 멀찌감치 서 있던 비눗방울맨이 부는 거였다. 조그마한 대롱에서 투명한 방울들이 끊임없이 솟아났다. 그 사람 목에 앙증맞은 비눗방울 통이 걸려 있었다. 라면을 먹던 노인들이 방울들을 터트리며 저쪽으로 가라고 그 사람을 내몰았다. 그 사람은 멍한 얼굴로 멀리 떠가는 비눗방울들만 봤다. 어떤 표정이라 할 만한 게 읽힐 것 같았는데

다시 보면 요란스러운 분장 아래로 죄다 가라앉고 없었다.

뭘까?

돌아서서 걸을 때 내가 중얼거렸고 네가 대답했다.

아나키.

내가 실소를 터트리자 다시금 네가 덧붙였다. 어쨌든 저 사람은 모든 것으로부터 아나키하다는 설명이 이어졌다. 저 사람을 자극할 수 있는 일은 이제 하나도 없다는 거였다. 한마디로 정신이 나갔다는 이야기였다.

멋있네. 훌륭해. 아줌마. 아저씬가? 뭐 아무튼 그렇다고.

그러면서도 내게는 빈말이라도 그런 듣기 좋은 말을 한 적이 없었다. 언제나 이런저런 핑계를 대며 네 생각대로 따라 주기만 원했다. 돌이켜 보니 그 노인들과 별반 다를 바 없다는 생각이 들었다. 다행히 너에게 답장이 와 있었다. 이미 몇 분 전에 수신된 것이었다. 긴 문자였지만 어쨌든 경복궁역 근처에서 기다리겠다는 내용이었다. 그걸 보니 마음이 급해졌다. 나는 신문사 건물 뒤편으로 걸었다. 그런 다음 사람들을 따라 좁은 골목으로 진입했다.

골목 끝에서 내가 마주한 건 끝도 없이 늘어선 경찰 버스였다. 버스에 가려 광화문 광장도 맞은편 교보 빌딩도 보이지 않았다. 누군가 크고 두꺼운 벽돌을 길고 높게 세워 놓고 넘어오지 말라고 경고하는 듯했다. 불 꺼진 우체국 앞에 몇 사람이 모여 있었다. 사람들은 서너 명씩 모여 서서 버스와 버스 사이의 애매한 틈을 바라보고 있었다. 거의 달라붙다시피 주차된 다른 곳과는 달리 거긴 어떤 틈이라고 할 만한 게 있었다.

길이 없다니까. 나가야 하는데. 다들 어디 있어? 어디냐고?

목소리를 키우며 통화를 하던 청년 하나가 싯내를 옆 사람에게 건네고 차와 차 사이로 몸을 밀어 넣었다. 어렵겠다 싶었는데 결국 몸이 끼어 버렸다. 이쪽에 선 서너 사람이 손을 뻗어 끌어당기고 나서야 청년이 튕겨지듯 빠져나왔다. 그래도 청년은 포기할 마음이 없었다. 급기야 엎드린 채 몸을 차 밑으로 밀어 넣더니 이내 보이지 않게 되었다. 무사히 빠져나갔다는 신호처럼 청년의 목소리가 저 너머에서 들렸다.

야! 빨리 가야 돼. 빨리 나와, 나오라고!

한 사람이 차 밑으로 들어가고 또 한 사람이 들어갔다. 차가 갑자기 출발할지도 모르고 저 너머에 뭐가 있을지도 모르는데도 사람들은 아랑곳하지 않았다. 나로서는 엄두가 안 나는 일이었다. 철수 때문이었다. 아니, 철수를 담은 케이스 탓이었다. 그런데도 사람들은 묘하게 나를 경계했다. 일행이 있다거나 합류해야 한다거나 어떻게든 자기가 먼저 가야 한다는 식의 핑계를 대고 내가 뭐라고 대답하기도 전에 차 밑으로 기어 들어갔다.

케이스를 버린다면.

철수를 보내고 바로 뒤따라가거나. 목에 끈을 묶어 같이 기어나가거나. 가방에 넣어 끌고 가거나. 이런저런 궁리를 하고 있는데 경찰이 왔다. 하나가 오고 둘이 오고 서너 명이 더 오더니 아예 그 틈을 가로막고 섰다.

길이 다 막혀 있잖아요. 어디로 가야 하는지는 알려 줘야죠.

경찰들은 나와 눈을 맞추지도 않았다. 대답도 안 했다. 모여 선 사람들이 이런 법이 어디 있느냐, 왜 통행을 가로막느냐, 이렇게 길 막는 거 불법이다. 목소리를 키워 봐도 별 소용이 없었다. 사람들이 이쪽으로, 저쪽으로, 서로를 부르며, 방향을 정하고 멀어지는 동안 나는 멍하니 주변만 둘러봤다.

근데 그거 고양이예요? 엄청 크네.

누가 말한 것 같았는데 다시 보니 경찰들은 또 멍하니 멀리를 내다보는 중이었다.

아무래도 광화문 사거리 쪽으로는 가면 안 될 것 같았다. 크고 환한 불빛이 번쩍거렸고 세차고 맑은 물줄기가 뻗어 나가는 게 보였다. 사람들의 함성과 경고 방송이 힘겨루기 하듯 어두운 공중을 빼곡하게 메우고 있었다.

나는 종각 쪽으로 걷기 시작했다. 종로3가까지 가서 그곳에서 지하철을 타고 경복궁역까지 갈 생각이었다. 같은 라인인 데다 두 정거장이니까 금방 도착할 수 있을 거였다. 보신각이 내다보이는 곳에서 나는 너에게 한 번 더 문자를 보냈다. 집회 때문에 조금 늦어질 것 같다는 내용이었다.

어쨌든 걸을수록 사람이 줄긴 했다. 어느 순간부터는 길을 막은 경찰도, 경찰 버스도 보이지 않았다. 사람들은 큰 무리에서 빠져 나와 작은 무리를 만들며 이리저리 흩어지는 중이었다. 거의 해산 분위기였다. 그러나 분위기는 또 달라졌다. 종로2가 사거리를 앞두고서였다. 사이렌 소리가 들렸고 사람들이 응급차 한 대를 에워싸고 있는 게 보였다. 다급한 사이렌 소리와는 달리 응급차는 그 사람들을 힘겹게 밀어내며 아주 느리게 움직이고 있었다.

경찰 오토바이 한 대가 박살이 난 채 쓰러져 있는 건 나중에 봤다

넘어진다, 넘어진다, 넘어진다.

누군가의 말이 아니었다면 발에 걸려 넘어졌을 게 분명했다. 누군가 하고 봤더니 비눗방울맨이었다. 꽤 가까운 거리였다. 나는 한두 걸음 물러서며 중얼거렸다.

고맙습니다.

괜한 말을 했다는 생각이 들었다. 그 사람은 케이스를 내려다보며 수줍게 손을 흔들었다. 화답하듯 철수가 야옹거렸으므로 나는 얼른 돌아섰다. 그런 다음 걸음을 빨리했다. 뒤쪽에서 사람들의 고성이 따라붙었다. 화가 난 목소리와 놀란 목소리와 도움을 청하는 목소리들이 계속 일렁거렸다. 나와 같은 방향으로 걷던 사람들이 하나둘씩 걸음을 멈추고 소리가 나는 쪽을 뒤돌아봤다. 그리고 돌아서서 그쪽으로 뛰어가기 시작했다. 무슨 일인가 벌어진 모양이었다.

나는 더 빨리 걸었다. 조금도 지체하고 싶지 않았다. 어떻게든 철수를 넘기고 신속하게 집으로 돌아가는 것, 내가 원하는 건 그것뿐이었다. 평소에는 마을버스를 타고 5분이면 갈 수 있던 거리를 이렇게 멀리 에둘러 가야 하는 이런 상황이 생각할수록 어처구니가 없었다. 게다가 걸어서는 갈 수조차 없고 멀리 떨어진 지하철역까지 가서 지하철을 타야 하다니. 젖은 발끝이 시렸다. 목구멍이 간질거렸고 기침이 나오려고 했다.

지하철역으로 걸어 내려가며 나는 네가 보낸 문자를 확인했다.

어디냐는 짧은 내용이었는데 어딘가 짜증스러운 기색이었다. 나는 이제 지하철역에 도착했으니 조금만 더 기다려 달라고 했다. 그리고 문자를 하나 더 보냈다. 어쨌든 10분 안에는 도착하겠다는 말이었다.

10분은 금방 지났다. 일단 개찰구까지 가는 데만도 10분이 넘게 걸렸다. 계단이 끝나는 지점에서부터 개찰구까지 이어진 사람들 때문에 나는 가다 서다를 반복했고 한꺼번에 움직이는 사람들에 휩쓸렸다. 등줄기에서 땀이 흐르기 시작했다. 얼굴이 달아올랐고 콧물이 흘렀다. 나는 멍청하게 코만 훌쩍거렸다. 앞뒤로 빽빽하게 서 있는 사람들 탓에 손을 움직일 수가 없어서였다. 그러다가 개찰구 앞에서 픽 하는 소리가 났고 철수의 울음이 또렷하게 솟구쳤다.

손잡이가 떨어지며 플라스틱 케이스가 반으로 갈라진 거였다.

질서도 순서도 없었다. 배려 같은 건 더더욱 없었다. 객차가 들어오고 문이 열리면 사람들은 일행의 손과 가방, 몸을 안고 한 덩어리로 움직였다. 여기저기서 덩어리를 점점 크게 키우고 막무가내로 돌진해 왔다. 어떻게든 끼어들려고 하면 어디선가 손이 나타나 다른 사람을 끌어당겼다. 나를 에워싸고 사방에서 거의 위협적으로 동료나 친구나 가족의 이름을 불러 댔다.

그런 식으로 지하철을 네 대나 보냈다. 다섯 대째 열차가 들어온다는 방송이 나오고 둘러봤더니 나와 내 점퍼 속에서 얼굴을 내민 철수, 목탁을 든 스님과 비눗방울맨이 있었다. 혼자인 사람은 나를 포함한 그 세 명이 전부였다. 사람들이 다 빠진 게 아니어서 나는 객차 문이 닫히기 직전에야 간신히 올라탈 수 있었다. 타고 보니 스님과 비눗방울맨이 앞뒤로 있었다. 몸이 거의 딱 붙다시피 했다. 어떻게든 다른 쪽으로 몸을 돌려 보려 했지만 이내 포기했다. 나는 출입문에 이마를 박고 눈을 감아 버렸다. 철수의 손톱이 셔츠를 파고들어 목덜미를 할퀴는 게 느껴졌지만 그냥 내버려두었다. 어차피 손을 움직일 수가 없었다. 팔과 어깨가 끊어지듯 아팠다.

경복궁역도 사정은 마찬가지였다. 문제는 개찰구를 통과하고 나서였다. 나는 늘 나가던 출구 쪽으로 걸음을 옮겼다. 여기저기 사람들이 서 있었고 벽에 기댄 채 주저앉은 사람들이 보였지만 크게 신경 쓰지 않았다. 일행을 기다리는 거라고 짐작했고 내가 알 필요 없는 이유나 용무가 있을 거라고 여겼다. 출구가 막혀 있다는 건 작동이 멈춘 에스컬레이터를 다 오르고 나서야 알았다.

거기에 방패를 든 경찰들이 벽을 만들고 서 있었다.

한 계단 아래서 경찰들에게 항의하던 몇 사람이 내려갔다. 다음 계단에 서 있던 사람들이 비슷한 항의를 했고 그다음 계단에 서 있던 사람들이 목소리를 높였다. 그런 식으로 나도 경찰들 바로 코앞까지 다가갔다. 그런 다음 거의 사정하다시피 말했다.

저는 집에 가는 길이거든요.

점퍼 속에서 철수가 자꾸 꿈틀거리며 나오려고 했다. 경찰들은 재미있다는 듯 내 점퍼를 내려다보면서도 눈을 맞추지는 않았다. 대답도 안 했다.

그냥 집에 가는 길이라고요.

내 목소리는 조금 더 커졌다. 점퍼를 빠져나온 부드럽고 가는 털들이 입술에 달라붙기 시작했다. 한참 만에 난간에서 무전기를 들고 이쪽을 내려다보던 남자 하나가 지겹다는 듯 중얼거렸다.

그만 내려가요. 여기 11시까지 통젭니다.

여기서 두 시간을 더 있으라는 말이었다.

왜요?

저희도 정보가 다 있어요. 이 지역은 집회 신고가 안 되어 있잖아요. 엄연히 불법이라고요. 불법.

나는 불법이든 합법이든 나와는 아무 상관이 없다고 말했다. 그 사람은 가볍게 고개를 흔들고는 아예 다른 쪽으로 고개를 돌려 버렸다. 고개를 쳐들고 내내 그 사람을 올려다봐야 했는데 문득 그런 상황이 몹시 짜증스러웠다. 무엇보다 의심과 불신의 눈초리로 나를 다른 사람들과 싸잡아 본다는 게 이해가 안 갔다. 억울한 마음이 들었는데 그것은 이내 분노와 적의 같은 단단하고 뜨거운 감정으로 바뀌었다.

저는 뭘 하려고 온 게 아니고요. 집이 이 동네라고요!

그만 내려가세요. 위험합니다.

경찰들이 위협하듯 방패로 사람들을 밀어내기 시작했다. 이내 뒤쪽에서 건장한 청년 몇 사람이 올라왔고 방패를 온몸으로 떠밀기 시작했다. 몸싸움이 벌어졌고 험한 말들이 커다란 방패를 때리고 튕겨져 나왔다. 나는 몇 계단 아래로 물러서서 청년들의 모자와 티셔츠, 가방 사이에 끼워 놓은 우비와 홍보물 같은 걸 올려다보다가 그만 내려왔다. 사람들이 에스컬레이터 주변을 에워싸고 둥글게 몸집을 키우고 있었다.

나는 다른 출구 쪽으로 걸어가며 너에게 전화를 걸었다. 신호는 길게 이어졌고 마침내 전화를 받은 너는 다짜고짜 화를 냈다.

밤새도록 기다리게 할 거니?

내 기분도 상할 대로 상해 있었다. 나는 지하철역 출구가 막혀 있다고 말했다. 그런 다음 경찰들이 막고 있어서 나갈 수가 없다는 설명을 덧붙였다.

경찰이 널 왜 막는데? 왜 널 막느냐고?

그건 나도 모르는 일이었다. 너는 무슨 말인가를 하려다 말고 차분한 목소리를 냈다.

그럼 그냥 해. 할 말 있다며. 전화로 하라고.

더 기다려 달라는 말은 차마 할 수 없어서 나는 주변을 두리번거렸다. 조용히 통화할 만한 곳이 있는지 찾아보려는 거였다. 역사 내 문 닫은 작은 카페 앞은 모여 앉은 사람들로 만원이었다. 화장실 안도 마찬가지였다. 에스컬레이터 주변은 말할 것도 없고 작은 벤치 근처엔 자리가 나면 앉으려는 사람들이 끝도 없이 몰려드는 중이었다.

철수 말이야. 이제 데리고 가.

나는 점퍼의 지퍼를 목 끝까지 채우며 소곤거렸다. 점퍼 속에서 뜨겁고 묵직한 게 꿈틀거렸다. 가슴팍으로 땀이 흘러내렸다. 나는 처음에 석 달이라고 했고 벌써 반년이 다 되어 가고 있지 않으냐고 물었다. 그런 다음 더 이상은 못하겠다고 선을 그었다. 갑자기 사람들이 노래를 부르는 통에 나중엔 거의 소리를 지르다시피 목소리를 높여야 했다.

너 진짜 이러기야? 꼭 이런 식이어야 하느냐고.

너는 그렇게 쏘아붙였다가 이내 달래는 투로 제안했다.

그럼 두 달만 더 봐 줘. 아니, 한 달만. 내가 돈을 조금 더 보낼게.

내 말을 안 듣고 있는 게 분명했다. 나는 같은 말을 반복했고 너 역시 물러설 생각이 없어 보였다. 한참 만에 나는 데려가지 않으면 알아서 하겠다는 말을 했다. 하고 보니 내내 그 생각을 하고 있었던 것 같았다. 괜한 말을 했다는 생각이 들었다.

알아서라니? 알아서라니. 그렇게 협박해야 속이 시원해? 그럼 금액을 말해. 얼마든 보낼게. 다짜고짜 이러면 나더러 어쩌라는 거야. 나한테도 시간을 줘야 할 거 아냐.

울먹이는 것 같은 너의 다음 말은 잘 들리지 않았다. 나는 넌 항상 그런 식이고, 매번 네 입장만 내세우고 불리해지면 눈물이나 찔끔거리고 도무지 책임이나 의무라거나 양심이라거나 그런 건 손톱만큼도 없고 늘 비겁하게 굴고 있다고 소리쳤다. 나중엔 너무 흥분해서 내가 무슨 말을 하고 있는지도 알 수 없었다.

내 말이 끝나자마자 너는 차분한 목소리로 이렇게 대꾸했다.

그래. 그건 맞아. 정말 네 말이 다 맞아. 돈은 지금 당장 보낼게.

무전기 남자의 말대로 출구는 모두 막혀 있었다. 주민증까지 내보이며 집이 바로 여기 앞이라고 애원해 봐도 소용이 없었다. 다른 사람들처럼 이 계단 저 계단을 오르내리며 경찰이 정한 두 시간을 천천히 허비하는 것 말고는 할 수 있는 일이 없었다. 그리고 느닷없이 한 무리의 사람들이 몸을 일으키고 한 방향으로 뛰기 시작했다. 종합 상가와 연결된 출구 쪽이었다.

7곳에 도착하고 나서야 너무 늦었다는 걸 알았다. 제법 많은 사람들이 출구를 빠져나간 뒤였고 뒤따라가려는 사람들을 통제하기 위해 경찰 수십 명이 몰려와 있었다. 사람들은 방패를 잡고 흔들며 본격적으로 몸싸움을 벌였다. 어쩌다 보니 나도 사람들 틈에 끼어 힘을 보태게 됐다. 다른 사람들처럼 언성을 높이고 체중을 실은 다음 앞사람을 밀었다. 어떻게든 나가고 싶었다. 몹시 지친데다 목이 말랐다. 속이 메슥거리고 열도 나는 것 같았다. 게다가 지금쯤이면 녹초가 되었을 게 분명한 철수의 발버둥은 끝날 기미가 없었다.

지금부터 물러나지 않는 사람은 연행합니다.

도미노처럼 사람들이 와르르 넘어지고 나서야 상황은 진정되었다. 정신을 차리고 보니 앞사람의 엉덩이가 내 발목을 짓누르고 있었다. 나는 뒷사람의 허벅지를 깔고 앉은 채였다. 갑자기 점퍼 안이 허전해지는가 싶더니 하얗게 살찐 엉덩이가 날렵하게 사람들 사이를 빠져나가는 게 보였다. 철수였다. 다시 보니 투명하고 둥근 보호막에 둘러싸여 멀리멀리 떠가는 것처럼 보였다. 서둘러 몸을 일으켰는데 시야에서 사라지고 없었다. 눈앞에 보이는 것들이 올록볼록해지고 희미하게 겹쳐지다가 느닷없이 선명해졌다.

비눗방울이었다.

저쪽에서 그 사람이 비눗방울을 불고 있었다. 역사 내에서 벌어지는 일들과는 무관한 사람처럼, 두 시간이든 열 시간이든, 하루종일 갇혀 있어야 한다고 해도 아무 상관이 없을 것 같은 무심한 얼굴이었다. 다가갔더니 아예 내 얼굴 쪽으로 비눗방울을 불었다. 동그란 방울들이 내 얼굴을 때리고 펑펑 터졌다.

저기요. 그거 불지 마요. 불지 말라니까요. 근데 고양이 봤죠? 고양이요. 여기로 지나갔잖아요. 이쪽으로요.

나는 그 사람을 다그쳤다. 그럴 생각은 아니었는데 말을 하다 보니 그렇게 됐다. 그 사람은 대롱을 잘근잘근 씹으며 내내 바닥만 내려다봤다. 어쩐지 또 묘하게 웃고 있는 것 같아서 기분이 상했다. 뭐랄까. 내내 나를 지켜보고 있었다는 생각이 들었다. 그게 뭐든 다 알고 있다는 표정을 마주하는 게 짜증스럽고 화가 났다. 그 사람은 내가 돌아서자 또다시 비눗방울을 불었다. 방울들이 나를 따라오다가 종아리 아래로 가라앉는 게 보였다.

나는 역사 안을 이리저리 걸어 다녔다. 철수가 갈 만한 곳을 찾아보는 거였다. 철수의 이름을 부르고 목소리를 키우면서 비슷한 곳을 맴도는 데도 무슨 일이냐고 묻는 사람이 하나 없었다. 대답하기도 난감한 일이었다. 이런 상황에 고양이를 찾고 있다니. 그래서 처음부터 도움 같은 건 기대하지도 않았다. 경찰은 경찰대로 경찰이 아닌 사람들은 또 아닌 사람들대로 별로 기대할 만한 게 없었다.

한참 만에 사람들이 빠져나가고 역사가 한산해지는 동안에도 나는 내내 역사 안에 머물렀다. 아무리 기다려도 철수는 돌아오지 않았다. 처음엔 어둡고 차가운 이 역사 안 어딘가에서 겁을 집어먹고 몸을 떨고 있을 거라고 생각했는데 차츰 어떻게든 여길 빠져나갔을 거라는 생각이 들었고 누군가 철수를 데려갔을지 모른다는 생각에까지 이르렀다. 몸을 일으켰을 땐 막차가 들어오기 직전이었다.

네가 보내겠다던 돈은 정말 입금되어 있었다. 예상보다 훨씬 많은 액수였다. 나는 내내 그 숫자를 노려봤지만 결국 아무런 답장도 하지 못하고 기절하듯 잠이 들었다. 다음 날 오후에 보니 슬그머니 화해를 청하는 듯한 문자가 와 있었다.

잘 지내고 있어. 철수도 너도.

나는 길 위에 있었다. 사람들로 어디나 꽉 막힌 어젯밤을 떠올릴 수 없을 만큼 거리는 한산하고 고요했다. 나는 한쪽 겨드랑이 사이로 전단지 뭉치를 밀어 넣고 내내 휴대폰을 내려다봤다. 바람이 불 때마다 전단지 뭉치가 미친 듯이 펄럭거렸다. 그러는 동안에도 나는 적당한 말을 찾지 못했다. 머릿속에선 아나키 철수와 비눗방울 철수 같은 섞일 수 없는 단어들만 둥둥 떠다녔다. 결국 형식적으로 짤막한 대답만 하고 말았다.

시청 뒤편에 작은 국수 가게와 게시판이 있는 커다란 카페 두 곳을 제외하곤 모두 전단지를 붙여 줄 수 없다고 했으므로 나는 전봇대와 담벼락, 버스 정류장과 자판기 같은 곳을 기웃거렸다. 테이프를 알맞게 뜯어내 전단지를 붙이고 빠르게 다른 곳으로 이동하는 거였다. 그리고 십자가 모양으로 널찍한 횡단보도 앞에 서 있을 때 그 사람을 봤다.

길쭉한 전봇대 앞에서 고개를 쳐들고 있었는데 내가 붙여 둔 전단지를 읽고 있는 게 틀림없어 보였다. 거기에는 네가 기억하는 아주 작고 연약한 철수의 모습과 아주 기본적인 정보가 있고 네 전화번호가 있었다. 누구라도 날씬해진 철수를 발견하면 너에게 연락할 수 있고 비로소 철수가 주인에게 돌아갈 수 있도록 내가 직접 작성한 거였다. 그럼에도 신호가 바뀌자마자 나는 도망치듯 걸음을 빨리했다. 문득 돌아봤는데 그 사람이 내 쪽을 보고 있었다. 아니, 그 사람이 부는 동그란 비눗방울들이 너울거리며 나를 뒤따라오고 있었다.

수록 작품 발표 지면

어비 《21세기문학》 2015. 가을

아웃포커스 《문장 웹진》 2012. 6

한밤의 산행 《한겨레 웹진》 2013. 6

치킨 런 《동아일보》 2012

쿵후하는 자세 《문학들》 2013. 여름

광장 근처 《세계의 문학》 2015. 봄

줄넘기 《현대문학》 2012. 4

와와의 문 《한겨레 웹진》 2015. 2

비눗방울맨 《문장 웹진》 2016. 2

작가의 말

몇 번이고 소설을 다시 읽는 동안 소설은 저절로 생겨나고 자라나는 게 아니라는 생각을 했다. 그것을 품고 담고 풀어내는 내가 부족하고 서투르다는 생각도 했다. 그럼에도 불구하고 나를 혹은 소설을, 소설 쓰는 나를 지켜봐주는 사람들이 있다는 건 고마운 일이라는 생각도 했다.

격려의 말을 써 주신 이혜경 선생님께 감사드린다. 늘 즐겁게 쓰라는 선생님의 조언은 어쩐지 점점 더 어려운 일이 되는 것 같다. 해설을 써 주신 노태훈 평론가, 조언을 아끼지 않은 민음사 편집부에도 감사드린다.

부모님께도 고마움을 전해야겠다. 글 쓰는 일은 부모님께 여전히 추상적이고 불안정하고 그래서 계속 걱정을 끼쳐드린다는 걸 안다. 새삼 이해하고 받아들이려고 애쓰는 그분들의 마음을 생각해 보게 된다.

대산문화재단과 호텔 프린스에도 감사 인사를 전한다.

단호한 표정의 정직한 소설

노태훈(문학평론가)

0

새삼스러운 질문을 던지는 것으로 이 글을 시작하자. 소설이 할 수 있는 일은 무엇일까. 소설가는 소설을 무엇이라고 생각할까. 소설이 세계를, 또는 인간을 바꿀 수 있다고 믿는 누군가와 소설 따위는 그저 이야기의 한 방식일 뿐이라고 여기는 누군가는 얼마나 다른 것일까. 현실을 날카롭게 파고드는 소설과 사유와 몽상을 자유롭게 헤매는 소설은 또 그렇게 다른 것일까. 누구도 같은 대답을 하지 않을 이 질문들에 김혜진이라면 이렇게 답할 듯싶다. 소설은 어떤 인물이 어떤 공간에서 어떤 사건을 겪는, 우리가 너무도 잘 아는 그 세 가지 요소로 이루어져 있을 뿐이라고. 아마도 그는 소설이 무언가를 할 수 있다는 희망 앞에서 짐짓 손사래를 치겠지만 그러면서 동시에 무기력하게 절망하지는 않겠다는 단단한 표정

을 지어 보일 것이다. 김혜진이 바라보는 세계는 잔인하고 비참하
며, 아픈 상처와 깊은 고통이 도처에 널려 있는 곳이지만, 매우 놀
랍고도 흥미롭게도, 그는 그래도 '견딜 만하다'고 말하고 있다. 이
소설집에 실린 소설들을 쭉 읽어 나가다 보면 김혜진의 작품들이
쓸데없이 힘주지 않고, 전통적인 소설의 방식 그대로, 이상하리만
치 '정직하다'는 느낌을 받게 된다. 그리고 소설에 대한 그 태도는
현실을 바라보는 작가의 눈과 동일하다는 사실을 어렵지 않게 알
수 있다. 섣부르게 동정하거나 연민하지 않고, 적절한 거리를 유지
하면서, 대단하고 거창한 무언가가 있다는 듯 위장하지 않는 이 일
관된 태도가 김혜진을, 김혜진의 소설을 동시대, 동세대 작가들과
구별짓게 만드는 힘이다.

1   인물들: 단단하게 자기를 지키는, 결코 쉽게 무너지지 않는

소설은 무엇보다도 '인물'에 관한 것이기 때문에 소설가들의 관
심이 소수자에게 쏠리는 것은 당연하다. 그리고 어떤 인물들은 이
미 그 자체가 '소설적'이어서 인물의 행로를 따라가기만 해도 인상
적인 한 편의 소설이 되는데, 이를테면 '어비'나 '와와' 같은 사람들
이 특히 그렇다. 김혜진은 이런 인물들을 단순히 독특하게 그려 내
는 것에 그치지 않고, 집요하고 또 끈질기게 응시한다. 「치킨 런」의
치킨 배달부, 「줄넘기」의 노인, 「한밤의 산행」의 4번, 5번, 「광장 근
처」의 남자, 「비눗방울맨」의 비눗방울 남자 등은 좌절이나 절망 속

에서도 그것이 원망과 적의로 점철되지 않도록, 각자의 방식으로 모두 단단하게 자기를 지키는 사람들이다. 무엇보다 「아웃포커스」의 '엄마'는, '해고'로 인해 순식간에 무너져 내린 삶을 어떻게 다시 부여잡을 수 있는지 담담하게 보여 주고 있어 인상적이다. 20여 년을 상담원으로 근무한 회사에서 자신의 동료들이 차례차례 해고되는 것을 지켜보다 급기야 자신의 차례가 되었을 때, '엄마'는 체념하지 않고 스스로 투쟁하는 방식을 택한다. 흔히 "일인 시위"로 명명되는, 휴대폰 모양의 상자를 뒤집어쓰고 회사 앞으로 여전히 "출근"하기로 한 '엄마'의 결심은 변화에 대한 기대라기보다 여전히 "자기 자리를 지키는" 일이 소중하다는 것을 보여 준다. "어쨌건 이것도 일이니까 성실해야지"라고 말하며 끝내 아들이 대신 지키던 자신의 자리로 돌아오는 소설의 마지막 장면은 우리로 하여금 이 잔인한 세계를 견딜 수 있는 유일한 방법이 어떤 것일지 어렴풋이 짐작케 한다. 이를테면 10년 동안 매일 수백 번의 줄넘기를 반복하는 노인, 첨예한 갈등의 공간에서 유유히 비눗방울을 날려 대는 남자는 그러니까 생을 포기한 사람들이 아니라 최선을 다해 버티고 있는 사람들이다. 「줄넘기」에서 노인은 하루에 1500개 이상의 줄넘기를 할 수 있는 방법으로 "하나, 하나, 하나" 구령을 붙여 줄을 넘어 보라고 제안한다. "하나, 둘, 하지 않고 하나, 하나, 하는 데에는" 당연히 "연습이 필요할 터"이지만 일견 비정상적이고 무의미해 보이는 일이라도 그것이 꾸준히 반복되면서 자신의 일상이 될 때, 우리는 아슬아슬하게나마 이 세계를 견딜 수 있다고 작가는 노인의 입을 빌려 말하고 있는 것이다.

「와와의 문」에서 '나'가 와와에게 궁금해하는 것은 그가 겪은 "대지진"의 경험에 관한 것이다. 그러나 와와는 지진이 일어나던 때의 이야기가 아니라 가족들이 구입했던 선풍기, 남편이 만들었던 의자, 함께 빚었던 만두 같은 것들에 관해 말할 뿐이다. 아무리 묻고(問) 들어도(聞) 와와의 문(門)은 열리지 않는다. 그것은 곧 '나'가 '정'에 관해 제대로 이야기하지 못하는 것과도 같다. "요약되고 간추려진 이야기"로 결코 말할 수 없는 일들이기 때문이다. 그래서 이야기는 계속 다른 곳으로 흐른다. 그러니까 그들은 "서로의 문을 어떻게 열고 들어가야 하는지조차 모르는 셈"이었던 것이다. 이 소설의 마지막 장면에서 무언가를 갑자기 들켜 버린 사람처럼 도망치듯 와와에게서 벗어나는 '나'의 모습은 결국 자신이 와와를 하나의 '인물'로 여기고 있다는 생각 때문이었을 것이다. 일종의 죄책감이라고도 할 수 있을 그 곤혹스럽고 불편한 느낌은 정작 필요한 일에 도움은 주지 못하고 타인의 고통과 절망을 소비하고 있다는 생각일 테고, 그것은 소설가로서 이 작가가 지닌 고민 그 자체라고 할 수 있다. 소수자를 소설의 인물로 그려 내는 것은 혹시 소설가의 자기 위안은 아닐까, 그들을 너무 손쉽게 소수자라고 명명하는 것은 아닐까, 어떤 시선으로 그들을 들여다봐야 할까 같은 고민 말이다. 「광장 근처」를 잠깐 인용한다.

악덕 기업주의 횡포로 거리로 몰려난 우리가 다시 일을 할 수 있도록 도와 달라고 목이 쉬도록 외쳐 대면서 내 일은 엿같이 생각하는구나. 그는 생각했다. 새파랗게 어린 중학생들한테까지 굽실거리고

하소연할 줄 알면서 왜 내게만 저딴 식인가. 생각만 했다. (147쪽)

　대부분의 사람들이 기쁨과 희열 속에서 열광할 때 누군가의 삶은 무너지고 있음을 보여 주는 이 작품에서 이런 대목은 꽤 인상적이다. 자신들의 처지를 호소하며 도움을 청하는 사람들이 노점 좌판에서 DVD를 판매하는 '나'를 업신여기고 무시하는 이 장면에서 우리는 이들이 서로를 존중할 여력이 있을 리 없다는 것을 새삼스럽게 알게 된다. 타인을 진심으로 이해하고 그리하여 서로가 같은 입장이 되어 함께 싸워 나가는 일은 사실 거의 불가능하다는 것을 이 작가는 알고 있다. 그래서 김혜진의 소설은 결코 '연대'로 나아가지 않는다. 오히려 연대의 가능성을 끊임없이 회의하는 쪽에 더 가까운데, 그 전형적인 인물은 「어비」에서 찾을 수 있다.

　'어비'는 최소한의 삶을 산다. 다른 사람들과의 관계나 미래에 대한 계획 같은 '불필요한 것들'은 철저하게 배제하고, 자신의 현재를 위해 반드시 필요한 것들로만 그의 세계를 구성한다. 그래서 그 최소한은 쉽게 무너지지 않는다. 버리고 버려 끝내 남아 있는 최소한이기 때문이다. 스스로 터득한 그 생존의 방식은 '일반적'으로 거의 납득되지 않는다. "일만 잘하면 되"는 게 아니라 "사람들이랑 이야기도 하고 그래야" 한다는 '상식'에 대해 '어비'는 "그냥 별로 말할 게 없어요. 진짜요."라고 대답한다. 이 단호한 태도는 김혜진 소설의 인물들이 갖는 특징, 즉 어쩔 수 없이 체득해야 했던 자발적 고립과 단단한 유폐를 고스란히 보여 준다. 그리고 그 태도로 인해 그들은, 결코 쉽게 무너지지 않는다.

2 공간들: 익숙하고도 낯선, 늘 누군가가 있는

김혜진의 소설들에서 유난히 강조되는 것은 사실 '공간'의 문제이기도 하다. 그는 공원이나 광장, 주택가, 도심 등 공적인 공간을 늘 서사의 중심으로 삼는다.(장편 『중앙역』(웅진지식하우스, 2014)의 독자라면 익숙한 느낌을 받았을 것이다.) 아마도 김혜진은 그러한 공간들에 대해 일상적이면서 동시에 아주 낯선 곳이라는 감각을 가지고 있는 것 같다. 생각해 보면 우리가 사는 동네나 공원, 광장 등은 아주 오래 머무르는 장소가 아니다. 흔히 그런 공간들은 집이나 방 같은 일상적인 공간과 유사한 느낌을 주지만, 사실 아주 제한적으로 체험되는 낯선 장소에 가깝다. 그러므로 그곳이 '일상'의 공간이 된다는 것은 어쩌면 아주 끔찍한 일일 수 있음을 이 작가는 보여 준다.

드문드문 켜진 창들을 달고 건물들은 어둠 속에 잠겨 있었다. 색이 모두 사라진 밤에는 동네의 풍경이 견딜 수 없을 만큼 무거워져 저 아래로 굴러 떨어질 것만 같았다. 원룸과 다세대 건물은 오르막을 따라 위태롭게 늘어서 있었는데 좁은 골목을 돌고 돌아 올라가다 보면 동네가 무한히 계속되는 게 아닐까 하는 착각이 들 정도였다. (91~92쪽)

환하고 반듯한 산책로와 널찍한 도로 가에 일렬로 늘어선 건물들. 그런 동네가 아니라도 기형적인 건물과 위태로운 옥탑방이 늘어선 좁은 골목을 떠날 수 있다면 얼마나 좋을까. 그러니까 떠나기 위해 나는 쉬지 않고 동네를 돌고 또 도는 셈이었다. (99쪽)

어제나 그제처럼 나는 또 동네를 뱅글뱅글 돌며 확실한 죽음의 방식을 찾아 헤매야 할 것이었다. 오늘은 정말 찾을 수 있을까. 고개를 들자, 익숙한 풍경이 눈에 들어왔다. 멀리서 보면 한꺼번에 고꾸라질 것처럼 가파른 풍경이었다. 어쨌거나 우리는 나란한 보폭으로 다시 동네로 걸어 들어가고 있었다. (112쪽)

등단작이기도 한 이 작품 「치킨 런」에서 자살을 도와주는 치킨 배달부의 이야기 사이로 군데군데 드러나는 공간에 대한 작가의 인식은 강박적으로까지 보인다. 가파른 오르막에 다닥다닥 붙어 있는 기형적인 건물들은 김혜진이 새롭게 길어 올린 풍경은 물론 아니다. 그러나 주인공이 맞닥뜨리는 모든 사건, 실연과 배달과 자살과 돈 같은 것들이 모두 이 '동네'에서 벌어지고 있음을 우리는 새삼스럽게 알게 되는데, 특히 그것이 반복적인 묘사를 통해 무척 강조되고 있는바, 이 작가의 시선이 어디로 향할지 충분히 짐작할 수 있는 면이 있다. 이 소설의 모티프가 되었을 가수 달빛요정역전만루홈런의 노래 「치킨런」에는 "내 인생의 영토는 여기까지/ 주공 일단지 그대의 치킨런"이라는 후렴이 반복되는데, 이처럼 김혜진은 우리가 공유 혹은 점유하고 있다고 생각하는, 그러나 결코 소유할 수는 없는 어떤 공간에 대해 꾸준히 언급한다. 「쿵후하는 자세」의 "서울"은 우리가 무의식적으로 삭제해 버린 어떤 풍경을 보여 주고, 「한밤의 산행」에서 "구역" 같은 곳은 대체 우리가 지키려고 하는 것은 무엇인 가를 되묻게 만들며, 「아웃포커스」의 "회사"는 예고라는 사태의 본 질이 결국은 공간의 상실과 그로부터의 추방임을 보여 준다.

무엇보다도 "광장"은 김혜진 소설의 본토와도 같은 공간인데, 「광 장 근처」와 「비눗방울맨」이 이를 잘 보여 준다. 그가 그려 내는 광 장은 모든 것이 모여 혼잡하게 뒤섞여 있는, 이 세계의 축소판 같은 곳이다. 투쟁과 저항, 폭력과 억압, 열정과 욕망, 무기력과 절망, 일 상과 비일상이 두서없이 출몰하는 그곳에서 김혜진은 늘 '뒤편'을, '구석'을 바라본다. 「광장 근처」에서 벌어지고 있는 사건과 마치 무 관하다는 듯 지속적으로 보여지는 장면은 전광판 위에 홀로 올라 가 있는 사람의 "실루엣"이다. 이제는 그냥 광장의 일부가 되어 버린 그 모습을 김혜진은 마지막 장면에서까지 응시한다. 「비눗방울맨」 역시 마찬가지다. 비눗방울을 불어 내는 그 사람은 슬그머니 '나'의 앞에 태연하게 나타난다. 그리고 이 모든 사태와 무관하게, 또 무심 하게 공간의 일부가 되어 마지막 장면에 또 등장한다. 그러나 이들 은 결코 무관한 사람들이 아니며, 오히려 그들이야말로 광장의 주 인이라 말해야 할지 모르겠다. 흔히 광장이라는 공간은 누구도 도 달할 수 없고 다만 그 "근처"에만 잠시 머무를 수 있는 곳이라 여겨 지기 마련이지만, 광장이 일상의 공간인 사람들이 있으며, 우리가 적어도 알고 있어야 할 것은 그곳에 늘 누군가가 있다는 사실이라 고 김혜진은 몇 번이나 강조하고 있기 때문이다.

3 사건들: 질문과 대답, 그리고 일

수업이 끝나고 나는 와와가 대답하지 않고 그대로 안고 가 버린 몇 개의 질문들을 알게 되었다. 너의 가족은 몇 명이니? 너는 누구와 사니? 너의 남편은 무슨 일을 하니? 너는 이번 휴가에 무엇을 할거니? 너는 어떤 날씨를 좋아하니? 너의 아이들은 몇 명이니? 너는 무슨 공부를 했니? 너는 혹은 너의 가족은, 으로 시작되는 수많은 질문 중 무엇이 와와를 망설이게 하고 머뭇거리게 만들었는지 찾고 싶었지만 그건 어려운 일이었다. (221쪽)

학생이야? 졸업했어? 혼자 살아? 부모님은? 형제는? 맏이야? 고향은? 학교는? 하는 질문들이 따라 나왔다. (14쪽)

김혜진의 소설 속에는 무언가를 잃어버리는 이야기가 자주 등장한다. 대체로 그 상실의 대상은 사람이지만, 때로는 물건이기도 하고, 직업이 되기도 하며, 고양이일 때도 있다. 그것은 곧 이 작가의 소설들에서 중요한 주제 중 하나가 상실에 대한 두려움임을 보여 주는 것이라 할 수 있을 것이다. 그 두려움의 기저에는 그들이 가진 것이 '최소한'이기 때문에, 그것마저 잃어버리면 모든 것이 사라져 버릴지도 모른다는 절박함이 있다. 여기서 더 중요한 것은 이들에게 상실의 감각을 환기시키는 것이 일상적으로 마주하는 '질문'들이라는 것이다. 위의 인용에서처럼 타인의 존재를 확인하려는 끊임없는 질문들은 상대방을 이해하려는 노력이라기보다 그들이 괴물이나 유령이 아님을 확인하고, 안심하려는 과정에 가깝다. 그러므로 '사건'은 질문에 대답하지 않을 때 일어나는데, 그들은 그냥 사라져 버리는 방식을 택한다.

「쿵후하는 자세」와 「비눗방울맨」에서 '나'는 자신에게 던져지는 질문에 제대로 대답하지 못한다. '나'의 이동과 행동에는 별다른 이유가 없는, 그저 집에 가기 위해서, 자전거를 타며 거리를 산책하기 위해서 길을 나섰을 뿐이기 때문이다. 제대로 대답하지 못했던 질문들은 '나'를 점점 더 곤경에 처하게 만들고, '나'로서는 어서 이 상황에서 벗어나야겠다는 판단밖에 들지 않게 된다. 「어비」가 이를 더욱 잘 보여 준다. '어비'는 늘 "진짜로" 말할 것이 없었고, 잘못이나 실수를 한 일도 없었다. 그러나 바로 그 이유 때문에 '어비'는 사라져야 했다. "종일 일만 하면 그게 잘하는 거야? 일만 하면 되나? 일만 하면 돼?"라는 질문, 그러니까 적당히 서로 어울리고, 좋게 좋게 해결하고, 웬만하면 그냥 넘어가자는 식의 요구에 '어비'는 결코 응하지 않는다. 그래서 '어비'가 인터넷 개인 방송에 등장하는 모습은 사실 자연스럽다. 그곳이야말로 누구도 '어비'에 관해 묻지 않기 때문이다. 묻는다고 해도 그 행위 자체에 관해 물을 뿐이지, '어비'의 배경에 관해서는 전혀 궁금해하지 않으며, 그가 대답할 이유도 없다.

어쨌든 더 나은 일을 구해야 했다.
저도 이제 좀 제대로 취업을 해야죠. (19쪽)

어쨌든 이렇게 사람들의 부탁을 들어주다 보면 가까워질 테고 그러면 제대로 된 업무를 할 수 있겠지. 일다운 일을 할 수 있겠지. 그렇게 생각했던 것 같다. (29쪽)

'어비'의 행로를 지켜보던 '나'에게는 늘 제대로 된 일, 진짜 일, 나은 일, 일다운 일에 대한 강박이 있다. 그것은 김혜진 소설 전체의 주된 문제의식인데, 아마 "일"에 관한 이런 식의 언급은 매 작품마다 한두 구절씩 찾아낼 수 있을 것이다. 제대로 된 일에는 여러 가지 의미가 있다. 지정된 일터, 근무 시간, 보장된 정년, 어느 정도의 임금, 사회로부터의 인정, 무언가를 하고 있다는 개인적 성취감 등. 그러나 무엇보다도 중요한 것은 그 일이 "어쨌든" 지금보다는 나아야 한다는 점이다. 끊임없이 좀 더 나은 곳을 찾아야 하는, 하지만 그다지 나아지지도 않는 지금 세대의 고민이 김혜진 작품 전반에 깔려 있다. 「한밤의 산행」에서 철거 반대 시위를 주도하던 '여자'가 "이런 거 경험 있으면 취직할 때 유리하다고 해서 하는 거라고요. 저도 3학년인데. 이런 거 하고 싶겠어요."라고 말하는 장면은 아마 이 소설집에서 가장 인상적인 장면들 중 하나일 텐데, '연대'의 가치가 아니라 자기 삶의 최소한의 안위가 보장될 '가능성'에 투신하는 모습이야말로 이 세대의 자화상이다. 그리고 그것은 누누이 강조되고 있는바, 나쁘거나 잘못된 것이 아니다.

0

학생 아닌가?

감독관이 묻는다.

졸업했어요.

그가 답한다.

그럼 일을 해야지.

감독관이 꾸짖는다.

일하는데요.

그가 항변한다.

이게 무슨 일이야. 진짜 일을 해야지. (151~152쪽)

자신이 수집한 DVD를 노점에서 팔기로 결심한 '그'에게 "진짜 일을 해야" 한다고 말하는 '감독관'의 모습은 사실 우리 내면에 있는, 그러나 쉽게 말할 수는 없었던 목소리일지도 모른다. 「쿵후하는 자세」의 '나'와 '지수'가 나누는 대화처럼, 우리 조금 더 나아져야 하지 않겠냐고 말하면서 결국 한숨을 쉬며 헤어지는 일. 이런 모습들이 김혜진이 보여 주는 마지막 장면이다. 어쩌면 김혜진은 여기까지가 소설이 감당할 수 있는 지점이라고 생각할 수도, 지금으로서는 여기까지밖에 말할 수 없다고 생각할지도 모르겠다. 어쨌든 확실한 것은 그가 정직하다는 것이다. 부러 과장하거나 너무 애쓰지 않고, 감당할 수 있는 지점에 꼿꼿이 서 있겠다는 그 태도가 말이다. 그리고 그것은 이제 확실하게 김혜진만의 색깔이 되었다.

어비

1판 1쇄 펴냄 2016년 8월 19일
1판 3쇄 펴냄 2018년 10월 11일

지은이 김혜진
발행인 박근섭, 박상준
펴낸곳 (주)민음사

출판등록 1966. 5. 19. 제16-490호
주소   서울시 강남구 도산대로1길 62
          강남출판문화센터 5층 (우편번호 06027)
대표전화 515-2000 | 팩시밀리 515-2007
www.minumsa.com

© 김혜진, 2016. Printed in Seoul, Korea

ISBN 978-89-374-3328-3 (03810)

이 책은 대산문화재단의 2012년 대산창작기금을 받아 출간되었습니다.